上海国别区域全球知识文库·中国话语与世界文学研究丛书

由上海全球治理与区域国别研究院

资助出版

商务印书馆（上海）有限公司　出品
The Commercial Press (Shanghai) Co. Ltd.

上海国别区域全球知识文库·中国话语与世界文学研究丛书

魏玛共和国德语游记中的
中国城市镜像

陈雨田　著

商務印書館
The Commercial Press
创于1897

图书在版编目（CIP）数据

魏玛共和国德语游记中的中国城市镜像 / 陈雨田著. — 北京：
商务印书馆，2024
（上海国别区域全球知识文库·中国话语与世界文学研究丛书）
ISBN 978 - 7 - 100 - 21475 - 9

Ⅰ.①魏… Ⅱ.①陈… Ⅲ.①游记 — 文学研究 — 德国 —
近现代 Ⅳ.①I516.076

中国版本图书馆 CIP 数据核字（2022）第128818号

魏玛共和国德语游记中的中国城市镜像
陈雨田 著

商 务 印 书 馆 出 版
（北京王府井大街36号 邮政编码 100710）
商 务 印 书 馆 发 行
上海盛通时代印刷有限公司印刷
ISBN 978 - 7 - 100 - 21475 - 9

2024年1月第1版 开本 889×1194 1/32
2024年1月第1次印刷 印张 8¼
定价：80.00元

"上海国别区域全球知识文库"出版说明

  2022年9月正式成为国务院学位办新版学科目录中交叉学科门类下一级学科的区域国别学，本质上是应用型基础研究，是有关外部世界的全领域知识探究，是实现中华民族伟大复兴和构建人类命运共同体的核心知识保障。

  自古以来，中国知识界就高度重视探索、认识、理解和记录外部世界，也在以"丝绸之路"为代表的中西交通史中经由文明对话和文明互鉴留下了大量经典文本。晚清以降的中国变革史，尤其是改革开放后的中国发展史充分表明，关于外部世界的知识汲取是推进中国式现代化的重要智识来源之一。作为认识外部他者的重要工具和方法，区域国别学在不同时期一直以多样形态发挥着关键作用。

  当前，中国日益走近世界舞台中央，全球正经历"百年未有之大变局"。世界之变、时代之变、历史之变开始以前所未有的方式和速度展开。我国的国际角色也在发生深刻变化，自身发展既拥有难得的历史机遇，也面临严峻的风险考验。在此背景下，国家需要大批会外语、通国别、精领域，服务国家战略发展和战略传播的区域国别人才和与之对应及匹配的国别区域全球知识体系。

  中共中央总书记、国家主席、中央军委主席习近平多次在不同场合强调区域国别、全球治理、国际组织人才的重要性并提出了一系列素养和能力指标体系，这为新时代区域国别学的进一步发展指明了方向。正如习近平所强调的，"一个没有发达的自然科学的国家不可能走在世界前列，一个没有繁荣的哲学社会科学的国家也不可能走在世界前列"。推而广之，一个没有扎实的国别区域全球知识体系做支撑的国家也不可能跻身于世界舞台中央。基于中国的主体性，遵循文明交流交往交融路径，扎实推进区域国别研究，为中国最终稳稳走进世界舞台中央提供学术支撑和战略人才储备，理应成为我们在新的时代条件下的政治自觉、学理自觉与文化自觉。

我国的区域国别研究有一定的历史基础，自中华人民共和国成立以来先后经历了五波发展浪潮，迄今已经建立起主要大国、重点地区、关键小国"全覆盖"的基本格局，产生了大量有关研究对象国和区域的高质量成果，部分代表性作品具有世界影响力。但不可否认的是，整体而言，殖民时期的大英帝国等资本主义列强以及冷战时期的超级大国美国、苏联在国别区域全球知识生产领域拥有"先发优势"。不断增长的现实和迫切的需求与我国的国别区域全球知识供给之间的矛盾与鸿沟，已经成为中国成长为主导性全球大国的制约因素之一。如何实现加速和赶超并与美西方在这一领域展开"思想市场"的战略竞争，是时代赋予我们的历史使命和重要任务。

实现中华民族的伟大复兴，建设性参与和引领全球治理的转型，离不开对外部世界的科学认知。随着"一带一路"及全球发展倡议、全球安全倡议、全球文明倡议等中国主导议程的稳步推进，我国的区域国别学迎来了升级转型的关键节点。在相当程度上，区域国别学自主知识体系的构建，还有可能为我们突破"中西二分"的思维定势，通过发现更多的"第三方"而成为推动中华文明传承、发展、进步和升华的精神契机，并在"美美与共"的逻辑上最终为人类命运共同体的落地生根创造条件。除了这些宏大目标外，区域国别学的发展还可以为中国人提供客观、理性认识其他国家和地区的方法，成为促进人的全面成长的持久支撑，为培养新一代身处中国、胸怀天下、格高志远、思想健全的优秀国民输送知识养分。

在此背景下，上海外国语大学认真学习贯彻习近平总书记有关重要讲话精神，积极响应党和国家的政策要求，由作为教育部、上海市和上海外国语大学共建、承担上海区域国别研究航母编队旗舰功能、集"资政、咨商、启民、育人"重要任务于一体的高端智库与协同研究平台的上海全球治理与区域国别研究院，诚邀上海市从事区域国别研究的主要高校及智库担任研究院理事会常务理事的多学科领军专家组成编委会，在整合多方资源的基础上，创办"上海国别区域全球知识文库"。

本文库旨在从由内而外及由外而内两个维度提供全景式、系统性、高水平国别区域全球知识，通过搭建在与国外已有优秀成果的对话框架，引领相关知识生产的中国主体意识和区域国别学学科发展，促进我国的区域国别研究实现适应时代特征的全面转型并催生一批学术精品，打破西方国家对该领域国际学术话语权的垄断或主导，最终促成建构超越西方中心主义的新区域国别研究范式，生成更高质量、更有针对性、更具前瞻性、能更好地服务党和国家工作大局的中国特色区域国别学自主知识体系。基于这一理念，本文库将通过对主题的设定与内容的把握，为国内外区域国别研究学者提供"学术公器"，推动建立面向全球的高质量"升级版"区域国别研究成果传播平台，以期实现国内—国际区域国别学成果的"双循环"。

　　无论在何种语境下，区域国别学毋庸置疑都是一项战略性的系统工程，需要学界同仁持久的投入、努力与坚守。我们深知区域国别学的学术价值和战略品格，衷心期望本文库各系列专著和译丛的出版，能以各界之不懈努力，成就新的时代条件下中国人认知外部世界的知识桥梁和增强"四个自信"的文化脊梁。这是中国区域国别学共同体的历史职责所在，也是"上海国别区域全球知识文库"编委会的理想所在。

上海外国语大学上海全球治理与区域国别研究院

"上海国别区域全球知识文库"编委会

2023年7月

总　序

　　"上海国别区域全球知识文库·中国话语与世界文学研究丛书"作为上海全球治理与区域国别研究院、中国话语与世界文学研究中心的系列成果正式推出。该丛书意在展示中国话语的民族基因和世界性因素，呈现中国话语在世界文学中多维丰富的流变样貌，通过交流互鉴，破解文化偏见，消融文明隔阂，尤其剖析西方霸权话语对中国形象的误读，甚或曲解，向世界传递积极的中国价值和文化内核，凸显中国话语在世界文学与文化中的影响脉络和共识性价值，助力建构人类命运共同体和践行区域国别与全球治理的宏伟目标。

　　那么，何谓"中国话语"？简单来说，其本质就是中国道路的理论表达、中国经验的理论提升、中国模式的理论总结、中国文化的理论升华，打造融通中外的新概念、新范畴、新表述，更加充分、更加鲜明地展现中国故事及其背后的思想和精神力量；其要义就是集中呈现中国特色现代性内涵，祛魅西方普遍现代性规训，进而阐发中国话语的世界性和普遍性意义，从而在国际话语博弈中，实现中国话语自信与"话语中国"显身。当然，话语的背后，是实力的较量。当前世界话语权力格局明显"西强我弱"，具体到国际传播渠道，话语议题的设定、解释、裁量权等方面，我国在短期内难以扭转不平等格局，中国的发展优势尚未转化为话语优势。

然而，话语权的获得绝非一蹴而就。在话语博弈中，如果中国话语的"中国性"太过强烈，反而过犹不及，导致异文化很难理解我国意识形态话语的准确内涵与深刻寓意，从而很容易将之视为无谓的语言修辞而拒绝接受。因此，中国话语必须具备世界眼光，围绕全球性问题的内涵价值展开对话式言说，其表达应具有可对话性、可理解性、可接受性，要克服马尔库塞式的"单向度""大拒绝"思路，努力拓宽国际文明视域，坚决剥离西方现代性强加于中国的"污名化"标签，积极抉发"中国性"对"现代性"的参与、共建和共识。

事实上，获得话语权的过程和方式多种多样，就笔者熟知的文学艺术领域而言，基本存在两种模式：一是"主动送出去"的中国文化外译，利用各种方式和渠道，经过目标定位、书目筛选、文本翻译，"保姆式"输出中国话语，并确保掌控主动权；二是"被动请过去"的海外翻译，国外译介机构通过"自主"选材、翻译、删改、推介，在一定程度上拥有了对中国话语的阐释权，甚至是定义权。其间，文化过滤与误读是不可避免的，各国对中国文学"译介热"的初衷想必不是一味弘扬中国文化，而更多是为了开阔本国视听、增益国民见闻、累积民族智识，因此，难免受到本国意识形态的宰制。显然，两者的效果差异大相径庭，但其"源语文本"毕竟是中国人写的中国故事。虽然，在"被动请过去"的译介过程中普遍存在"创造性叛逆"，但"源语文本"的客观存在，加之版权输出保护等约束，中国故事的译本虽难言原汁原味，但大多保有中国故事的基调和内核。整体而言，这是一种经由中国看世界的"内源性"话语输出，其大抵是有据可依、有章可循的，塑造的中国形象是相对可控、基本真实的。正如习近平总书记2014年10月15日在文艺工作座谈会上的讲话中所倡导的："文艺是最好的交流方式，在这方面可以发挥不可替代的作用，一部小说，一篇散文，一首诗，一幅画，一张照片，一部电影，一部电视剧，一曲音乐，都能给外国人了解中国提供一个独特的视角，都能以各自的魅力去吸引人、感染人、打动人。"因此，如何向世界译介和展示中国文化共情共性的魅力，使其润物细无声地浸润感染世界人民的审美、思想和灵魂，是中国话语的时代使命和必然选择。

　　然而，不管是"送出去"，还是"请过去"的中国故事，其在世界文学场域中被国别文学不断征引、阐释、改写、变异与传播，形成了"外源性"话语建构。这种话语主体和话语表达均受到"场域"制掣，不管是身处"官方舆论场域"，还是"民间舆论场域"，最终"被统治者是统治者的同谋"，被宰制的话语主体在"认识"与"误识"的双重作用下，往往停留在浅层文化，沦为异域风情的皮相展览，造成对中国形象简单粗暴的加工和臆想性呈现。实践经验告诉我们，这种"外源性"话语，相对于"内源性"话语而言，其影响力和"解构力"是惊人的。"讲好中国故事，传播好中国声音，展示真实、立体、全面的中国"，中国文学"走出去"，仅仅只是起步而已，如何"走进"译入国，并产生影响，激发在地国叙述主体讲述中国故事，把中国故事写在世界大地上，才是中国话语建构的关键。可是，这绝非简单的翻译推介问题，亦非国际传播与建构的技术性力量问题，而是一个把弱势边缘文化向强势中心文化植入的综合战略。要实现这一战略，必须基于我们对中国文化在译入国的接受现状了然于胸，如此方能知己知彼，有的放矢，在定量分析和定性研究的基础上，根据不同国家、民族、文化、制度等有针对性地"精准定位"，规划设计译介篇目、传播策略和推广手段，为中国话语赋权、赋能，让中国故事融入在地国的社会和生活。这直接关乎中国形象在世界的形塑和中国话语在全球话语系统的构建，是当下亟待解决的重要课题。因此，研究外国叙述主体如何讲述中国故事，如何借助中国故事展开中国叙事，以及其背后的话语生产机制，是"上海国别区域全球知识文库·中国话语与世界文学研究丛书"的出版宗旨和目标。

有鉴于此，本丛书首先坚持中国立场与世界视野的辩证统一。西方人讲述中国故事，多以中国故事包装西方内核、承载现代主题。从跨文化研究常用的"第三文化"（Third Culture）或"第三空间"（Third Space）来理解和看待这种复杂的文化杂糅现象，除了必要的批评与反批评，不应过分纠结于其认识真实与否、客观与否的经验立场，而应进行内省的、理性的、学理化的分析研判。中国故事作为叙事蓝本被广泛征引、阐释改编，兼具经典性、民族性与世界性，为构建人类命运共同体贡献中国智慧。中国故事作为全球对话中重要的知识来源和思想资源，具有知识生产的巨大动能，成为对西方中心主义知识话语体系的反思性力量，参与和影响了国别区域，乃至全球文明的整体进程。中国故事不仅是叙事层面的文学、政治、思想、观念的载体，更是认识自我与他者关系的立场方法。其作为杂糅了多重学科的"学术装置"，让我们可以据此考察中国话语曾经、现在和未来对全球或区域文明的知识体系发挥何种作用，在何种意义上参与知识生产和推动世界文明进程，这是有温度、有情怀、有生命力的研究。中国故事，无论是文学文本、政治文本，还是文化文本、思想文本，最终都演化为中国话语的知识共同体，成为变革现实的思想资源和知识动力。

其次，宏观立意与微观考析的有机结合。中国故事作为肩负时代使命的重大命题，是中华文明精髓、中国特色制度、现代化模式、国际话语权的重要载体，也是中国承担大国责任、打造人类命运共同体的内在依据。中国故事作为知识生产和话语操作的场域，在知识生产、流通和转化中产生效能，勾连起原本互不关涉的知识社群与区块，在各种思想浪潮、文学运动和社会生活中相互影响、彼此建构，形成一种文化现象或文化事件，有机地渗透到现代生活中，具有思想性和现实性双重维度；在促进对话和交流互鉴方面，亦具有求同存异的统合性和生产力。由此推动中国话语在区域性知识圈流动，与各种思想文化交融，在有生命力的知识场域里自我形塑，催生出各区域、各国别的集体想象、政治思想和社会制度等诸多元素，产生结构性变革力量，通过知识考古，建构中国故事谱系，探究中国知识在世界文学中的变异、错位、误读、转换、生产，开拓自我与他者的场域，更加自觉地透视文化肌理和中国知识的生产机制，包括动力机制、话语机制、传播机制、权力机制等，探索中国故事在世界文学中释放了什么，催化了什么，驱动了什么，生成了什么，对文化形态和政治格局产生了怎样的影响，以及在何种程度上参与和推动了文明进程。

最后，理论创新与批判思维的学术诉求。本丛书秉持理论创新意识和问题意识，指向上要精准，方法上要科学，视野上要开阔，从而抉发中国文化与世界文化的可通约性，共享文化间性，提炼出可供世界共享的核心价值，亦反思中国之于世界的有效性及其限度。既要把欧美标准相对化，又要摒弃"中国中心化"。我们旨在建立一种新的观念与理论视野，即在全球化多元文化语境中确立中国文化思想，乃至政治体制、治国方略的主体性，构建中国故事的流散谱系，在不断的知识考古和谱系实证研究中，寻找未来可以突围西方范式的可能性，凸显长期被遮蔽、被否定、被消解的中国主体性，走出历史循环与偏见复制，归纳中国故事走向世界的方法论，探索具有世界性的中国故事话语机制和知识生产机制，补益中国文化"走出去"战略。因此，中国故事不仅仅是研究对象，也需要重视它在方法论层面上的意义，把它变成我们认识世界与反观中国文化的路径和场域。丛书力求研究立场的转向、视野的转向、范式的转换，建立一种开放式、平等对话的、批判性思维。以中国故事为抓手，在方法论层面反思欧美模式，建构中国知识共同体，助力世界文学研究新方法、新视角、新路径的探索与实践。

"上海国别区域全球知识文库·中国话语与世界文学研究丛书"首批推出第一辑，共十部，侧重德语文学对中国故事的叙事呈现，包括魏玛共和国德语游记中的中国城市镜像、德国巴陵会馆藏文献中的中国叙事、德语左翼作家笔下的中国叙事、当代德国犹太流亡记忆与中国叙事、德语犹太流亡者笔下的中国故事、新世纪德国儿童文学中的中国形象等。值此出版之际，我要衷心感谢上海外国语大学党委书记姜锋教授、校长李岩松教授、上海全球治理与区域国别研究院执行院长杨成教授的鼎力支持！特别感谢商务印书馆的倾力支持和为审校与编辑付出的所有辛劳！

本丛书的作者和译者均是国内高校的优秀青年学者，虽然水平有异，但专注、勤奋、认真的治学态度，都值得称赞。虽尽心耗时，细致推敲，勉力而为，但粗疏错漏想必难免，敬请读者批评指正，见谅海涵。

张　帆

2023年5月6日

目 录

绪 论

第一节 游记文本与文本选择 / 6

第二节 研究现状 / 10

第三节 理论视角与研究方法 / 24

第一章

现代性体验、近代中国城市与游记书写

第一节 现代性的三重向度：资本主义、民族主义
与现代生活 / 31

第二节 从传统到现代：近代中国城市的基本特征 / 39

第三节 现代性、旅行体验与游记书写 / 44

第二章

魏玛共和国——经典现代性的危机时代

第一节 现代国家与"诞生创伤" / 54

第二节 美国主义与资本主义文化批判 / 58

第三节　整体性与共同体

　　　　——一种超克现代性的时代构想　／ 67

第三章

德语游记中的中国城市与德意志民族共同体想象

第一节　中国城市景观中的德国文化要素　／ 76

第二节　德意志民族与"凡尔赛"的远东余波　／ 84

第三节　德国人视角下的中国民族主义　／ 93

第四节　"中国城"与郊区地带

　　　　——一种中西二元的文化地形学　／ 104

第四章

德语游记中的中国城市与资本主义批判

第一节　"东方芝加哥"与美国主义　／ 124

第二节　中国城市与殖民主义批判　／ 134

第三节　中国城市与资本主义精神批判　／ 150

第五章

中国城市形象建构与人类共同体的乌托邦想象

第一节　从广州到北京

　　　　——霍利切尔与中国革命共同体　／ 160

第二节　从北京到上海

　　　　——瓦尔特与世界文明共同体　　/　187

第三节　从上海到青岛

　　　　——威特与基督文明共同体　　/　204

结　语　/　225

参考文献　/　233

— 绪 论 —

若将现代化视作"一个民族在其历史变迁过程中文明结构的重新塑造,是包括经济、社会、政治、文化诸层面在内的全方位转型"[1],则20世纪二三十年代无疑是中国现代化进程中极为重要的转折时期。在19世纪以来中华文明内部深刻的传统危机与19世纪下半叶以来随西方殖民侵略而来的"来自外部世界的生存挑战和现代化的示范效应"[2]的合力作用下,20世纪初的中国历史历经了从辛亥革命到北洋军阀统治,从新文化运动到五四运动,从共产党初登政治舞台到北伐战争,从国民政府建立到国共之争,从拒签《凡尔赛和约》到抗击日本侵华等一系列重大社会、政治、文化与外交事件。20世纪二三十年代的中国既是旧事物破碎瓦解的混乱时代,也是新事物萌芽、发展,诸多可能性并存的历史时空。

　　与此同时,在遥远的欧洲大陆上,19世纪中后期的两次工业革命虽然使德意志帝国在1871年统一后得以进入极速现代化的辉煌时期,但第一次世界大战的战败中断了其发展与进步的神话,

---

1　许纪霖、陈达凯主编:《中国现代化史》(第一卷1800—1949),学林出版社,2006年,"总论"第2页。

2　同上。

挫伤了威廉帝国的荣光与德意志民族的自尊心。而1918年在纷乱的革命与政治暗杀中建立的魏玛共和国一开始便因战败的阴影和右翼"背后捅刀子"的阴谋论而缺乏意识形态与大众心理上的支撑。此外，1923年的恶性通货膨胀与1929年的全球经济大危机，以及危机时期频频更换的议会政府，更加剧了社会的动荡与不安。城市化进程的深化、社会生产方式的大众化与进一步合理化以及电影、收音机等新媒体技术的普及等，在深刻改变了人们的生活与感知世界的方式的同时，也在不同程度上导致了人与人之间的隔绝与疏离、个体存在的不确定性与失向感。正如德国历史学家德特勒夫·波依克尔特所言，第一次世界大战后建立的魏玛共和国延续了威廉帝国现代化进程的同时，也在政治、经济、社会与文化层面上呈现出多重危机，堪称"经典现代性的危机时代"[1]。

正是在魏玛现代性及其所面临的危机全面展开之际，在"亚洲知识在教育知识中被边缘化""欧洲意识中的亚洲的威望大损"[2]以及"童话般的东方想象"[3]在欧洲社会现代化与理性化中不断祛魅之时，中国却成为魏玛德国兴起的异国旅行热中最为重要的目的地之一。据不完全统计，在魏玛共和国短短十几年的历史之中，以图书形式出版的中国游记或包含中国叙事的游记多达

---

1 Detlev J. K. Peukert, *Die Weimarer Republik. Krisenjahre der klassischen Moderne*, Frankfurt a. M., 1987, S. 266.

2 于尔根·奥斯特哈默：《亚洲的去魔化：18世纪的欧洲与亚洲帝国》，刘兴华译，社会科学文献出版社，2016年，第29页。

3 同上，第160页。

50余种，而与中国之旅相关的报刊和杂志文章更是不计其数。吸引魏玛德国旅行者纷纷来华的，不仅仅是自马可·波罗笔下"地大物博、城市繁荣、商贸发达、交通便利、政治安定"的"人间乐园"[1]这一自中世纪以来始终有效的中国想象，也不仅仅是法国启蒙哲学家曾经塑造的以"一种开明仁慈的君主政体，一个知书达理的民族，一方吟诗作画尚美多礼的文化"著称的"孔子的中国"[2]，更是中国作为异国的政治、经济、社会与文化空间所能带给旅行者的切身体验与感知。德国学者艾哈德·许茨指出，游记、自传、传记及科普读物等"事实志"（Faktographie）之所以在魏玛共和国时期大受欢迎，是因为人们希望通过阅读这些书籍获得"实用的导向性知识、确定意义与升迁发迹的指导"，"体验未知的社会领域"[3]。由此，魏玛共和国时期的中国游记相较于中世纪时期想象性的中国游记书写与17、18世纪的中国知识汇编，更注重中国社会最为切近的现实；相较于19世纪的科考游记更倾向于具体呈现个体经验与书写的自传性。因此，这一时期的德语中国游记在书写旅行者异国体验与经历的同时，也投射出他们自身的现代性危机体验。

　　城市作为工业化和现代性"被最为深切地体验到的场所"[4]，在20世纪二三十年代的中国也是一系列决定着中国现代化历程走向的

1　周宁：《天朝遥远：西方的中国形象研究》，北京大学出版社，2006年，"前言"第3页。

2　同上，第5页。

3　Erhard Schütz, "Autobiographien und Reiseliteratur", in *Literatur der Weimarer Republik*, hrsg. von Bernhard Weyergraf, München, 1995, S. 549.

4　德波拉·史蒂文森：《城市与城市文化》，李东航译，北京大学出版社，2015年，第6页。

社会、政治、经济与文化事件集中发生的场所。上海、广州、南京、北京等大都市是最早受西方工业文明冲击的中国城市，引领着中国的现代化与城市化的发展，为魏玛时期的德国旅行者提供了一扇观察从传统向现代，从农业社会向工业社会转型的中国社会的绝佳窗口。另一方面，这些城市还是铁路、轮船、汽车等现代化交通运输工具在二三十年代极为重要的集散地，因而是绝大部分魏玛德国旅行者来华之旅中停靠、游览与记述的主要站点。本书以魏玛共和国时期德语游记中的中国城市书写为研究对象，考察德国旅行者对中国城市景观的呈现、评价与反思，借旅行者对中国现代性或非现代性的建构反观与分析其背后的社会文化心理。

第一节　游记文本与文本选择

游记作为记述旅行经历的文本，具有悠久的历史。在德语文化圈内，这一文学传统自14世纪最初的朝圣游记诞生以来至今，已有超过500年的历史。[1]尽管如此，游记作为单独的文类而进入西方文学研究的视野却是近几十年来随着文学研究文化学转向而来的新势。[2]德国日耳曼语言文学研究对单个游记文本的研究早已

1　Vgl. Peter J. Brenner, *Der Reisebericht in der deutschen Literatur: Ein Forschungsüberblick als Vorstudie zu einer Gattungsgeschichte*, Tübingen, 1990, S. 1.

2　Vgl. Carl Thompson, *Travel Writing*, London, 2011, p. 4.

有之，但针对游记文体的理论探讨却是随着20世纪60年代初文学研究范式的转变而逐渐发展起来的。由于缺乏整体性研究，以旅行为主题的文本在指称上常发生概念混乱的现象。在这一点上，曼弗里德·凌克对于以旅行为契机产生的文本的分类可谓是迈出了游记文体界定的第一步。凌克在其探讨18世纪"艺术性"游记的论文之中将以旅行为主题的诸种文本分为以下四类：（1）旅行指南与旅行手册；（2）科学性及科普性旅行文本；（3）旅行日记、游记、旅行讲述、旅行叙事；（4）旅行中篇小说与旅行长篇小说。[1]在晚近的德语文学理论话语中，将第三与第四类文本统称为"旅行文学"（Reiseliteratur）并纳入文学研究范畴的理论实践已基本上在学界达成共识。《文学理论专科全书》将"旅行文学"定义为"对于'在路上'（或与此相类的虚构的）的过程进行报告的文本或文本类型"[2]。值得一提的是，并非所有包含旅行主题或母题的文本均可视作"旅行文学"；旅行或旅行路线作为文本的结构性原则是一切旅行文学的前提条件。[3]在"旅行文学"的框架内，游记是对"一次真实旅行的叙事性描述"[4]。就文学形式而言，无论是真实或虚构游记，均无确定的形式规定："旅行描述可以日

1　Manfred Lind, *Der Reisebericht als literarische Kunstform von Goethe bis Heine*, Dissertation der Universität Köln, 1963, S. 7.

2　Hans-Wolf Jäger, "Reiseliteratur", in Klaus Weimar (Hrsg.), *Reallexikon der Deutschen Literaturwissenschaft. Neubearbeitung des Reallexikons der deutschen Literaturgeschichte. Bd. 3*, Berlin, 2007, S. 258.

3　Vgl. Manfred Lind, *Der Reisebericht als literarische Kunstform von Goethe bis Heine,* S. 7f.

4　Peter J. Brenner, *Der Reisebericht in der deutschen Literatur: Ein Forschungsüberblick als Vorstudie zu einer Gattungsgeschichte*, S. 1.

记、信件汇编、站点概要或记录、穿插片段的旅行叙事等形式出现。最常见的原则是以时间或突出的停留地点为文本构建标准。"[1]

以上界定仅以描述性的方式呈现出游记文本的一些文本特征，但游记文学作为一种直接择取、分割、拼接现实经验的体裁，其书写形式与特定历史时期的关联更为直接与显著，因而相较于小说、诗歌、戏剧等文体具有更明显的历史性，且与文学之外的要素，诸如社会、政治、经济状况等，有着更为直接的关联。因而，基于文本与作品的传统文学研究必须纳入比较文学研究的视角才得以综合考量游记文学的文学性、现实关联性与历史性。[2]这种综合性考量集中体现在"对'异'的体验与文学表现上"[3]。探讨游记文本中自我与他者对峙而产生的"异"不仅是游记文学批评方法论的问题，更是关涉游记文学内在本质的根本问题。由于难以从文本形式与旅行模式上给予游记文学以统一的概念界定，卡尔·汤普森将游记定义为"自我遭遇他者的记录或产物"[4]。"异"的文学表现背后是"异"的文化感知模式，而特定时期的文化感知模式深深扎根于特定的历史文化语境之中，亦受到游记书写者人生观、价值观的影响。[5]因此，文学与比较文学研

1　Hans-Wolf Jäger, *Reiseliteratur*, S. 258.

2　Vgl. Peter J. Brenner, *Der Reisebericht in der deutschen Literatur: Ein Forschungsüberblick als Vorstudie zu einer Gattungsgeschichte*, S. 30.

3　Vgl. ebenda, S. 19.

4　Carl Thompson, *Travel Writing*, p. 10.

5　Vgl. Peter J. Brenner, *Der Reisebericht in der deutschen Literatur: Ein Forschungsüberblick als Vorstudie zu einer Gattungsgeschichte*, S. 29f.

究视角下的游记文学批评实践不在于确认游记文本内容与异国现实之间的对应关系，而在于通过分析和解构游记的文本形式与内容重构游记作者个性化与一定历史时期背景下普遍的文化感知模式。

综合曼弗里德·凌克、《文学理论专科全书》及卡尔·汤普森对游记的概念界定，本研究对作为其研究对象的游记文本进行了如下限定：首先，游记文本中必须包含对于中国城市的描述、叙事或评价；其次，这些与中国城市相关的书写是以一次中国之行为基础，而非基于已有文献资料或新闻报道的再创作；最后，文本的呈现形式可以是包括旅行报道、书信、日记、政论散文等在内的多种形式。基于上述限定，本研究选取了典型的亚洲或中国游记文本为研究对象，主要探究上海、北京、南京、广州等城市化与现代化程度较高的近代中国城市在德语游记文本中的形象建构。另外，还需要做出说明的是，《动荡的亚洲》作者霍利切尔生于奥匈帝国的匈牙利，而《秘密的中国》作者基希生于奥匈帝国的捷克。之所以将此二人的作品纳入研究对象，是因为：首先，两人的文学创作活动均主要在魏玛共和国时期的德国城市，而若将魏玛共和国作为文学社会学视角下的"文学场"的话，那么魏玛共和国时期的文学也可将在彼处从事文学活动的作家囊括在内[1]；其次，第一次世界大战后在捷克、匈牙利等脱离德奥统治的文化圈内，由于生产者与受众群体均十分有限，这些地区内用

---

[1]　Vgl. Gregor Streim, *Einführung in die Literatur der Weimarer Republik*, Darmstadt, 2009, S. 10.

德语写作的少数作家，真正有影响力的，仍出脱于德奥文化圈与文学市场，其作品也"融于整体的德语文学中"[1]了；最后，两人在1918至1933年间均以德国城市为主要定居点，因而同样受到魏玛共和国德国的社会文化的深刻影响。

第二节　研究现状

关涉魏玛共和国时期的中国游记与中国游记中的城市形象的研究成果大致可分为以下三类：德语文学中的中国形象研究、德语中国游记研究以及德语文学中的中国城市研究。

一、德语文学中的中国形象研究

就中德比较文学领域而言，卫茂平教授的《中国对德国文学影响史述》[2]为国内该研究领域开先河之作。该书以德国文学史为轴，从中国形象、中国文学及思想文化对德国文学及思想文化的影响进行了系统翔实的梳理。从总体来看，该论著所选取的研究对象既囊括小说、诗歌、戏剧等传统文学体裁，亦涉及德国文学文化领域大家的文艺批评、哲思随笔、学术著作、传

1　Helmuth Kiesel, *Geschichteder deutschsprachigen Literatur 1918 bis 1933*, München, 2017, S. 84.

2　卫茂平：《中国对德国文学影响史述》，上海外语教育出版社，1996年。

记自述等众多文类，唯独缺少游记这一比较文学的重要研究对象。而自文学研究的文化学转向以来，游记这一体裁便得以改变其"非正统"的边缘身份，以"第四种文类"[1]在文学研究之中占据不可忽视的一席之地。另一方面，本书以接受与影响史的宏观视角进入庞杂的文史资料，体系恢宏庞大，也因此难免有顾此失彼之处。异国城市形象与城市叙事等微观问题便不在其论述范围之内。除此专著外，国内至今未有其他关于德语文学中的中国形象的系统研究，其余断代或个案研究有《丝绸之国与希望之乡——中世纪德国文学中的中国形象探析》[2]《异域光环下的骑士与女英雄国度——德语巴洛克文学中的中国形象研究》[3]《德语表现主义文学中国形象的权力关系论》[4]《1842—1919年德语文学中的三种中国空间形态论》[5]等。上述作品亦将其研究局限于虚构文学领域，且对于"文学中的异国城市"这一主题无所涉及。

德国学界对中国形象的研究相对全面与多样化，学术成果较为丰硕，从巴洛克时期一直到现当代德语文学中的中国形象

1　Friedrich Sengle, *Die literarische Formenlehre. Vorschläge zu ihrer Reform*, Stuttgart, 1967, S. 16.

2　谭渊：《丝绸之国与希望之乡——中世纪德国文学中的中国形象探析》，《德国研究》2014年第2期，第113—123、128页。

3　谭渊：《异域光环下的骑士与女英雄国度——德语巴洛克文学中的中国形象研究》，《同济大学学报（社会科学版）》2017年第4期，第23—29页。

4　赵小琪、张慧佳：《德语表现主义文学中国形象的权力关系论》，《安徽大学学报（哲学社会科学版）》2013年第4期，第27—34页。

5　叶雨其、赵小琪：《1842—1919年德语文学中的三种中国空间形态论》，《贵州社会科学》2017年第4期，第82—90页。

均已有专项研究[1]，其中研究对象涉及魏玛共和国时期文学的专著主要有：李昌珂教授的《德国文学中的中国小说：1890—1930》[2]（1992）、方维规教授的《德国文学中的中国形象：1871—1933》[3]（1992）、张振环（音译）的博士论文《作为希望与想象的中国：德国通俗文学中的中国形象及中国人形象研究（1890—1945）》[4]（1993）、谭渊的《德国文学中的中国人形象——以席勒、德布林和布莱希特作品中的中国人角色为重点》[5]（2007）及柳维坚的《文化排斥与身份失界：1870—1930年德国文学中的中国书写》[6]

---

1 研究 20 世纪前中国形象的专著主要有：Ursula Aurich, *China im Spiegel der deutschen Literatur des 18. Jahrhunderts*, Berlin, 1935；Eduard Host von Tscharner, *China in der deutschen Dichtung bis zur Klassik*, München, 1939；Ernst Rose, *Blick nach Osten. Studien zum Spätwerk Goethes und zum Chinabild in der deutschen Literatur des neuzehnten Jahrhunderts*, hrsg. von Ingrid Schuster, Bern, 1981；Ingrid Schuster, *Vorbilder und Zerrbilder: China und Japan im Spiegel der deutschen Literatur 1773–1890*, Bern, 1988。

研究德语现当代文学中的中国形象的专著有：Qixuan Heuser, *Das China-Bild in der deutschsprachigen Literatur der achtziger Jahre: die neuen Rezeptionsformen und Rezeptionshaltungen*, Dissertation an der Universität Freiburg, 1996；Yunfei Gao, *China und Europa im deutschen Roman der 80er Jahre: das Fremde, das Eigene in der Interaktion*. Frankfurt a. M. u. a., 1996；Zhu Liangliang, *China im Bild der deutschsprachigen Literatur seit 1989*, Frankfurt a. M. u. a., 2018。

2 Li Changke, *Der China-Roman in der deutschen Literatur 1890–1930*, Regensburg, 1992.

3 Fang Weigui, *Das Chinabild in der deutschen Literatur 1871–1933. Ein Beitrag zur komparatistischen Imagologie*, Frankfurt a. M., 1992.

4 Zhang Zhenhuan, *China als Wunsch und Vorstellung. Eine Untersuchung der China- und Chinesenbilder in der deutschen Unterhaltungsliteratur 1890–1945*, Regensburg, 1993.

5 Tan Yuan, *Der Chinese in der deutschen Literatur. unter besonderer Berücksichtigung chinesischer Figuren in den Werken von Schiller, Döblin und Brecht*, Göttingen, 2007.

6 Liu Weijian, *Kulturelle Exklusion und Identitätsentgrenzung. Zur Darstellung Chinas in der deutschen Literatur 1870–1930*, Bern u. a., 2007.

（2007）。李昌珂教授的专著通过对大量文献的汇总、分析与阐释，将这一时期的"中国小说"分为三类，即充斥着敌意与偏见的"中国小说"、对中国文化持赞成友好态度的作家作品及以中国题材呈现西方问题的作品，为后续研究奠定了坚实的基础。然而，值得注意的是，该书虽然题为"德国文学中的中国小说"，但在实际研究之中却将小说、戏剧、诗歌及游记文本等异质文本纳入其中且不加区别对待。这无疑忽略了"中国母题""中国意象"或"中国故事"在不同的文学体裁中不同的表现形式、美学或社会学功能。正如日耳曼学者鲁特·弗洛拉克教授所言："诗歌、日记、游记、格言小说等各遵循各自的法则，因而同样一种关于中国的言说或出现在一部冒险小说，抑或是一篇报道或一首爱情诗中，对其评价应是截然不同的。"[1]与李昌珂教授的实证式研究不同，方维规教授完全在比较文学形象学的框架之内，尤以德国比较文学家胡戈·狄泽林克的形象学理论为支撑，研究从德意志统一到纳粹上台前夕期间德国文学中的中国形象。该书对卡尔·迈等七位德国作家笔下的中国形象进行了研究，致力于"在特定的历史背景之下探究不同中国形象的结构、生成与影响"[2]，并以此"开辟一条以意识形态批判的方式探究德国乃至欧洲中

1　Ruth Florack, "China-Bilder in der deutschen Literatur? Überlegungen zur komparatistischen Imagologie", in *Literaturstraße. Chinesisch-deutsche Zeitschrift für Sprach-und Literaturwissenschaft*, Vol. 3 (2002), S. 34.

2　Fang Weigui, *Das Chinabild in der deutschen Literatur 1871–1933. Ein Beitrag zur komparatistischen Imagologie*, Frankfurt a. M., 1992, S. 11.

国形象的道路"[1]。该书的研究对象包括纯文学、通俗文学与游记，在对不同中国形象的考察之中亦未关注特定文类与中国形象建构之间的关系。与李、方文类杂糅的研究方式不同，张振环（音译）的博士论文选取通俗文学为其研究对象，追问"不同的小说以何种叙事手法建构其中国形象，这些中国形象是否确证，或相反地，质疑已有的偏见与套话"[2]。该研究认为，这些小说中的中国形象是既有中国偏见与套话的复现，而非对中国现实的再现。

较为晚近的两部专著在已有中国形象与中国母题研究基础上，以综合文化学、史学及文学研究的跨学科视角进入中国或中国人形象的研究，拓宽了传统中国形象与中德文学关系研究的领域。谭渊教授的博士论文以新历史主义、话语分析、文化与知识转换等理论，结合中西交流史、（中国形象）文学再现史及功能史研究不同时期的中国人形象。柳维坚的教授资格论文则尝试突破影响史与比较文学形象学的传统研究范式，以跨文化互文性视角切入德国小说中的中国书写，探究作为他者的文学中国建构与德意志民族认同间的互动关系，进一步拓宽了"中国书写"研究的跨学科向度。

综上所述，就文学或比较文学研究视野中的中国形象与中国书写研究而言，国内外现有成果仍主要局限于虚构文学，普遍缺乏对游记文本的关注。在传统的文史研究中，游记常作为史料被

1　Fang Weigui, *Das Chinabild in der deutschen Literatur 1871–1933. Ein Beitrag zur komparatistischen Imagologie*, Frankfurt a. M., 1992, S. 13.

2　Zhang Zhenhuan, *China als Wunsch und Vorstellung*, S. 5.

应用，只有极少部分被认定为具有极高"文学性"的作品才得以纳入文学研究的范畴。然而，作为一种他者经历的文本形态，游记在书写中始终对外部现实材料进行着选择、裁剪、整合与加工，因而必然有一定的虚构性。此外，对于异国经验的书写必然要面临文学手法的运用问题，若破除形式主义文学观的"文学性"意识形态，则游记无疑能够且应当纳入文学研究的范畴之中。就此而言，柯思琴（Kirsten Remde）的硕士论文《中国作为灵感之源——以两部德国游记中的中国形象为例》[1]无疑为填补这一领域的空白迈出了第一步。匡洁的博士论文《德国人旅华游记中的中国形象研究——以1949年以来的游记为例》[2]是近年来国内外首个针对德语游记文本的系统性研究，运用比较文学形象学的研究方法整理归纳出1949年至中国与前西德建交之前、中国与前西德建交至20世纪80年代初及20世纪80年代中期至21世纪初三个阶段德语中国游记所呈现出的三种不同中国形象，即民主德国旅行者眼中积极正面的新中国形象和联邦德国旅行者笔下依旧落后的中国形象、多元矛盾与混杂的中国形象以及大众旅行者笔下再度异国情调化、浅薄化的中国形象。尽管该研究并未对特定时期中国形象背后的社会思想语境与文化心理做深入探讨，但其有意识地将文本内部研究与社会史、思想史语境相结合的尝试极具启发性。

1　Kirsten Remde, *China als Quelle der Inspiration-Das China-Bild in zwei ausewählten deutschen Reiseberichten*, Masterarbeit der Universität Nanjing 2011.

2　匡洁：《德国人旅华游记中的中国形象研究——以 1949 年以来的游记为例》，上海外国语大学，2016 年博士论文。

二、德语中国游记研究

与文学领域相比，跨文化与历史领域对游记的研究成果更为丰硕。国内相关研究主要有温馨的博士论文《19世纪来华德国人与中国"文明化"——以郭实猎、李希霍芬、弗兰阁为例》。[1] 该研究在梳理19世纪来华德国人旅华记述的基础上，以郭实猎、李希霍芬及弗兰阁等人为例，考察19世纪来华德国人对中国"文明化"认知的范式转变。

德国汉学、跨文化学及史学界对于中国游记的研究更为丰富与多样化，既有系统性研究，又有个案研究。由于18世纪以前西方的中国知识与形象话语仍以某些重要旅行家的游记及基于已有文本的汇编文章为基础[2]，尚未形成"德国视角"的中国游记，因此以下仅就研究19世纪以来的德语游记的学术成果进行综述。

德国汉学家罗梅君和余德美的《异域与现实——17世纪至当代游记中的中国》[3] 通过八篇论文梳理了各个时期的德语中国游记。其中《梦幻与现实——魏玛共和国时期游记对中国的接受与呈现》《"摘下面具的中国"——二三十年代科学家、记者与传教士笔下的中国》对魏玛共和国时期的中国游记进行了概

---

1 温馨：《19世纪来华德国人与中国"文明化"——以郭实猎、李希霍芬、弗兰阁为例》，北京外国语大学，2016 年博士论文。

2 Vgl. Mechthild Leutner (Hrsg.), *Exotik und Wirklichkeit: China in Reisebeschreibungen vom 17. Jahrhundert bis zur Gegenwart*, München, 1990, S. 17.

3 Ebenda.

述。前者归纳分析了艺术爱好者与学者、游记作家与冒险家两类不同的旅行者对中国的呈现，后者则探讨了20世纪二三十年代带有民族沙文主义与纳粹意识形态的一类游记。囿于文章篇幅与其概论性质，两篇论文均未对德语游记中的中国城市有所关注。

汉斯·C.雅各布斯的博士论文《旅行与市民阶层：19世纪旅华游记分析——作为故乡之镜的异国》[1]认为，"游记作为对自我文化不自觉的表述，能够深入到其作者及其读者的潜意识，也即最为真实的自我认识之中"[2]，因而得以揭示一定历史文化背景之下的社会心态。该论文在对大量游记文本进行整理、归纳的基础上，致力于探究德国人游记中所呈现的中国形象与19世纪德国市民阶层心态、作为殖民地的中国社会发展及德国社会发展间的复杂关系。

孙立新教授的博士论文《19世纪德国新教传教士游记中的中国形象》[3]回溯了19世纪德国传教会与中国的接触史，介绍了不同传教会游记书写的缘由与特点，并在此基础上汇总与分析了传教士对中国历史、文化、文学、政治等诸多方面的看法与评价。该论文文献翔实、内容丰富，但在形象分析中对于中国形象的生

---

1 Hans C. Jacobs, *Reisen und Bürgertum: eine Analyse deutscher Reiseberichte aus China im 19. Jahrhundert: die Fremde als Spiegel der Heimat*, Berlin, 1995.

2 Ebenda.

3 Sun Lixin, *Das Chinabild der deutschen protestantischen Missionare des 19. Jahrhunderts. Eine Fallstudie zum Problem interkultureller Begegnung und Wahrnehmung*, Marburg, 2002.

成机制及其同社会历史环境与文化心理间的关系剖析不够。同样的问题也出现在刘静（音译）的博士论文《对"异"的感知：鸦片战争至第一次世界大战间德国游记中的中国及中国游记中的德国》[1]中；刘静从交通工具、日常生活与文化艺术、国民性与风俗习惯、德国的殖民战略与其在华的"模范殖民地"青岛等方面解析了1840至1914年间德国游记中的中国形象，但对形象的成因及其背后的文化感知机制缺乏深刻的探索。

除上述对某一特定时期的中国游记进行较为系统性研究的专著外，还有一些从特定视角出发或针对单个游记的研究论文，如《苦力的觉醒——魏玛共和国时期旅行报道中的中国》[2]《"千年之眼"——魏玛共和国时期女作家的中国观察》[3]《写文化——诗意与政治：霍利切尔〈动荡的亚洲〉评析》[4]等。

纵观国内外中国游记研究现状，目前尚未有对于魏玛共和国

1　Liu Jing, *Wahrnehmung des Fremden: China in deutschen und Deutschland in chinesischen Reiseberichten. Vom Opiumkrieg bis zum Ersten Weltkrieg*, Dissertation der Universität Freiburg, 2001.

2　Gregor Streim, "China in den Reisereportagen der Weimarer Republik (Richard Huelsenbeck–Holitscher, Arthur–Kisch, Egon Erwin)", in Almut Hille u. a., *Deutsch-chinesische Annäherungen: Kultureller Austausch und gegenseitige Wahrnehmung in der Zwischenkriegszeit*, Köln, 2011, S. 155–171.

3　Almut Hille, "'Tausendjährige Augen'. Beobachtungen in China von Autorinnen der Weimarer Republik", in Hille, Almut u. a., *Deutsch-chinesische Annäherungen: Kultureller Austausch und gegenseitige Wahrnehmung in der Zwischenkriegszeit*, Köln, 2011, S. 173–186.

4　Andreas Herzog, "Writing Culture—Poetik und Politik. Arthur Holitschers Das unruhige Asien", in *KulturPoetik. Zeitschrift für kulturgeschichtliche Literaturwissenschaft*. Bd. 6, Göttingen, 2006, S. 20–36.

时期中国游记的系统性研究，且已有形象学研究多止步于中国游记中形象的勾勒，缺乏对形象生成机制及其背后的文化感知机制和文化心理的深入探究。

三、德语文学中的中国城市形象研究

正如柳维坚教授在其出版于2007年的专著中所评述的那样，"在'中国'这一整体概念下，北京、上海、青岛等城市的文学意义并未受到重视"[1]，相关研究主要限于对德语文学中的上海及青岛形象的考察。

就"德语文学中的上海"这一领域而言，国内仅有冯晓春的一篇评述德国作家波依克曼两部上海题材小说的论文。[2]德国学界对该领域的关注与研究始于赫利贝尔特·塞费尔特（Heribert Seifert）于1984年在《新苏黎世报》上发表的《"……但是上海是一片罪恶的土地"——一座大都市的文学形象》（"… aber Shanghai ist ein böser Boden." Literarische Bilder aus der Geschichte einer großen Stadt）。[3]文章分析了两次世界大战期间出版的三部德语小说，勾勒出集现代大都市神话与遥远、神秘、不可知的中国神话于一身的上海在这一时期的小说中的呈现。奥恩哈默尔教授在《德语上海小说语境下维基·鲍姆的〈上海

1　Liu Weijian, *Kulturelle Exklusion und Identitätsentgrenzung*, S. 16.

2　冯晓春：《创伤书写和上海叙事——德国作家波伊克曼的"上海小说"评介》，《外国文学动态研究》2016 年第 1 期，第 25—32 页。

3　该文原载于《新苏黎世报》，后收录于以下论文集中: Siegfried Englert, Folk Reichert (Hrsg.), *Shanghai. Stadt über dem Meer*, Heidelberg, 1985。

大饭店〉》一文中进一步考察了1915至1950年间的"上海小说",总结归纳其共同特点为：带有色情与侦探小说要素，以其特有的国际化亚文化作为神秘犯罪的舞台，极力渲染贫穷与奢华的对立等。[1]然而该文主旨是在梳理出德语"上海小说"雷同的书写模式基础上分析小说《上海大饭店》的叙事手法，突出其作为"上海小说"与通俗小说的经典性与代表性。张振环在其博士论文的《附录："上海要将我吞没"》[2]一章中更为具体地勾画出德语通俗小说中的三种上海形象，即西方殖民化的典范城市、中西方冲突的中心与危机四伏的异国情调，但对每种形象均缺乏深入的分析与探讨。相比之下，柳维坚的《他者排斥与身份失界——德语文学上海书写中的自我文化认知》[3]不仅对德语"上海小说"进行了分类汇总，也做出了较为深入的阐释。该文指出，不同时期文学中的上海形象反映了书写主体差异性的自我文化认知：殖民时期的小说通过对他者的妖魔化与贬抑及对自身的颂扬与肯定建立其德意志"文化民族"的身份认同；在文化危机时期，欲望化与非理性的上海城市形象构建为物质主义下陷入个体性与主体性危机的个体提供一种新的身份认同的可

1　Vgl. Achim Aurnhammer, "Vicki Baums Roman Hotel Shanghai (1939) im Kontext der deutschen Shanghai-Romane", in Wei Maoping, Wilhelm Kühlmann (Hrsg.), *Deutsch-chinesische Literaturbeziehungen. Vorträge eines im Oktober 2003 an der Shanghai International Studies University abgehaltenen Symposiums*, Shanghai, 2005, S. 217.

2　Vgl. Zhang Zhenhuan, *China als Wunsch und Vorstellung*, S. 71–77.

3　Liu Weijian, "Exklusion des Fremden und Identitätsentgrenzung—das kulturelle Selbstverständnis in der Shanghai-Darstellung der deutschen Literatur", in *Literaturstraße. Chinesisch-deutsche Zeitschrift für Sprach-und Literaturwissenschaft*, Vol. 5 (2004), S. 243–256.

能性；而犹太流亡时期的上海书写则呈现出一种开放、互补的文化自我认知模式。该论文的视角与研究方法颇具启发性，但其分析对象不仅包括小说，还纳入了游记、文化散文等，没有对虚构与纪实文本中的上海书写加以区分。

　　对于德语文学中的上海形象最为系统与详细的研究当属徐昉昉的博士论文《"上海也发生了巨大的变化"——德语文学中上海形象的变迁（1898—1949）》。[1]徐昉昉分"威廉帝国""魏玛共和国""1933到1949年"三阶段爬梳德语文学中的上海形象。与此前从游记、小说、哲学或艺术散文不加区别地截取关于中国或上海相关描述与评价汇集成文学形象的研究不同，徐昉昉充分意识到虚构文学与纪实文学在形象建构上的差异性，分别对各个时期的游记与小说中的上海形象进行研究，并从文类特征、社会文化背景及作者群体差异等角度对两者进行了对比分析。这无疑是德语文学视域下中国形象与中国城市形象研究的重要突破，然而，也正是对游记文本与小说文本中上海形象差异性的强调，使得无论是对小说中还是对游记中的上海形象的阐述均有简化与同质化的倾向。以同本书最为相关的魏玛时期德语游记中对上海形象的勾勒为例，徐昉昉认为这一时期的中国游记体现了一种"革命旅行"的兴盛。与此相应，以霍利切尔的《动荡的亚洲》与基希的《秘密的中国》为例，魏玛共和国时期的中国之旅与旅华游记的共同特点主要有：旅行者多来自小资产阶级家庭，且亲近

1　Xu Fangfang, *"Auch Shanghai hatte sich sehr verändert". Der Wandel des Shanghai-Bildes in der deutschsprachigen Literatur 1898–1949*, Würzburg, 2015.

表现主义运动；旅行路线多以沿海的中国大城市，如上海、广州、杭州等为重心，而这些城市是中国无产阶级形成与发展的重要阵地；游记书写者主要关注的对象是生活在城市中的人，且下层民众成为游记书写的重点；游记书写多带有明显的阶级意识与政治倾向。事实上，以上归纳的诸多特点仅适用于魏玛共和国时期众多游记中的一类，即社会主义或共产主义倾向的旅行者所作的中国游记。这些受苏联十月革命与红色政权建立的鼓舞而来到中国，并在这一无产阶级革命方兴未艾的遥远国度追寻人类政治乌托邦的旅行者，只是魏玛共和国时期旅华德国人中的一部分，其"政治异国情调"也只是众多上海形象中的一种，绝非全貌。其他这一时期的来华旅行者，如文化爱好者、环球旅行者、传教士、学者等，出于不同的动机来华旅行，也对其旅行目的地寄予了不同的期待、渴望与想象，因而其游记也呈现出不同的中国与上海形象。

就"德语文学中的青岛形象"而言，柳维坚教授于1998年便对这一论题产生了研究兴趣。在《从中国的德意志土地到相互理解的神圣之地——德语文学中的青岛》一文中，柳维坚勾勒出德语殖民主义小说中被建构为"第二故乡"与"德意志在海外的土地"的青岛形象、作为苦难承受者的中国民众与作为拯救者的德国殖民者形象及在保卫青岛的战斗中彰显日耳曼与普鲁士精神的德意志英雄形象，解析了布莱希特诗歌中反英雄主义的青岛形象、德布林小说《王伦三跳》中作为道家精神汇聚地的青岛形象，描绘了卫礼贤及凯泽林笔下青岛作为中德文化交流、碰撞与融合之地的"和平乌托邦"的城市形象。[1] 刘媛的博士论文《德语游记写作中的"模范殖民地"青岛形象学研究》以1898至1914年间德国知识分子的德语中国游记为对象，分析了不同身份的游记作家的青岛叙事，运用费斯廷格的"认知不协调理论"切入他们所期待的"模范殖民地"与切身体验所得印象之间的落差，分析这种落差背后的社会、文化与心理缘由。[2]

由以上综述可知，就"德语文学中的中国形象研究"这一领域而言，较为全面深入的研究仍主要局限于虚构文学，且大多数未关注德语文学中的中国城市形象。游记文本仍是跨文化与历史研究所热衷的对象，在文学研究文化学转向的影响下，虽然已经有学者尝试从比较文学、历史学、社会学等综合视角考察德语中国游记，但这一领域仍存在诸多可拓展的空间。大多数已有研究以描绘与呈现某一特定时期的中国形象为主，对"形象"背后的历史文化心理要素挖掘不够，城市作为一种有其自身特定历史文化与特殊文化符指的人类共存形式尚未引起形象学研究的普遍关注，且至今尚未有针对魏玛共和国时期大量德语中国游记的系统性研究。

基于已有研究的启示性成果及其存在的拓展空间，本书选取

1　Liu Weijian: "Vom 'jungen Deutsch-China' zum 'heiligen Boden des Verständnisses': Tsingtau (Qingdao) im Spiegel der deutschen Literatur", in *Tsingtau: ein Kapitel deutscher Kolonialgeschichte in China 1897–1914,* hrsg. von Hans-Martin Hinz / Christoph Lind, Eurasburg, 1998, S. 191–195.

2　刘媛：《德语游记写作中的"模范殖民地"青岛形象学研究》，上海外国语大学，2019 年博士论文。

魏玛共和国时期的德语中国游记为研究对象，以现代性体验的视角切入对这一时期来沪德国旅行者的旅行体验的分析，进而由此反观魏玛共和国时期德国旅行者的社会文化心理，并指出，这种社会文化心理同魏玛共和国的现代性危机密切相关。在整个20世纪上半叶对中国的描述与想象之中，城市作为中国现代性发端以及中西文化碰撞、交流与对峙的场所，作为中国近代史上众多政治、历史、文化与外交事件发生的场所与中国现代化进程的缩影，难以简单地纳入到一种均质同化的中国想象中。而对于工业文明深度发展、社会各领域剧烈转型、个人生活、政治文化领域均产生激烈的冲突与震荡的魏玛共和国而言，20世纪二三十年代的中国正是以其动荡不安的社会现实与未知的历史发展前景吸引着大量来华旅人。上海、北京、南京、广州等近代中国大都市作为转型中的中国的缩影，以其现代性与非现代性双重逻辑成为映照德国旅行者自身现代性的文化空间，关于中国城市的游记书写在或拒斥，或认同，或矛盾的情感体验与价值判断中传递出游记书写者的现代性体验与反思。

第三节　理论视角与研究方法

从总体上看，本研究以法国比较文学形象学派将"异国形象"与无意识的社会集体心态（Mentalität）相关联的理论假设为前提。这一假设认为，异国形象是一种深入到一种文化心理与思维潜意识的"社会总体想象物"[1]，是一个社会借以"反视自我、书写自我、反思和想象"[2]的中介，"揭示出和说明了他们置身于其间的文化的和意识形态的空间"[3]。换言之，比较文学形象学关注的并非"形象"对于异国文化的记录与呈现，而是"形象"对其建构者所处社会的无意识社会文化心理的投射与反映。本研究不仅着意于勾勒出魏玛共和国时期德语游记中的中国城市形象建构，更致力于发掘其背后隐含着的魏玛共和国时期社会文化心理。

　　本雅明在对现代性史前史所采取的文学蒙太奇的研究方法为本研究处理与分析11个对象文本提供了思路。本雅明认为，历史无法通过系统化的研究与总体性的论述被认知，而应当通过对其遗留的物质性"碎片"与"垃圾"——即辩证意象[4]——的考察被认知。而对于历史辩证意象，本雅明"不会描述，而是展示它们"[5]。与虚构文学不同，纪实性的游记文本通常不具有连贯性与统一的结构性，多为描述或记录旅行者所见、所闻、所想或旅行中的心理活动、情感抒发的文本碎片的集合。一个游记文本的碎

1　达尼埃尔-亨利·巴柔：《形象》，《比较文学形象学》，孟华主编，北京大学出版社，2001 年，第 155 页。

2　达尼埃尔-亨利·巴柔：《从文化形象到集体想象物》，《比较文学形象学》，第 124 页。

3　同上，第 121 页。

4　关于辩证意象与文学蒙太奇，在本书的第一章第二节中有更为详细的论述。

5　Walter Benjamin, *Das Passagen-Werk. Aufzeichnungen und Materialien. Gesammelte Schriften. Bd. 5*, hrsg. von Rolf Tiedemann, Frankfurt a. M., 1982, S. 1030.

片可能是对一座城市的描述，也可能是对旅行中的一段经历、一种情绪状态、某个人文或自然景观、一段思绪、一番评论的记录。本雅明的历史辩证意象本身就是凝结着古代与现代关系的物质性碎片，而单个游记文本碎片本身也凝结着旅行者对异文化瞬时的感知。本雅明意欲通过对大量历史辩证意象的并置叙述来解释现代性的史前史，而本研究则意图在对游记文本碎片的分解、重组，使之形成新的关联，并考察这种关联所呈现的意义。游记文本碎片间的关联可以是横向的，即不同上海书写中的片段的并置；也可能是纵向的，即考察上海书写与其他城市书写之间的关联。

如果说比较文学形象学的视角构成本研究的理论框架，那么现代性的相关理论则构成了"观看"不同游记文本碎片集合的不同视角。这些视角，即资本主义、民族主义及现代生活等，是在对魏玛共和国历史文化背景、中国历史文化背景及游记文本碎片本身的多重关联性的综合考察中提炼与抽象出来的。它们提供一种对文本与文本、文本与社会文化语境等双重关联的阐释维度与可能性，而非先于文本存在的抽象假设。

文本细读构成本研究最为基础的研究方法。细读旨在"确立文本的主体性"，意在通过对"文本的语言、结构、象征、修辞、音韵、文体等因素"的仔细解读来"挖掘出在文本内部所产生的意义"[1]。它揭示出游记文本碎片内部的整体性与文本层面的

---

1 赵一凡等主编：《西方文论关键词》，外语教学与研究出版社，2006 年，第 630 页。

意义，构成研究文本碎片间关联的基础。需要指出的是，本研究在探讨部分游记文本时，也对游记作者的生平、精神结构进行了分析，如对《动荡的亚洲》作者霍利切尔的人生轨迹与思想历程所做的剖析。但作者维度并非阐释文本意义的手段，而是借其观照游记书写背后的历史文化意义。这是因为，旅行者始终受到特定历史时期与社会环境及思想、精神、文化氛围的影响，其异文化感知与书写的方式还与其"社会地位以及其受社会群体心态的影响程度""在其受教育程度、知识储备、志趣以及其总体的感知能力中体现出来的个人的秉性"等密切相关。[1]

1　Peter J. Brenner, "Die Erfahrung der Fremde. Zur Entwicklung einer Wahrnehmungsform in der Geschichte des Reiseberichts", in Peter J. Brenner (Hrsg.), *Der Reisebericht. Die Entwicklung einer Gattung in der deutschen Literatur*, Frankfurt a. M., 1989, S. 19.

— 第一章 —

现代性体验、近代中国城市

与游记书写

第一节　现代性的三重向度：资本主义、民族主义与现代生活

有关现代性研究在政治学、经济学、社会学、法学、文学、哲学、文化学等诸多学科内均为显学，其定义也因学科不同而各有侧重。那么，究竟何为现代性？吉登斯将其定义为"大约从17世纪的欧洲起源，之后或多或少地影响到全球的一种社会生活或组织的模式"[1]。具体而言："现代性是现代社会或工业文明的缩略语。比较详细地描述，它涉及：（1）对世界的一系列态度，关于现实世界向人类干预所造成的转变开放的想法；（2）复杂的经济制度，特别是工业生产和市场经济；（3）一系列政治制度，包括民族国家和民主。"[2]简言之，现代性就是"现代社会，包括现代

1　安东尼·吉登斯：《现代性的后果》，田禾译，译林出版社，2000年，第1页。

2　安东尼·吉登斯、克里斯托弗·皮尔森：《现代性——吉登斯访谈录》，尹宏毅译，新华出版社，2001年，第69页。

社会的政治、经济制度及与此相适应的思想观念等"[1]，也即现代社会"这一段历史演变时期或这个时期的人与事物所具有的性质或状态"[2]。至19世纪与20世纪早期，作为历史发展阶段的现代性迈入其"成熟时刻"[3]。这一以工业化与城市化为其显著特征的现代性时期又被称为"经典现代性"或"工业现代性"[4]时期。本书援引的现代性理论均为对这一时期现代社会的特征进行描述或阐释的社会学理论，并尝试从资本主义（经济）、民族主义（政治）与现代生活（文化与心理）的角度概述这一时期现代社会的基本特征。

现代性的"另一种表述就是现代同过去的断裂"[5]，而传统社会的瓦解"（就像卡尔·马克思所阐释的那样）为经济这一关键性角色进入并占据支配地位大开方便之门"[6]。无论是马克思的"经济基础决定上层建筑"，韦伯的工具理性，抑或是涂尔干的工业主义，均强调了现代经济对现代生活其他诸领域的奠基性影响。毫无疑问，资本主义是论述现代经济最为重要的范畴

1　郭忠华：《群像与融通：吉登斯现代性理论溯源》，见安东尼·吉登斯：《资本主义与现代社会理论：对马克思、涂尔干和韦伯著作的分析》，郭忠华、潘华凌译，上海译文出版社，2013年，第2页。

2　谢立中：《"现代性"及其相关概念词义辨析》，《北京大学学报（哲学社会科学版）》2001年第5期，第28页。

3　汪民安：《现代性》，广西师范大学出版社，2005年，第25页。

4　Ditmar Brock, *Die klassische Moderne. Moderne Gesellschaften erster Band*, Wiesbaden, 2011, S. 14.

5　汪民安：《现代性》，第28页。

6　齐格蒙特·鲍曼：《流动的现代性》，欧阳景根译，上海三联书店，2002年，第6页。

之一，而对现代资本主义经济与资本主义社会最为深刻全面的阐释无疑来自马克思。马克思将产品与劳动力的商品化视作资本主义的起源。产品的商品化与货币的资本化大大拓宽了资本的时空性；劳动力的商品化则是指将封建时代的生产者从宗教、皇权等封建等级制度的人身所有制中解放出来，并剥夺其拥有的一切生产资料，从而使其成为市场上出售自身劳动力以维持生计的自由经济人。后者使生产者同生产资料相分离，并以此切断其同传统生产与生活方式的联系。对剩余价值的追求和资本积累的动力是资本主义经济和社会的基本特征，为此，资本家不断致力于扩大再生产。资本主义由此具有一种内在的扩张性，这种扩张性使之超越国界而扩张到整个世界。资本主义所追求的社会大生产及其扩大化与生产资料的私有制始终处于矛盾中，这种矛盾造成的周期性危机同内在于资本主义社会的异化问题一道，引发资产阶级与无产阶级间剧烈的政治冲突。马克思为这种冲突构建了社会主义与共产主义的现代性蓝图。这一蓝图实现的前提是资本主义生产关系的消除，而这只有通过无产阶级暴力革命才能够实现。如果说马克思对于资本主义社会的源起、内在机制、阶级问题等做出了较为普遍的说明的话，那么列宁则对19世纪末20世纪初资本主义发展的新特点进行了阐发。列宁指出，此时的资本主义已经发展到一个新的阶段，即帝国主义阶段。他将帝国主义定义为"发展到垄断组织和金融资本的统治已经确立、资本输出具有突出意义、国际托斯拉开始瓜分世界、一些最大的资本主义国家已全部把世界瓜分完毕这一阶段的资本主义"[1]。

马克斯·韦伯的资本主义现代性理论范式也对后世产生了重要影响。与马克思从生产关系角度探讨资本主义起源的理路不同，他认为新教伦理对资本主义精神的形成与发展具有重要推动作用。在他看来，新教伦理的"天职观"，即勤恳劳动工作与禁欲是彰显上帝荣光的途径的观念，推动了"通过理性、严格的经济核算，追求合理、长期的获益与成功"的资本主义精神的形成，进而促进了资本主义与"以合理性行为追求盈利的社会体系"[2]的产生。现代社会的形成与发展在马克斯·韦伯看来是一个理性化祛魅的过程，"现代性在某种意义上就是理性化"，"理性作为现代性主流的意识形态之一，通过一系列的制度安排建构起现代社会的政治、经济结构"[3]。理性化或工具理性在社会各个领域的广泛渗透将无可避免地造就官僚制的"铁笼"，这一坚不可破的"牢笼"将导致人的机械化与人性的丧失。[4]

资本主义生产方式本身及其在世界范围内的扩张与帝国主义的全球殖民带来了现代性的一个重要问题，即民族与民族主义的形成与发展。尽管这一问题错综复杂，并非单一的思想、

---

1 列宁：《帝国主义是资本主义的最高阶段》，中共中央马克思恩格斯列宁斯大林著作编译局译，人民出版社，2014年，第87页。

2 聂志红：《资本主义起源与资本主义精神解析》，《贵州社会科学》2017年第12期，第111页。

3 唐文明：《何谓现代性？》，《哲学研究》2000年第8期，第47页。

4 参见安东尼·吉登斯：《资本主义与现代社会理论：对马克思、涂尔干和韦伯著作的分析》，第298—299页。

政治、经济或文化要素所造就，但毫无疑问的是，"现代性必然需要民族的形成，就像它不可避免地要造就民族主义的意识形态和运动一样"[1]。民族与民族主义的现代性本质或可从以下几方面进行考量。首先，启蒙理性推崇与造就的个人主义不仅适用于人，亦适用于民族，"个人被构想成能动自律的理性主体，国家被构想为通过法治而处于良好秩序的法权主体"[2]，民族自决的思想成为民族与民族主义的思想滥觞。其次，具体而言，不同学者对民族、民族主义同现代性的关联做了不同的阐述与说明。盖尔纳从资本主义工业发展的功能出发，认为工业化的生产与劳动分工要求与导致了一种相对均质化与统一的文化出现，从而催生了民族与民族主义；汤姆·奈恩和迈克尔·赫克特则认为，现代工业在不同国家和地区内的不平衡发展造成了剥夺与被剥夺的关系，这种关系唤醒了民族情感与理想；吉登斯等学者认为，民族和民族主义是在现代专业化国家的建立或在对抗特定的帝国或殖民国家中形成的。[3]而从意识形态的整合作用来看，民族和民族主义又可视作是被启蒙理性所瓦解的宗教神圣权威的一个替代品，即"对于现代性过程中宗教一统性分裂后的认同补偿"[4]。

1　安东尼·史密斯：《民族主义：理论、意识形态、历史》（第二版），叶江译，上海人民出版社，2011年，第53页。

2　唐文明：《何谓现代性？》，第48页。

3　同上，第53页。

4　汪民安：《现代性》，第121页。

　　如果说资本主义与民族主义是从经济、政治等宏观维度考察现代性的话，那么，对于现代生活的考察则更多地涉及现代性主体的心性结构与生活体验。从词源学与概念史的角度看，"现代"不仅可以指从17世纪至今的历史时期，也可作"'目前''现在''今天'的代名词，用以泛指人们正在经历的任何一个当前的时间阶段"，"具有一种相对的意味"[1]。与"现代"不断更新的相对性相对应，"现代性"意味着此时此刻的当下与现在事物所具有的性质或状态。在这个意义上，波德莱尔将现代性定义为"过渡、短暂、偶然"[2]，即现代生活的特性。[3]齐美尔将"过渡、短暂、偶然"的现代生活同现代人的心理体验相关联，认为"现代性的本质是心理主义，是根据我们内在反应来体验和解释世界，而我们的内在世界实则将一切固定内容消解为心灵的流动成分，涤荡了一切实质性存在，仅剩无数变动不居的形式"[4]。现代生活最为凸显的地方无疑是大都市。

　　在《大城市与精神生活》一文中，齐美尔如此描绘现代人的心理特征："大城市人的个性特点所赖以建立的心理基础是表面和内心印象的接连不断地迅速变化而引起的精神生活紧张。"[5]为使心灵在纷至沓来、瞬息万变的外部印象中不至崩

1　谢立中：《现代性"及其相关概念词义辨析》，第 28 页。

2　波德莱尔：《波德莱尔美学论文选》，郭宏安译，人民文学出版社，1987 年，第 485 页。

3　汪民安：《现代性》，第 4 页。

4　Georg Simmel, "Die Kunst Rodins und das Bewegungsmotiv in der Plastik", in *Nord und Süd. Eine deutsche Monatsschrift Bd. 129*, Berlin, 1909, S. 194f.

5　齐美尔：《桥与门：齐美尔随笔集》，涯鸿等译，上海三联书店，1991 年，第 259 页。

溃，城市人发展出一种具有"理性主义特点"[1]的精神结构，来作为"主观生活对付大城市压力的防卫工具"[2]。这使得城市人具有一种精于计算与功利主义的麻木与冷漠。而"理性主义"之所以成为摧毁温情脉脉的人际关系的元凶，是因为这种理性并非激发主体能动性的理性，而是同货币经济一样具有"纯客观性"[3]的抽象理性。在齐美尔看来，大城市不仅是现代生活的中心，也是现代经济——货币经济的中心，而"成熟的（实际上是资本主义）货币经济的发展"[4]是一切现代性起源的最为根本的起源。在齐美尔这里，货币不是一个经济学概念，而是一个纯粹的符号，一种抽象关系的象征。[5]"货币使一切形形色色的东西得到平衡，通过价格多少的差别来标识事物之间的一切质的区别"，"挖空了事物的核心，挖空了事物的特性、特有的价值和特点"[6]，锻造出"现代生活平均化、量化的价值取向"[7]。货币经济使得人们在社会活动之中只见抽象的货币价值，不见包括人在内的一切事物的本质与特殊性，其结果就是人与人之间只剩下抽象的经济关系，而不再有情感的联结。在货币经济中，"生

1　齐美尔：《桥与门：齐美尔随笔集》，第259—260页。

2　同上，第260页。

3　同上，第261页。

4　戴维·弗里斯比：《现代性的碎片：齐美尔、克拉考尔和本雅明作品中的现代性理论》，卢晖临等译，商务印书馆，2016年，第134页。

5　参见同上，第78页。

6　齐美尔：《桥与门：齐美尔随笔集》，第265—266页。

7　西美尔：《货币哲学》，陈戎女等译，华夏出版社，2002年，"前言"第7页。

活的核心和意义总是一再从我们手边滑落"[1]，最终是"终极追求
和意义的失落"[2]。

克拉考尔也注意到现代世界不断增长的物质文明所造成的意
义虚空及其对人本质的戕害。他所关注的是失去意义的世界和丧
失本质的人之间的关系。物质主义和资本主义的发展将人从前现
代整合在具有更高意义下的共同体中分离出来，成为一个个孤立
的原子；世界也从原来的有机体变作杂乱无章的存在，"分裂为
事物存在的多样性和人类主体应对这一状况的多样性"[3]。面对意
义真空的现代世界，克拉考尔认为，与他同时代的诸多知识分子
不是最直接地面对现实，而是躲进诸如相对主义、弥赛亚式的共
产主义与艺术共同体等各种形式的避难所中。[4]而丧失了意义的
大量"真空人"则构成了以自身为目的的"大众装饰"[5]。资本主义
社会的大众（Masse）的代表在克拉考尔生活的魏玛共和国时期
是当时兴起的职员阶层，他们以大众娱乐的大众化审美形式中填
充空缺意义，在电影院、娱乐宫、异国旅行中逃避他们的真实
处境。

---

1 西美尔：《金钱、性别、现代生活风格》，刘小枫选编，顾仁明译，华东师范大学出
版社，2010年，第8页。

2 西美尔：《货币哲学》，"前言"第7页。

3 Siegfried Kracauer, *Schriften I*, Frankfurt a. M., 1971, S. 13.

4 参见戴维·弗里斯比：《现代性的碎片：齐美尔、克拉考尔和本雅明作品中的现代性
理论》，第78页。

5 Siegfried Kracauer, *Das Ornament der Masse. Essays mit einem Nachwort von Karsten Witte*,
Frankfurt a. M., 1977, S. 52.

第二节　从传统到现代：
近代中国城市的基本特征

18世纪60年代，第一次工业革命率先在英国拉开帷幕，随后自英国扩散到整个欧洲大陆，欧洲城市从此进入了工业化与现代化时期。蒸汽机的发明与科技的进步促使资本主义生产方式完成了从工场手工业向机器化大生产的转变，带来了更为快捷便利与适合商品运输的新的交通工具，极大促进了城市与城市、城市与乡村间的经济贸易往来与人员流动，也为规模空前的城市化进程提供了巨大的驱动力。机器化大生产实现了社会生产的集中化和规模化，吸引了乡村劳动力大量聚集在工厂集中的城市及其周边，导致了城市人口的膨胀，促进了城市规划与建设理念、形式与实践的不断变迁。

18、19世纪以来的工业化与资本主义快速发展深刻改变了人们的居住形式、生活方式、社会组织形式及思想观念。尽管诸多现代化的城市往往是传统城市的所在地，而"事实上，与以往那些将前现代城市与乡村区别开来的准则相比，城市生活的组织原则完全不同"[1]。首先，城市的工业化与现代化造就出的大批产业工人逐渐形成了无产阶级，与掌握生产资料的资产阶级一道，构成工业社会最为基础的阶级结构。无产阶级与资产阶级在经济

1　Anthony Giddens, *The Consequences of Modernity*, Cambridge, 1990, S. 6.

生活中截然不同的活动方式造就了两者截然不同的城市生活。这种差异性也体现在城市景观中，"从工业资本主义城市发展之初起，城市的景观就打上了阶级差异与不平等的烙印"[1]。在早期的城市化进程中，"城市随意扩张，肮脏、狭窄的街巷两旁边迅速搭建起来狭窄局促的临时住宅，产业工人就和他们的家人们一起居住在工厂的阴影下"[2]。与此相对应的，则是资产阶级整齐有序的大型工厂与繁华美观的商贸中心。随着城市的扩张与城市规划意识的逐渐增强，无产阶级恶劣的居住区及其休闲活动区域在逐渐扩大的同时，也被代表资产阶级利益的城市规划者限定在特定的区域内，资产阶级、中产阶级与无产阶级分别拥有了各自的聚居区域。[3]正如马克思所言：

> 资产阶级使乡村屈服于城市的统治。它创立了巨大的城市，使城市人口比农村人口大大增加起来，因而使很大一部分居民脱离了乡村生活的愚昧状态。正象它使乡村从属于城市一样，它使未开化和半开化的国家从属于文明的国家，使农民的民族从属于资产阶级的民族，使东方从属于西方。[4]

尽管工业化与资本主义生产并未消除乡村这一居住形态在

---

1 德波拉·史蒂文森：《城市与城市文化》，第22页。

2 同上，第18页。

3 参见同上，第21—22页。

4 中共中央马克思恩格斯列宁斯大林著作编译局编：《马克思恩格斯选集》（第一卷），人民出版社，1972年，第255页。

现代生活中的存在，但城市化所及之处，无论在欧洲国家，还是在亚洲、南美洲和非洲的后发展国家，中心城市均在社会生活中"占据了主导地位，并建构了该国相当高比例人口的生活方式"[1]，影响了乡村生活与人们关于乡村的认知与想象。随着工业资本主义与城市化进程的发展，资本主义生产方式与经济要素早已渗透到乡村生活之中，但在文学话语与日常生活话语中，乡村仍然总是以城市对立面的形象出现。乡村被视作自然的、健康的、稳定安全的、人际关系友善和谐的处所，而城市则被想象为藏污纳垢、荒芜堕落、社会崩溃混乱、危险与革命威胁酝酿滋生的地方。[2]城乡二元的思维图式成为建构乡村与城市乌托邦的基础。浪漫化与田园主义的乡村成为乡村乌托邦的基本蓝图，而剔除肮脏混乱的生活条件、充满威胁的社会环境与疏离冷漠的人际关系等负面因素的城市图景则成为想象城市乌托邦的基本路径。

近代中国城市的发展历程与西方工业革命时期的城市化进程有颇多相似之处，但由于其发展的契机与重要动力是西方资本主义的入侵，近代中国城市又具有诸多自身特有的发展规律。1840年的鸦片战争打开了清王朝闭关锁国的大门，动摇了几千年封建统治的根基，西方资本主义文明经由不平等条约与通商口岸不断渗透到中国社会肌理之内，诱发了中国社会进行自我改革的内在动力。随着外国侵略者在多个中国城市建立租界，

1　德波拉·史蒂文森：《城市与城市文化》，第18页。

2　参见同上，第24页。

中国城市沿着外力推动与自觉变革的两条路径，开启了其早期现代化时期。

中国城市的近代化"是在商贸推动下完成的，而不像西方城市，近代化是由工业革命引起的"[1]。因此，开埠初期，通商口岸城市商贸发达，而工业等其他产业的发展极其不均衡。这导致了城市经济发展的极度失衡与诸多城市的畸形繁荣。在设立租界的城市内，租界与旧城区形成的反差尤为强烈。与此同时，由于"各租界市政工程互不联系，各自畸形发展"，"城市布局与建筑风貌混乱不堪"，而当时中国社会动荡不安的局面，又使得华界难以得到稳定的统治与治理，这使得华界与租界各自为政，从而导致这些城市控制系统混乱，部分区域偷盗、抢劫等犯罪行为横生，烟、赌、娼三毒行业屡禁不止、兴盛不衰。[2]在租界城市的影响下，非通商口岸与自主开埠的中国城市的近代化同样始于商贸发展，其城市内部发展同样存在类似的失衡现象。

到20世纪，尽管资本主义列强"对变迁具有特定的取向"，且致力于把对殖民地或半殖民地的"变革局限在非常有限的特定范围内为己任"[3]，但由于资本主义外力入侵而引发的商贸发展在客观上促进了中国城市工业的起步及随后的快速发展。而城市工业的发展又进一步助推其商贸业的发展，全面带动了城市的"工

---

1 周绍荣：《租界对中国城市近代化的影响》，《汉江论坛》1995年第11期，第30页。

2 参见张百庆：《中国城市早期现代化过程中的娼妓问题》，《史学月刊》1999年第1期，第100—101页。

3 S.N.艾森斯塔德：《现代化：抗拒与变迁》，张旅平等译，中国人民大学出版社，1988年，第128页。

商业、金融业、交通、通信、服务业等行业的发展"[1]。在此背景下，上海、天津、武汉等沿海沿江城市由于与世界市场直接发生联系，在经济上发展尤其迅速，在功能上开始朝着多样化的方向发展，并逐渐"形成与传统城市完全不同的功能较为复杂的综合性中心大城市"[2]。这些城市不仅经济发达，而且行政地位较以往有了大幅提高，在文化上也因中外多方影响而呈现出多样化的面貌。与此同时，自洋务运动以来，中国本土的现代化与工业化尝试逐渐显现其成果，在民族资本主义工商业的发展与现代交通运输业的不断建设与发展中，一批矿产资源丰富或交通优势明显的城市逐渐开启其现代化与工业化进程。对于北京、南京等古代区域性政治中心城市而言，它们"一方面继续保持原有的政治行政中心的功能，同时，经济功能进一步增强，从而形成了双重结构"[3]。尽管如此，这些城市的工业始终不够发达，发展的工业"往往是为本城生产消费品的地方产业，输出产业得不到发展，城市经济缺乏成长的动力"[4]。最后，由于我国幅员辽阔，发展不平衡，到20世纪中期，广大内地和边缘地区的城市仍保持着传统城市的形制。

就近代中国城市的工业化与现代化对中国社会的影响而言，主要包含以下三方面。首先，"中国城市早期现代化造成了城乡

1　何一民主编：《近代中国城市发展与社会变迁：1840—1949》，科学出版社，2004 年，第 29 页。

2　同上。

3　同上，第 46 页。

4　同上，第 47 页。

之间的二元对立"[1]。近代中国城市的发展使得城市在经济与文化等诸多层面拉大了城乡之间的差距。城市资本主义的发展并未惠及乡村，而是通过对乡村资源的掠夺而进一步加剧了乡村的贫困与落后。其次，近代城市的发展提升了商人的社会地位。工业化和城市化使得经济在社会生活中扮演越渐重要的角色，中国城市的现代化深刻改变了士农工商兵的等级秩序观念，众多官僚、士大夫与归国留学生纷纷跳出传统的桎梏，投身商界。最后，近代中国城市产生了新的社会阶级和阶层。随着中国近代工业的确立与发展，中国社会出现了无产阶级这一未来中国革命的中坚力量以及官僚买办和民族实业家等资产阶级群体。除此之外，随着中心城市报刊出版业及近代教育业的快速发展，"诞生了一批独立于政界、官场的自由职业知识阶层"，这些新型文人"使城市精英文化阶层摆脱对封建官僚政治的依附，而着意于近代文化的科学化、民主化以及世俗化建设"[2]。

第三节　现代性、旅行体验与游记书写

　　作为一种从一个地理空间到另一地理空间的人类活动，西方的旅行活动自近代以来便同现代性问题密不可分。首先，西方旅

1　张百庆：《中国城市早期现代化过程中的娼妓问题》，第 101 页。
2　涂文学：《中国近代城市化与城市近代化论略》，《汉江论坛》1996 年第 1 期，第 60 页。

行者本身便是具有现代意识与现代性体验的主体。无论旅行者受过何种教育，从事何种职业，秉承怎样的世界观与人生观，他的主体性在社会化与文化化的过程中无可避免会受到现代性经验的形塑，从而决定其对异文化的观看与感知。对于魏玛共和国时期来到中国的德国旅行者而言，魏玛共和国时期的历史与文化是他们随身携带的文化行囊，决定着他们对中国文化的体验和感知。另一方面，自19世纪欧洲工业革命以来，资本主义工业文明的全球化进程逐渐将世界上相对落后的国家和地区纳入世界现代文明的总进程中。尤其是19世纪末20世纪初帝国主义在世界范围的殖民扩张，更以一种强劲的势头卷席了世界各地，迅速破坏或松动了仍处于前现代文明状态的国家或地区原有的政治与经济形态。对于中国、埃及、印度等亚洲和非洲被殖民或半殖民国家而言，现代性是其古老文明中外来的异质性的他者，经由从西方到东方的"旅行"呈现出不同于西方的在地化的面貌。对于中国而言，20世纪二三十年代正是中国社会剧烈动荡与转型时期。一方面，封建时代残余的经济生产方式、政治运作机制、风俗习惯、心性结构及思想观念等仍普遍存在。另一方面，西方现代性的入侵以及中国本土的现代化主观意愿与相应的举措也在逐渐瓦解或改变残存的农耕文明的社会形态。另外，处于同一时期的魏玛共和国同样深陷政治与经济动荡的漩涡中，遭受着深刻的现代性危机。而这种现代性的危机性体验同样深深印刻在来华德国旅行者的精神结构中。由于现代性是源自于西方的异质性文化要素，中国社会的发展呈现出中与西、古与今的多重历史与文化逻辑交错的复杂局面。而这种局面无疑在中外文化与文明交锋最为激烈的城市中体现得尤为明显。德国旅行者作为具有现代意识的人，对于中国城市的政治、经济、文化与社会状况的书写与阐释在一定程度上反映了他们对于现代性的情感倾向与价值取向。

如果将文化宽泛地定义为"使一种特定的生活方式显得与众不同的符号"[1]，并将其视为一个可供阅读的文本的话，那么异国旅行者所听、所看、所感知的与所获知的，始终都仅仅是异国文化巨大符号体系中碎片化的部分，而他们所作的游记则是对这些文化碎片的呈现。旅行者碎片化的经历、感悟、情感反应、价值判断如何在文本化过程中形成意义，而碎片化的文本，即单个的游记文本或游记文本中对异国文化特定的描述，以及对其的评价与情感反应记录何以呈现出其历史与文化意义，无疑是本研究最为关切的问题。而从看似无序混乱的碎片化经验与经验知识中提炼出意义与价值，也是与现代性体验紧密相关的问题。本雅明为考察碎片化的现代经验背后的历史真义提供了非经验、非抽象的方式。

现代性"过渡、短暂、偶然"的特点阻断了启蒙理性想象中连续性的时间，将当下与现在抽象成为一个个继替的瞬间点。非连续性的时间意识"是与传统的断裂，是对纷至沓来、层出不穷的新奇事物的感受和对现实生活之短暂性、偶然性、不确

1　阿雷恩·鲍尔德温等：《文化研究导论》，陶东风等译，高等教育出版社，2004 年，第 4 页。

定性、碎片性的敏锐体悟"[1]。碎片化的时间体验造成了生活体验的碎片化，也导致人们再难以传统的经验和方式对生活与现实的总体性意义进行把握。本雅明将现代性的过渡性、短暂性和偶然性界定为"既存语境中的新奇"[2]，即不断自我生成与更替的此时此刻的状态。在本雅明看来，现代性的"新奇"导致了"经验的不连续性"[3]，任何对于历史的总体性观察都意味着将历史视作"同质的空洞时间的连续体"[4]。他将历史定义为"建构的产物，而这种建构的所在地并非同质、空洞的时间，而是被此时此刻所填满的时间"[5]，而真正能够揭示历史真义的，不是对于历史的系统性论述或对于社会状况的描述，而是对于历史辩证意象的考察。

辩证意象是本雅明的现代性理论的一个重要概念，它是资本主义商品世界速朽的新奇败落后残留的物质性碎片，是"历史的垃圾"[6]。辩证意象是"凝滞的辩证法"，它寓意着时间之流的停顿与留驻，它"不是过程，而是图像"，一种具体的物象；在这个

1　王小章：《齐美尔的现代性：现代文化形态下的心性体验》，《浙江学刊》2005年第4期，第43页。

2　Walter Benjamin, *Das Passagen-Werk. Aufzeichnungen und Materialien. Gesammelte Schriften. Bd. 5*, S. 1010.

3　戴维·弗里斯比：《现代性的碎片：齐美尔、克拉考尔和本雅明作品中的现代性理论》，第279页。

4　同上，第293页。

5　Walter Benjamin, *Gesammelte Schriften. Bd. 1*, hrsg. von Rolf Tiedemann, Frankfurt a. M., 1974, S. 701.

6　Walter Benjamin, *Das Passagen-Werk. Aufzeichnungen und Materialien. Gesammelte Schriften. Bd. 5*, S. 575.

物象中，"已在（das Dagewesene）与当下（das Jetzt）迅速形成星丛"[1]，古代性与现代性以"星丛"的方式，即如行星般既相互独立又彼此联系[2]，辩证地存在于相互并置中。本雅明的辩证意象是物质性的、形象的，由于他以资本主义时代的大城市为其考察现代性的出发点，因而便为散落在城市中的凝固着古今关系的辩证意象找到了一个发现者，即游荡者。

在本雅明这里，游荡者是"一个闲逛、懒散、漫不经心、凝视着城市奇观的从容悠闲的混合物"，"只有在工业化欧洲大城市的社会条件中才有可能出现"[3]。他不仅是都市生活与现代性的目击者，且本身就是一个辩证意象。受马克思影响，本雅明的"现代性的中心问题依赖商品拜物教的特性"[4]，他将资本主义视为"随同一场新梦降临欧洲的自然现象，在资本主义之中，神话的力量再度复生"[5]。资本主义社会瞬息变换，不断产生出异于昨日的"新奇"，但"新奇是一种独立于商品使用价值的特质"，它无法带来实质性的改变或进步，只能创造社会变化的幻象。城市中的大众深陷拜物教迷阵而进入无意识的睡梦中，而游荡者则是

---

1 Walter Benjamin, *Das Passagen-Werk. Aufzeichnungen und Materialien. Gesammelte Schriften.* Bd. 5, S. 576f.

2 参见罗松涛：《〈论历史概念：历史的辩证意象〉——兼论本雅明对历史唯物主义的思考》，《北京师范大学学报（社会科学版）》2010年第2期，第57页。

3 阿雷恩·鲍尔德温等：《文化研究导论》，第383页。

4 戴维·弗里斯比：《现代性的碎片：齐美尔、克拉考尔和本雅明作品中的现代性理论》，第320页。

5 Walter Benjamin, *Das Passagen-Werk. Aufzeichnungen und Materialien. Gesammelte Schriften.* Bd. 5, S. 494.

徘徊在"大都市与市民阶级的门槛前"的"疏离者"[1]。他藏身于大众之中，却始终同大众保持着一定的距离，以一种孤独的姿态观看现代性的万象，采集现代性的意象。

一如本雅明笔下的游荡者，魏玛共和国时期的德国旅行者同样在中国城市空间中游荡与观看。只不过，他们所观看的，并非表征着现代性的"新奇"，而是表征着陌生文化的"异"，一种空间而非时间体验中的"新奇"。本雅明的游荡者被一种有别于既存世界的"新奇"吸引而来到大城市的街道、广场上，而魏玛共和国时期的旅行者则为遥远空间中的"异"吸引，来到诸多中国城市中；前者在对"新奇"的快速浏览中间或发现零星的辩证意象，而后者中既有将他文化的"异"当作风景式的客体、将旅行当作"纯粹的空间体验"[2]的观光者，也有在异文化中开拓视野、寻求新价值与意义的探访者。

本雅明的游荡者在城市游荡中收集历史的辩证意象，并在对辩证意象的并置中开掘历史与当下的联系与意义。在他看来，在一个碎片化的世界中，要想通过对辩证意象进行分析而获得关于世界的真知，不能采取一种系统化论述的方法，而应采用文学蒙太奇，即以形象直观的方式，"既要大量地展示意象，又要把各种意象拼贴在一起，万花筒式地"[3]加以呈现。本雅明在其已完成

1　Walter Benjamin, *Das Passagen-Werk. Aufzeichnungen und Materialien. Gesammelte Schriften. Bd. 5*, S. 54.

2　Siegfried Kracauer, *Das Ornament der Masse. Essays mit einem Nachwort von Karsten Witte*, S. 41.

3　刘北成：《本雅明思想肖像》，上海人民出版社，1998 年，第 192 页。

的《拱廊街研究》计划的纲要中，便选取了拱廊、全景画、世界博览会、居室、巴黎街道、街垒等城市微观意象，通过并置与平行的论述来揭示这些物质性的历史遗留物如何在相互关联的"星丛"中揭示现代性起源的真义。魏玛共和国的中国旅行者们则通过对碎片化的体验、感受、反思的记录，呈现出他们对不同中国城市历史文化的感知方式和赋予各个城市的文化语义。与此同时，这种文学蒙太奇的方法同样对于本书的研究方法给予启示。本书通过对具有关联性的游记文本碎片并置分析，来揭示这些游记文本所包含的文化与历史意义。由于旅行作为一种空间移动总是以从一个站点到另一个站点的形式展开的，众多游记的书写方式也多以站点，尤其是城市为单位展开，而城市内部又有站点的转移，因而某个具体的游记片断既可能同其他游记文本中的某些片断发生关联，也有可能在同一个游记文本内部同其他片断发生关联，从而产生出不同的意义。就魏玛共和国时期德国旅行者的中国城市叙事而言，不同游记文本针对同一座中国城市的叙事，以及同一游记文本对于不同中国城市的叙事，均以不同的关联性揭示出碎片文本本身的文化与历史内涵及其背后所蕴含的社会文化心理。

― 第二章 ―

魏玛共和国

——经典现代性的危机时代

诞生于第一次世界大战之后的魏玛共和国是德国历史上第一个共和国，也是德国社会进一步由传统的农业社会向现代工业社会过渡的转型时期。政治经济的剧烈动荡、社会文化的急剧革新以及两次世界大战间的特殊处境使得魏玛共和国时期的现代化进程在社会发展各领域都烙上了危机的印记。德国历史学家德特勒夫·波依克尔特如此评述这一以"现代"与"危机"为表征的时代：

　　　　魏玛共和国时期处在社会文化划时代变革的交汇点上。它是形成于世纪末的"经典现代性"的高潮。我们当代生活世界的诸多特征均形成于这一时期；现代社会政治、科技、自然科学、人文学科以及现代艺术、音乐、建筑与文学亦在这一时期获得突破。短短的14年便几乎穷尽了所有现代存在形式的可能性。与此同时，这也是经典现代性时期的危机时代。普遍的发展带来的是怀疑、倒退与崩溃。[1]

1　Detlev J. K. Peukert, *Die Weimarer Republik. Krisenjahre der klassischen Moderne*, S. 266f.

换言之，魏玛共和国时期是"现代性的基本模式进一步发展与充分展开，并从最初有限的空间扩张到所有生活领域"[1]的时期，而这一现代性蓬勃发展时期在传统心态结构与恶劣的外部政治经济环境双重作用下引发了全面的社会与文化危机。

第一节　现代国家与"诞生创伤"

从社会政治上看，魏玛共和国时期"社会环境的碎片化"[2]趋势为世界经济危机背景下共和国的覆灭埋下了伏笔。威廉帝国时代的四大政治阵营，即由容克大地产主及其下属农民所组成的传统保守主义阵营、来自于传统市民阶级的民族自由主义阵营、天主教的中央党以及受到古老手工业、工商业地区和城市普遍支持的社会民主主义阵营，在"半君主专制"的政治体系之中具有相当的稳固性。[3]这种稳固性来自于各政党选民所处社会环境的一致性、整体性与和谐性，各种不同的社会环境内能够产生各自共同的政治文化、价值取向与观念标准。[4]在魏玛

1　Helmuth Kiesel, *Geschichteder deutschsprachigen Literatur 1918 bis 1933*, S. 87.

2　李工真：《德国现代史专题十三讲——从魏玛共和国到第三帝国》，湖南教育出版社，2010 年，第 55 页。

3　同上，第 58 页。

4　参见同上，第 57—58 页。

共和国时期加速的现代化进程中，工业社会的流动性与灵活性松动了各国社会中的传统联系；政治、经济、社会现代化不断产生新的社会分界线，如青年与父辈的代际分界、新的社会环境下的男女角色分界、各社会集团之间的分界等；不断发展的社会差异使得原本各成一体的社会环境分崩离析，产生了众多"丧失环境者"与"无环境的依托者"[1]。这种在传统社会向现代工业社会转型过程中出现的传统宗教、道德与习俗整合纽带的断裂被涂尔干称作社会失范，而现代国家则是传统瓦解后为"社会的连续和平稳的运行服务"[2]的重要机制之一。如果说现代国家是传统社会整合力量与机制失效后现代社会的一条出路的话，那么这条出路在魏玛共和国时期显然是行不通的。德国历史学家温克勒称魏玛共和国是"一种试图解决经济文化现代性与落后的政治之间的矛盾的尝试"[3]，而这种尝试，也即建立现代民主国家的尝试，显然是失败的。

　　魏玛共和国自诞生之初便缺乏稳固的意识形态与政治基础。从心态史的角度看，魏玛共和国是缺少"诞生神话"[4]的国家。与分别在资产阶级革命、法国大革命及独立战争后建立起来的英、法、美等现代资本主义民族国家不同，魏玛共和国的

1　李工真：《德国现代史专题十三讲——从魏玛共和国到第三帝国》，第61页。

2　齐格蒙特·鲍曼：《流动的现代性》，第6页。

3　Heinrich August Winkler, *Streitfragen der deutschen Geschichte: Essays zum 19. und 20. Jahrhundert*, München, 1997, S. 91

4　Detlev J. K. Peukert, *Die Weimarer Republik. Krisenjahre der klassischen Moderne*, S. 16.

建立不以"英雄式的，或可在民族神话中被英雄化的壮举"为基础，而是第一次世界大战后多方妥协的痛苦结果。这就使之在陷入政治与社会危机时，因缺乏"合理性的前提"[1]而无法提供广泛而强有力的社会凝聚力。德裔美国历史学家彼得·盖伊则以"诞生的创伤"[2]描绘魏玛共和国建立之初普遍的大众心理。战后君主专制的覆灭与1918年革命的爆发使得德国社会弥漫着一种旧时代灭亡、新时期到来的希望与乐观情绪，但随之而来的残酷内战、频繁的政治暗杀、恶性通货膨胀、法国对鲁尔区的占领、容克军事力量在政治领域中的再度崛起、容克资产阶级在政治经济中无所损减的力量以及凡尔赛屈辱条约的签订均沉重挫伤了对新生共和国的热情期盼与拥护。共和国的否定者和反对者立场始终如一，而拥戴者和支持者却在短暂的热情憧憬后，或背离或疏远了民主与共和的政治理念。1918年年初仍企盼革命开启人类未来新篇章的里尔克于年末便失望地在给女友人的信中写道："在巨大变革的托词之下风行的仍是过去的无原则性。"[3]革命并未引发真正的变革，而是导向一种"政治业余活动"[4]。诱发人们在最需要审慎考量的领域进行不负责任的政治实验。这种政治上的非理性情绪可追溯到战前的民族沙文主义。

---

1   Detlev J. K. Peukert, *Die Weimarer Republik. Krisenjahre der klassischen Moderne*, S. 16.

2   Peter Gay, *Die Republik der Außenseiter. Geist und Kultur in der Weimarer Republik 1918–1933*, übers. von Helmut Lindemann, Frankfurt a. M., 1970, S. 17.

3   Reiner Maria Rilke, *Reiner Maria Rilke. Briefe. Bd. 2*, hrsg. von Karl Altheim, Wiesbaden, 1950, S. 113.

4   Ebenda.

"一战"爆发前夕达至高潮的民族自我想象与美化的狂潮在战败的事实之中跌入罪恶感与羞耻感的深渊，大部分德国人失去了参与和改造现实的热情，但对于乌托邦仍充满着渴望。只有少数人保持着政治上的清醒与理性，多数人"陷于一种政治无知的状态，越来越倾向于唾弃他们所不赞成的事物，并随时准备着成为江湖骗术的买主，而这种骗术比他们曾经热烈欢迎的战争还要面目可憎"[1]。而凡尔赛和约对德国经济与领土的报复性掠夺更是成为保守派与右派攻讦与污蔑共和国的有力武器，也成为社会怨愤情绪的重要来源。从政党政治的角度看，魏玛共和国时期是各种政治意识形态并存并极端化的时代。1918年革命所造成的内战与混乱，尤其是社会民主党与斯巴达克党的分道扬镳，是社会环境分裂的典型征象，既标志着社会分化背景下不同群体间的不可调和性，也标志着魏玛共和国议会内诸党派的各自为营与分崩离析。整个魏玛共和国时期充斥着极端的政治意识形态和激进化的"政治业余活动"，唯独缺少理性的"国家意识形态"[2]。这导致各个政党间的彼此敌视与不合作，也使得政府在面对重大经济与社会危机时的软弱无力，致使民众对于代议制民主政治大失所望而在非常时期转向颠覆共和国的纳粹阵营。

1　Peter Gay, *Die Republik der Außenseiter. Geist und Kultur in der Weimarer Republik 1918–1933*, S. 30.

2　Helmuth Kiesel, *Geschichteder deutschsprachigen Literatur 1918 bis 193*, S. 113.

第二节　美国主义与资本主义文化批判

在论述魏玛共和国时期的文化之前，有必要先对相应的社会状况做一番简要的描述。就社会结构而言，德国的城市化在世纪之交基本完成，城市与乡村生活模式自此也基本定型。[1]到20世纪20年代中期，生活于大城市、乡村与其他城市的人口数量大致相当，但是城市性的挑战仍是这一时期生活感受的主要特征，尤其是乡村首先通过与大城市的对比与反差界定自我。[2]大城市作为现代性体验的基本空间在魏玛共和国时期得到进一步发展，1920年的"大柏林"计划使得拥有约390万人口的柏林一跃成为继巴黎与伦敦之后的世界第三大城市。[3]激增的现代性体验在时代危机背景之下，在与传统价值和文化的激烈冲突之中引发了"令人深思、令人愤慨的对立反应"[4]，引发了多重忧虑与深刻的文化危机感。

20世纪20年代中后期，随着美国旨在复苏德国经济的"道威斯计划"的实施，魏玛共和国经济进入了相对稳定的发展期，出现了短暂的繁荣。[5]经济与社会的稳定发展使得因"一战"和战后动乱而受阻的现代化进程在社会与文化生活之中呈现井喷式的发

1　Vgl. Detlev J. K. Peukert, *Die Weimarer Republik. Krisenjahre der klassischen Moderne*, S. 181f.

2　Vgl. ebenda.

3　Vgl. Daniel Moratu. a., *Weltstadtvergnügen. Berlin 1880—1930*, Göttingen, 2016, S. 11.

4　李工真：《德国现代史专题十三讲——从魏玛共和国到第三帝国》，第 97 页。

5　参见丁建弘：《德国通史》，上海社会科学院出版社，2002 年，第 323 页。

展，尤其在文化领域，"'魏玛'被视作现代性的同义词"[1]，而位于魏玛共和国时期现代性话语中心的是围绕着"美国主义""美国化"及"美国"等一系列语义相关的文化概念的探讨，而这些概念标识出的正是现代资本主义文化的诸多问题与多重面向。[2]

鲁道尔夫·凯泽在《福斯报》的一篇文章中称美国主义为"新的欧洲流行语"，尽管其语义宽泛而难以界定，但却"切中了我们时代的基本特征"[3]。"美国主义"在20世纪20年代是"无条件、无所顾忌的现代性"的象征，而美国形象则同"无限可能性之国的神话、美国经济奇迹与金融实力、先进的大量生产与大众消费"相关联，代表着"不受阻挠的理性化、摆脱传统的革新、大众的先锋文化、新的媒体世界与新生活方式的展开"[4]。"美国主义"语义场如此宽泛，以至于"人们可以用它来指称一切与'现代'沾边的特性，如物质主义、效率、数量、商业化、标准化、自动化、技术专制、单一化、实用主义、改革主义、朴素的乐观主义、偶然性、开放性、大众影响、宣传与民主等诸多没有密切关联的事物"[5]。这种多样性的文化语义在不同的社会群体间引发了不同的现代性反应。

1　Detlev J. K. Peukert, *Die Weimarer Republik. Krisenjahre der klassischen Moderne*, S. 166.

2　Vgl. Helmuth Kiesel, *Geschichteder deutschsprachigen Literatur 1918 bis 1933*, S. 87f.

3　Rudolf Kayser, "Amerikanismus", in *Vossische Zeitung* vom 27. 9. 1925.

4　Detlev J. K. Peukert, *Die Weimarer Republik. Krisenjahre der klassischen Moderne*, S. 179f.

5　Philipp Gassert, "Amerikanismus, Antiamerikanismus, Amerikanisierung. Neue Literatur zur Sozial-, Wirtschafts- und Kulturgeschichte des amerikanischen Einflusses in Deutschland und Europa", in *Archiv für Sozialgeschichte*, Vol. 39 (1999), S. 537.

　　魏玛共和国时期最为重要的文化潮流是兴起于20世纪20年代的"新写实主义"。新写实主义拒斥表现主义呼喊新人与精神乌托邦的激情，提倡一种"以事实为基础"[1]的精神，即正面现代化现实的理性务实精神。第一次世界大战对欧洲世界的沉重打击以及美国作为战争胜利者与世界第一工业大国的事实使得美国形象在欧洲意识形态中发生了重要转变。就部分德国人而言，在"道威斯计划"的"美元福祉"与新现实主义潮流的背景之下，美国形象不再是战前市民知识精英所贬斥的"精神同化与文化缺失"[2]的西方文明，而是成为拥有真正民主的文明及完善的资本主义的理想国度。[3]如果说表现主义的"新人""新世界"的理想是一种市民唯心主义乌托邦的话，那么新现实主义的美国想象则勾勒出一个物质与理性文明的未来乌托邦。这一时期的德语科普读物、游记或新闻报道中的美国大致有以下特征：与欧洲阶级分化的状况不同，美国先进的工业大生产已经实现各阶层的同质化，丰富的物质财富几乎已然消除美国社会的阶级矛盾；美国的工业组织与结构完善，基本已经消除了劳资矛盾，企业与企业之间是社会合作伙伴的关系，处于平等的竞争之中；美国的社会等级几乎消失，人人都拥有同样的寓所、汽车，同样的个体灵活性与自由，工人阶级反叛的阶级意识由此消失；泰勒主义与福特主义等工业管理模式能有效推动资本主义生产或销售，因而值得借鉴。[4]由

1　Jost Hermand, Frank Trommler, *Die Kultur der Weimarer Republik*, München, 1978, S. 40.

2　Ebenda, S. 56.

3　Ebenda, S. 58.

4　Vgl. ebenda, S. 50–53.

此，技术理性与实用主义是20年代美国主义的另一种语义，尤其在经济与工业生产领域备受推崇。基于对工业生产与技术的社会化理解，大众文化、大众媒体与大众消费等社会文化现象亦被视为社会民主化的表现，因而在经济短暂繁荣时期广泛为德国民众所接受。

大众文化的兴起与繁荣是魏玛共和国时期最为重要的文化现象，与大城市中雇员阶层的形成密切相关。雇员阶层主要由公司雇员、秘书、会计与售货员等群体构成，他们拥有稳定的薪资、固定的工作时间和大量的闲暇时间，是大众文化最为重要的受众。对于这一阶层或其他众多阶层的青年人而言，"美国主义"意味着以爵士乐、查尔斯顿舞、拳击与其他观赏性体育项目、好莱坞电影、新女性为代表的大众文化，意味着一种值得追求的现代生活方式。一名德国牧师于1929年如此描述大城市中的无产阶级青年：

> 若问及生活的意义，他们只会这样回答："生活本该如何，我们并不知晓，也不想去体验。我们既然活着，就想尽可能从生活中获得它所能提供的一切。"赚钱与娱乐是他们存在的两个支点，而他们所说的娱乐既包括高雅的，也包括低俗的活动，囊括从野蛮的性行为到爵士乐再到新无产阶级艺术无可挑剔的建筑文化和身体卫生的理性维持的一切……这个民族直到思想深处都名副其实地被美国化了，它充满自信，但毫无疑问又是肤浅的。同这个民族的接触使人不能不

深思：或许不是社会主义，而是美国主义将导致一起事物的终结。几乎没有一个女孩再留着传统的发式，而是理所应当地留着毫无形而上感的短发时，大家就会认可，这是所有前述生活方式的一种恰当表达。[1]

这一番描述充分表现出青年人对大众消费文化的接受、认可与欢迎，同时流露出描述者对于大众文化的排斥与否定。

正如现代性与现代化有其积极一面，也有其负面效应，与魏玛共和国时期对于美国主义的狂热并行不悖的是对现代性与现代文化的批判与否弃。和经济与生产领域的资本主义乌托邦式的美国主义不同，文化领域的美国主义还常表现为一种文化批判。奥地利作家阿弗雷德·波尔加在整齐划一的大腿舞中看出个体性在大众性之中的机械化与消解：

这些舞女的表演与动作不仅充满色情的魅力，还具有一种军国性的魔力。那种训练有素、整齐划一与节奏性强、动作开合的啪嗒啪嗒声，对不可见又无法摆脱的命令的服从，以及美丽的"驯化"、个体在大众之中的隐没、众多躯体向着"一具躯体"的聚合。[2]

1　Günter Dehn, *Proletarische Jugend. Lebenshaltung und Gedankenwelt der großstädtischen Proletarierjugend*, Berlin, 1929, S. 39.

2　Alfred Polgar, "Girls", in Alfred Polgar, Bernt Richter (Hrsg.), *Auswahl. Prosa aus vier Jahrzehnten*, Hamburg, 1968, S. 186f.

先锋派与左派作家原本对大众文化寄予社会民主化的希望，甚至将其当作1918年失败的现实革命的"替代革命"[1]，最终随着大众文化与大众媒体在德国进一步普及而大失所望。就当时广受欢迎的电影而言，先锋派与左派作家原本意图利用电影、广播等新兴媒体来教化大众，却发现作为娱乐产品的电影，其生产与消费都受到资本的控制与影响。[2]不少为现代化的诸多现象所倾倒的作家也在作品中表达了对"技术使用诉求的逼迫下自然、文化与感情的丧失"[3]的担忧。马克斯·韦伯则忧虑：在美国这样一种充满"纯粹竞赛的激情"与"使盈利带上运动比赛的性格"的文化之中，最终只能产生"无灵魂的专家，无心的享乐人"[4]。

与基于现代性本身的矛盾性体验所做的批判与反思不同，保守主义的人文学者——即右派知识分子——的美国主义批判常带有一种非理性的激情、传统主义及反民主、反资本主义，一言以蔽之，反现代的倾向。传统学者阶层，尽管在社会经济领域之中已然没落，也不复其对整个国家与民族文化的代表性，但在文化领域，人文学者仍欲固守其文化精英的地位，因而对以美国主义为代表的现代资本主义文化充满敌意，并进行了猛烈的攻击。因

1　Anton Kaes, "Massenkultur und Modernität. Notizen zu einer Sozialgeschichte des frühen amerikanischen und deutschen Films", in Frank Trommler (Hrsg.), *Amerika und die Deutschen. Die Beziehungen im 20. Jahrhundert*, Wiesbaden, 1986, S. 269.

2　Vgl. Detlev J. K. Peukert, *Die Weimarer Republik. Krisenjahre der klassischen Moderne*, S. 172.

3　Vgl. ebenda, S. 186.

4　马克斯·韦伯：《新教伦理与资本主义精神》，康乐、简惠美译，广西师范大学出版社，2010 年，第 183 页。

惧怕资本主义理性化与标准化对个体主体性的吞噬与蚕食，从而导致文化自主性与精神性这一人文学者阶层的传统领域的失守，右派知识分子将美国主义建构为一个恐怖的他者景象。[1]德国月刊《行动》在其刊登的一篇文章中称美国主义为"毒药与瘟疫，毫无特性，是对我们最高生活感受和历史传统的否定"[2]。保守派知识分子阿道尔夫·哈尔菲尔德在其引起广泛共鸣的《美国与美国主义》一书中系统化地呈现了当时德国社会对于美国的偏见，将美国的"计划性的文化"同"逐渐发展形成的"欧洲文化形成对比[3]，并警示"商业之国""成功思想""美元专政"对德国文化精神性的侵蚀："如果我们德国人接受了美国思想，那么希腊人便白活了一遭，德国的神秘主义就是误入歧途，德国的浮士德精神就仅仅只是歌德内心的一种私人观点。美国为创造机械的人而扼杀了厄洛斯。"[4]

这种德国作为文化民族与美国作为只有物质文明而无文化的国家的对比是第一次世界大战前文化（Kultur）与文明（Zivilisation）二元对立的意识形态母题的复现。在这一对立之中：

1　Vgl. Helmut Lethen, *Studien zur Literatur der Neuen Sachlichkeit (1924–1932)*, Stuttgart / Weimar, 2000, S. 27.

2　*Die Tat,* Vol. 20. (1928/29), Bd. 1, S. 60. zit. nach: Helmut Lethen, *Studien zur Literatur der Neuen Sachlichkeit (1924–1932)*, Stuttgart / Weimar, 2000, S. 25.

3　Vgl. Adolf Halfeld, *Amerika und der Amerikanismus. Kritische Betrachtungen eines Deutschenund Europäers*, Jena, 1927, S. 3–16.

4　Ebenda, S. 53, 25, 54, 49.

文化意味着精神教养的升华，它被标举为充满活力的有机性生成、内在性（Innerlichkeit）精神的自然发展，以及生命、灵魂与本能的目的性呈现。与此相反，文明则意味着堕落的西方资本主义、人性所能够达到的最为做作和最为肤浅的状态，意味着死亡和僵化，意味着机械、理性与堕落，意味着人的手段化与工具化。[1]

文化-文明的二元对立在第一次世界大战前民族沙文主义的狂欢中为战争提供了合理化的意识形态，即第一次世界大战是一场保卫德国文化不受西方堕落民主侵染的文化之战。[2]美国在战前便被归于西方国家之列，尽管"它只是西方地平线上英法背后一个微弱的剪影"[3]。美国与美国主义也只是在战后才成为德国文化批判与现代性批判话语中"被频繁使用的主题"[4]。正如鲁道尔夫·凯泽所说的那样，"美国主义同美国人没有或只有极少的关联"[5]，20世纪20年代兴起的美国主义话语事实上是现代性危机中魏玛共和国文化的自我镜像，而右派知识分子对于美国主

---

1 曹卫东主编：《危机时刻：德国保守主义革命》，上海人民出版社，2014年，第18页。

2 参见曹卫东主编：《德国青年运动》，上海人民出版社，2013年，第11页。

3 Frank Trommler, "Aufstieg und Fall des Amerikanismus in Deutschland", in Frank Trommler (Hrsg.), *Amerika und die Deutschen. Die Beziehungen im 20. Jahrhundert*, Wiesbaden, 1986, S. 278.

4 Philipp Gassert, "Amerikanismus, Antiamerikanismus, Amerikanisierung. Neue Literatur zur Sozial-, Wirtschafts- und Kulturgeschichte des amerikanischen Einflusses in Deutschland und Europa", S. 535.

5 Rudolf Kayser, "Amerikanismus", in *Vossische Zeitung* vom 27. 9. 1925.

义的批判无疑标识出"新保守主义者"所排斥的现代性的各个面向。

文化-文明二元对立的世界图式也意味着德意志文化"共同体"与西方民主"社会"的对立。滕尼斯于1887年出版的《共同体与社会》一书因"以尖锐的笔触描绘有机的共同体和商人社会唯利主义造成的分裂间的对立而大获成功"[1]。滕尼斯以共同体（Gemeinschaft）与社会（Gesellschaft）为两个相对立的概念来表征传统与现代两种不同的共同生活秩序。共同体以血缘、地缘和友谊等具体、天然的联系为基础，因而是自然的、有机的；社会则建立在抽象、人为的契约（包括政治契约和经济契约）纽带之上，故而是机械的、非自然的；前者还保有人与人之间的联结与温暖，使人感到有所归属，后者则只能导致人与人之间的疏离与孤立。[2]

在持续性的政治经济危机与由此而来的危机感中，"新保守主义者"以一种决绝的姿态发起了一场"保守主义革命"[3]，以全面超脱魏玛共和国所面临的现代性危机。在排斥了大众民主、自由主义与共产主义等现代政治理念后，新保守主义者们将理想投射到"前'现代化'社会形式"[4]中去，试图在民族共同体、

---

1 Peter Gay, *Die Republik der Außenseiter. Geist und Kultur in der Weimarer Republik 1918-1933*, S. 130.

2 参见李荣山:《共同体的命运——从赫尔德到当代的变局》,《社会研究》2015年第1期,第229页。

3 Jost Hermand, Frank Trommler, *Die Kultur der Weimarer Republik*, S. 102.

4 李工真:《德意志现代化进程与德意志知识界》,商务印书馆,2010年,第248页。

种族共同体或超越国家的权威主义大帝国中消融现代性的矛盾，重建有机的文化或民族联结。对于任何理性化与分裂的排斥否定以及对整体性的追求使得这种共同体必然只能建立在神话、情感、想象等非理性的要素之上，因而始终只是"一种激进的审美主义式精神冲动和乌托邦设计"[1]，缺乏付诸实施的现实维度。

第三节　整体性与共同体
——一种超克现代性的时代构想

在政治与经济危机频发、社会环境碎片化、议会各政党分裂低效、城市生活和大众文化汹涌而来的背景下，右派知识分子"向后看"的前现代蓝图并非少数"反动"知识分子的思想倾向，而是有其更为广泛的社会文化心理基础。第一次世界大战的经历与战后动荡不安的政治经济环境使得战前诸种在德国现代化进程中形成的思想与文化倾向呈现出更为激烈的非理性形态，整个魏玛共和国社会充斥着一种"对整体性的渴望"，具体表现为"一种对于寻根与共同体的深切渴望"[2]。这种普遍的社会情绪与氛围

1　曹卫东主编：《危机时刻：德国保守主义革命》，第82页。

2　Peter Gay, *Die Republik der Außenseiter. Geist und Kultur in der Weimarer Republik 1918–1933*, S. 130.

在青少年中间表现得尤为显著。[1]

　　19世纪末20世纪初的德国掀起了一场遍及全国，影响达至瑞士和奥地利的青年漫游运动，史称"候鸟运动"，从此开启了长达近半个世纪的德国青年运动的历史。候鸟运动是一场主要由市民阶级青少年自发形成的文化与生活方式变革运动。在青年领袖的带领之下，学生们漫游在具有浪漫主义意味的德意志森林中，发明了各自团体独特的问候语，在活动中穿着中世纪的传统服装，在漫游途中与篝火旁高唱德意志传统民歌。候鸟运动的一位发起人路德维希·古尔利特（Ludwig Gurlitt）如此概括这场运动的文化理念：

　　　　培养青年的漫游兴趣，在共同远足中有益且愉快地度过休闲时间，唤醒感受自然的官能，引导青年认识我们德意志的故土，锻炼漫游者的意志和独立性，培养同志精神，抵制损害生命和灵魂的东西，这些东西尤其是在大城市及其周围威胁着青年，它们是：闭门不出和无所事事，酒精和尼古丁，更别提更糟糕的了。[2]

　　青年候鸟们意欲通过漫游重归自然，逃避他们所无法尊重也无法理解的现代化了的德国，追寻一种为现代化浪潮所摧毁

1　Peter Gay, *Die Republik der Außenseiter. Geist und Kultur in der Weimarer Republik 1918–1933*, S. 107.

2　转引自曹卫东：《德国青年运动》，第16—17页。

的"原始联系"[1]。他们遵循一种"有机的世界观"[2]，而不是"在与普遍'规律'、标准和公理的计算关联中把握一切"，"最后留下的完全只有抽象的关系"，事物只有在经济关系中才具有价值，人仅仅被视为"商品和功能载体"[3]的唯理性主义与经济原则。这从他们对德国传统民歌的认知中可见一斑："民歌是什么？那是完整的、内在自足的、强健的人们的歌谣。"[4]青年候鸟们通过浪漫主义式的漫游，通过吟唱承载着古代人完整性的歌谣，来对抗理性化的现代世界，尤其是商业化与经济原则肆意泛滥的现代社会，以维持人的完整性，并保持人与人之间超功利与本质性的深刻联结。他们"追求温暖和同志情谊，追求从小市民文化的谎言中逃离的出路，追求一种没有酒精和烟草的洁净生活，最重要的是，追求一种超越自私自利和卑劣的政党制度的共同体"[5]。

第一次世界大战的灾难与战后的和平并没有将战前沉溺于新浪漫主义怀古情绪与对同志般情谊热烈追求的青年候鸟们从感性与非理性的幻想中唤醒，尤其是魏玛共和国政府在面临接连不断

---

1 Peter Gay, *Die Republik der Außenseiter. Geist und Kultur in der Weimarer Republik 1918–1933*, S. 108.

2 Ebenda, S. 107.

3 克里斯蒂安·格拉夫：《决定：论恩斯特·云格尔、卡尔·施米特、马丁·海德格尔》，卫茂平译，上海人民出版社，2016 年，第 24 页。

4 Hans Breuer, "Vorwort zur 10. Auflage des Zupfgeigenhansl (1913)", in Hans Breuer (Hrsg.), *Der Zupfgeigenhansl. 20. Aufl*, Leipzig, 1920.

5 Peter Gay, *Die Republik der Außenseiter. Geist und Kultur in der Weimarer Republik 1918–1933*, S. 109.

的政治危机与经济危机中所表现出来的无能更使得包括青年学生在内的广大德国民众对共和政体与议会制民主制大失所望。混乱的现实与惨淡的前景并没有引导人们对现实做理性分析，而是进一步加剧了人们逃避现实的渴望，对于共同体的非理性渴望在战后有增无减。青年候鸟们寄情山林、怀想远古的新浪漫主义情怀在战后纷乱的政治社会学说中沾染了政治化的气息，而这种政治化又伴随着对于未来与共同体的感性与主观的任意想象，其结果是一种普遍的"奇怪的、非理论化的、不加分析的，甚至是非政治的社会主义"[1]。此时的"社会主义"可能是"在德意志的土地上复兴真正的德意志民族"的构想，也可能是建设一种"共同体形式的人类社会"[2]的未来想象。而无论是何种政治或类政治的未来社会形态设想，居于其中心的多半是一个卡里斯玛式的领袖[3]抑或查理大帝式的权威人物，而非某个或多个特定的政党或阶级。如同候鸟运动时期一样，战后的青年运动在纷繁复杂的社会和哲学思潮的影响下，同样没有形成任何统一的纲领或组织。但在当时"逃向未来代替了逃向过去，渴望代替了改革"[4]的社会风潮中，青年这一朝气蓬勃的群体本身就带有一种指向未来的象征性意味。青年成为一种意识形态，人们将对未来共同体的企盼投

---

1 Peter Gay, *Die Republik der Außenseiter. Geist und Kultur in der Weimarer Republik 1918–1933*, S. 110.

2 Ebenda.

3 意指具有魅力与能力的领袖。

4 Peter Gay, *Die Republik der Außenseiter. Geist und Kultur in der Weimarer Republik 1918–1933*, S. 110.

射到青年身上，而青年们也自信能够通过团结创造出一个全新的德意志共同体。

　　候鸟运动时期的"生命""青春"与"激情"[1]等新浪漫主义口号并不包含某种具体性的思想内容，更多的是关注"青春"与特殊的"青春"体验本身。而第一次世界大战的惨痛经历、魏玛共和国时期混乱不堪的政治社会局面使得青年人不再抱有返回自然、重获整体性的幻想，而是将对现实的不满与对彻底变革的希望转化为一种政治激情。青年运动由候鸟时期转向了"联盟时代"[2]，浪漫主义的共同体想象中注入了各种各样的政治理念与思想——共产主义、种族主义、民族主义、反犹主义，不一而足。而在这一时期如雨后春笋般成立的多达1200个大小"联盟"（Bund）所秉承的政治理念中，文化悲观主义者和保守主义革命者反现代性的口号无疑最有诱惑力，也最有市场。他们标举德意志文化相对于西欧文明的优越性与特殊性，反对标志着西欧文明的自由主义和民主，鼓吹德意志"民族共同体"[3]的重建。联盟时代的青年运动意识形态混杂不清："人们站在右翼立场上像左翼一样感受，人们站在左翼立场上却能有'民族'的理念，这造成了所有倾向的混淆。"[4]而无论是何种政治倾向，都显示出对魏玛

1　参见吕迪格尔·萨弗兰斯基：《荣耀与丑闻》，卫茂平译，上海人民出版社，2014年，第330页。

2　曹卫东：《德国青年运动》，第24页。

3　彼得·沃森：《德国天才3：现代性的痛苦与奇迹》，王琼颖、孟钟捷译，商务印书馆，2016年，第361页。

4　转引自曹卫东：《德国青年运动》，第27页。

共和国的强烈否弃与对新共同体的强烈渴望。这使得青年运动呈现出政治上的极端化与激进化的倾向。与候鸟时期的青年运动不同，联盟时期的青年团体和组织并非自发形成，而是由成年人组织建立的。人们希望在青年运动中培养德意志民族未来的精英，因而与实际的政治活动相比，更重要的是使这些青年们在精神思想上为未来的民族共同体做好准备。[1]

正如青年运动史研究者赫尔曼·吉塞克所言，德国青年运动并不是一个孤立的文化现象，而是"魏玛共和国总体文化的困境与问题的反映，是当时总体文化的一个样本和代表"[2]。它标识出魏玛共和国时期两大基本的精神取向，即对现代性的逃逸和对共同体的渴望。两者都将目光投向超克现代性所造成的混乱、分裂与不确定的未来，又将这种未来投射到过去。值得注意的是，无论是候鸟时期的浪漫主义共同体，还是"一战"后政治与类政治的民族共同体，青年运动都没有明确统一的思想或政治纲领，也没有真正介入现实与政治的决心与行动。可以说，这是同托马斯·曼式的"非政治的人"与新保守主义革命同样的精神理路，一种德国唯心主义传统的世界与精神图式，即由理念观照理想，而不是由现实走向未来。

1　Vgl. Hermann Giesecke, *Vom Wandelvogel bis zur Hitlerjugend. Jugendarbeit zwischen Politik und Pädagogik*, München, 1981, S. 96.

2　Ebenda, S. 81.

第三章

德语游记中的中国城市
与德意志民族共同体想象

美国学者本尼迪克特·安德森认为，民族就其认同方式来看可视为"想象的共同体"；这种想象通过"对成员及外来者的表征来创造一个民族"[1]。在汇集东西多国政治、经济、文化影响的中国港口城市，充斥着不同国家与文化的物质或符号表征。到20世纪二三十年代，上海等诸多开埠城市早已实现城市功能的综合性发展，成为融汇诸多西方经济与文化思潮的文化教育中心。在这片世界文化表征的森林中，魏玛共和国时期的德国旅行者寻觅本国文化留下的踪迹，遭遇英法等西方殖民者带来的殖民文化，邂逅旧时代的中国残存的文化景象。在对诸多异质性文化要素的描绘与评述中，来沪的德国旅行者以其中国城市书写映照着他们的德意志民族自我认同与自我想象。

1　参见阿雷恩·鲍尔德温等：《文化研究导论》，第 163 页。

第一节　中国城市景观中的德国文化要素

对于那些怀着强烈民族与文化认同感的德国旅人而言，德国文化要素大多不是在对城市景观走马观花式的观看中偶然发现的，而是在已有的预期中有意寻得的。这是一种带有确证目的的搜寻式的观看，需要旅行者具备先于观看的上海知识。这种知识有可能在出发之前便已获得，也有可能通过他们在当地的向导得到。无论这种搜寻是否能够确证他们已有的上海知识，都将激起旅行者某种特殊的情感，或是确证后的感慨自豪，或是未达预期的愤怒与不满。这在身兼化学家、旅行作家双重身份的芬茨莫尔身上表现得尤为明显。

对于其东亚之旅中唯一一座中国城市上海，芬茨莫尔给予了高度评价："我们在上海待了整整一个星期，我每一天都在这座城市中逛游。"[1]尽管如此，他抵达上海时的第一天却经历了一个令他极为不快的插曲。他如此描述这一插曲及当时的心理感受：

> 当小汽艇第一次载着我穿过停满船只的港口靠近这座城市时，河岸边两座雄伟的建筑吸引了我的注意力，它们是德国领事馆。我惊讶地问道，为什么德国领事馆不像其他领事馆一样悬挂国旗。"国旗就在那里挂着呀"，有人回答我。
>
> 哦，他已经忘记了……这片被烟熏黑的黑白黄小布，已

1　Gerhard Venzmer, *Aus Fernem Osten*, Hamburg, 1922, S. 82.

经分辨不出上面的颜色，灰不溜秋的，现在是德意志帝国的
象征。每个人都说："如果不说，我们根本认不出那就是德
国国旗！"[1]

魏玛共和国的国旗在上海这座城市竟然只是一片"已经分辨
不出上面的颜色，灰不溜秋"的"黑白黄小布"，芬茨莫尔的愤
愤不平在一句语气强烈的"如果不说，我们根本认不出那就是德
国国旗！"中跃然纸上。

芬茨莫尔的愤怒实际上是对德国在第一次世界大战后国际地
位与影响力降低的一种反应。尽管中国于1917年对德宣战[2]，但德
国企业与德国人在上海的活动仍在一定程度上得以正常展开。直
到德国战败之后，英国当局才下令查抄德国企业及其动产、不动
产，并强制遣返在沪德国人；至"一战"结束，上海仅存两家德
国公司与少数德国人。[3]正是基于这样的历史背景，芬茨莫尔对
于德国影响力重返上海这个微型世界政治经济舞台的愿望显得十
分迫切。在繁华的上海街头巷口，听闻"又有600名德国人在上
海居住了"，看到"某些公司招牌上的德语名字，时不时在这里
或那里听到德语的乡音"，都使作者感到"愉快而满足"[4]。行至外
滩，芬茨莫尔获悉，尽管江边的伊尔底斯纪念碑已然不在，往日

1　Gerhard Venzmer, *Aus Fernem Osten*, S. 82.

2　参见杜继东：《中德关系史话》，社会科学文献出版社，2000年，第104页。

3　Vgl. Barbara Schmitt-Englert, *Deutsche in China 1920–1950. Alltagsleben und Veränderungen*,
　　Gossenberg, 2012, S. 79.

4　Gerhard Venzmer, *Aus Fernem Osten*, S. 83.

德国俱乐部的华丽建筑也在战时为中国银行所征用，但纪念碑的重建正在筹划之中，德国俱乐部也有望从简陋的原德国教会学校校舍中迁回原址。伊尔底斯纪念碑为纪念德国皇家海军炮舰"伊尔底斯号"上牺牲的官兵而建。这艘舰船在中日甲午战争期间被派往山东半岛保护德国在此处的利益，1896年返航时在黄海遭遇风暴，全体官兵溺亡。[1] 伊尔底斯纪念碑因而承载着德意志民族的同胞之情与共同的历史记忆。芬茨莫尔盛赞的"东亚最美的俱乐部建筑"，即德国俱乐部原址，也并非夸大其词，英国人阿诺德·赖特所编的《20世纪香港、上海和中国其他通商口岸印象》中也将"家具齐备、内饰富丽堂皇的三层楼德国文艺复兴风格建筑"称为"外滩最漂亮的建筑之一"[2]。这两者的失而复得在芬茨莫尔看来具有重大意义，因为它们证明了："德意志的本质与特质，无论经历如何沉重的打击，总能再度恢复生机！"[3]

值得注意的是，芬茨莫尔所引以为豪的并非是德国作为一个主权国家在政治与军事上对全中国或上海局势的威慑力量，而是所谓的德意志民族的民族性在中国的影响力。对他而言，德意志的民族特性或精神不是通过政治压迫与军事武力彰显或传播的，而是凭借其自身的优异性与普适性而为他者主动接受的。因此，他在拜访"德意志文化与精神工作的场所"，即"位于宝隆医院的德国医学院"时所见的用德语授课的课堂以及

1　参见薛理勇：《老上海地标建筑》，上海书店出版社，2014年，第82页。

2　Arnold Wright, *Twentieth century impressions of Hong-kong, Shanghai, and other Treaty Ports of China*, London,1908, p. 388.

3　Gerhard Venzmer, *Aus Fernem Osten*, S. 85.

"认真倾听用德语讲课的老师"[1]的中国学生着实令他惊喜非常。不仅如此，他在此还从几个讲师口中得知，中国人在第一次世界大战后甚至为安置在吴淞的德国工学堂而出资建造了一幢大楼，足见中国人对德国教育机构的重视程度。这些所见所闻令他欣喜不已，并确信无论是德意志文化抑或是德国经济，都将对亚洲地区产生积极影响：

> 无论是战争还是系统化唆使人们仇恨一切与德国相关事务的尝试都无法中断德意志性的影响；在远东，德国的精神事业仍受到高度的重视。随着德国轮船与家乡建立频繁的联系，德国在远东的贸易也有了新的支持，并将继续发展繁荣。就是在今天，德国在欧洲与亚洲的贸易往来中也已经承担了不可忽视的重要角色。[2]

这种对于"海外德国影响"坚定不移的信念与感知也体现在卡池的青岛叙事中。当他乘坐邮轮进入青岛港时，瞥见远处沙滩上带有屋顶的舒适别墅时，惊叹于青岛这座城市的德国面貌：

> 这不可能是真的！这就是斯维讷明德[3]啊！看这浅色的沙滩和其后稀疏的树林，疗养院和咖啡厅，还有这里，如果

1　Gerhard Venzmer, *Aus Fernem Osten*, S. 85.

2　Ebenda, S. 85f.

3　波罗的海沿岸的港口城市，"二战"以前为德国领土，"二战"后划归波兰。

这不是沙滩酒店的话——"请拿来望远镜"——没错,白纸黑字的"沙滩酒店"就高高地挂在三层楼的山墙下。[1]

尽管清楚地意识到,青岛在他于1929年拜访之时早就"几易其主",重归中国政府的管辖,但在他看来,对青岛影响最大的依旧是1897至1914年间德国进行的城市改造:"从码头到沥青马路,从整齐美观的住宅、酒店到公园,到铁路、矿井,再到无线电台、山间的避雨棚屋,甚至于城市中的每一棵树木,都归功于德国人的治理。"[2]与日本和美国利用军事力量或政治强权而将青岛占据为其殖民地或纳入其势力范围的做法不同,德国"怀着相互理解的美好愿望",以往的德国并没有以统治者的姿态凌驾于中国民众之上,"而是希望同中国人建立友好的关系"[3]。因而曾经青岛的繁荣不是"一种英雄式的、好大喜功的成功,而是一种创造出宜居环境的脚踏实地的成就","这里没有坚固的堡垒,只有堪称典范的城市规划"[4]。正因如此,他断言"青岛的本质仍是德国的",而街道上一家悬挂德语招牌的中国店铺更使他确信:"它(青岛)在1922年的时候只是披了一层中国的外壳,就像1914年时也只是披了一层日本的外衣。中国人也感受到了这一点。要不然现在怎么会有一家肉铺悬挂着用德语字体写就的招

---

1 Richard Katz, *Funkelnder Ferner Osten. Erlebtes in China-Korea-Japan*, Berlin, 1931, S. 34.

2 Ebenda, S. 37.

3 Ebenda.

4 Ebenda, S. 36.

牌——'DSUE SHUN SING SCHLACHTEREI'[1]呢?"[2]

不仅仅是芬茨莫尔和卡池,海因里希·施米特黑讷在其游记《中国风光》中也对上海的德国学校做出了高度评价。在他看来,上海是"西方进行文化宣传的最佳场所",且"西方各国不遗余力地在上海创办各类学校,来使中国人了解他们的文化",而在所有西方人建立的教育机构中,"德文医学院和德文工学院出类拔萃,中国政府不得不承认它们所取得的巨大成功和影响"[3]。从施米特黑讷的叙述中不难看出,他不仅强调德国的文化机构为对西方具有敌对情绪的中国人所接收与认可,更表明德国文化事业即使在同欧美各国的竞争中也不落下风。霍利切尔在《动荡的亚洲》中写到西方各国在政治文化思想方面对中国海外留学生的影响。在他看来,在所有中国留学生中,法国归来的学生具有民族沙文主义的倾向;美国归来的知识分子希望在中国实现美国式的工业主义;只有德国归来的青年人是苏联自由思想的追随者,而那些英美人在上海设立的教会或世俗学校,则向学生灌输反对中国传统的思想观念,意图将中国学生"教育"成外国资本家的顺奴。[4]就德国对中国的影响而言,尽管这些旅行者在政治意识形态上有所差异,但均强调德国影响的积极性,以及其自发性、非

1　SCHLACHTEREI 在德语中意为"肉铺、肉店",而 DSUE SHUN SING 则可能为中文商店名。

2　Richard Katz, *Funkelnder Ferner Osten. Erlebtes in China-Korea-Japan*, S. 38.

3　Heinrich Schmitthenner, *Chinesische Landschaften und Städte*, Stuttgart, 1925, S. 165.

4　Vgl. Arthur Holitscher. *Das unruhige Asien. Reise durch Indien-China-Japan*, Berlin, 1926, S. 241f.

强制性与相较于英、法、美等国家的优越性。

芬茨莫尔对于德国文化与德国传统的优越感还在一次宴会中展露无遗。他在游记中称所乘坐的"哈韦尔河区号"是"一战"后抵达远东的第一艘德国轮船。这艘轮船在上海隆重宴请了上海德侨与商界举足轻重的中国绅士。在他的记录中，那些战后从德国来到东亚的德国同胞不得不忍受"无论哪一个国家的轮船上""糟糕的卫生状况和服务"，他由此推想道："很容易理解的是，不仅是德国人对于德国轮船的回归感到高兴，其他平素对德国不抱有什么好感的他国人，也由衷渴望德国轮船再次出现。"[1] 而那些中国绅士们的到来更让他倍感欣喜。因为这些人"主要是商会的领导人物"，他们"形象华贵……都穿着深色垂坠的丝质长袍，有些戴着珍贵的皮毛"，"所有人都说一口流利的英语，很多还会说德语"，"他们高贵的举止令人肃然起敬"[2]。这些显然在上海具有重要社会地位的绅士们对"德国、德意志民族、德国工业和德国精神事业"[3]大加奉承。尽管芬茨莫尔无法确定中国人的奉承是否出自他们对德国真诚的友好，但这种"对德国特征与本质"的"尊重与认可"让他"感到十分愉快"[4]。他由此确信，"德国人没有因为战争而在中国失去'脸面'；他在战后还保持着战前的良好形象"；而"中国人衷心地希望同德国加强贸易关

1　Gerhard Venzmer, *Aus Fernem Osten*, S. 100f.

2　Ebenda, S. 101.

3　Ebenda.

4　Ebenda, S. 102.

系，因为中国对于德国产品求之若渴"[1]。

　　穿梭在中国城市的街巷中，德国旅行者在看似漫无目的的游荡中敏锐地发掘着作为德意志文化、民族或国家的符号性表征，从而确证与肯定德意志民族对中国这一远东国家在文化、经济上的影响，并且一再重申这种影响在第一次世界大战之后仍然顽强存在。其中，对于文化影响的强调显得尤为突出，而对于德国在中国的政治与军事行为则尽量避而不谈。在自我与他者的价值谱系表中，中国作为被动接受影响的一方，毫无疑问排列在德意志民族之后，而中国复杂的半殖民半封建社会则为这些来华德人提供了自我文化的另一种参照，即英、美、法、日等他国殖民者或外国势力。通过对文化、国民性以及"相互理解的美好愿望"等"软实力"的强调，德国旅行者再度确证德意志民族相对于以武力侵略与暴力干涉中国社会发展的其他外国列强的优越性。可以说，对于战败后因凡尔赛条约国际地位大幅降低、完全丧失在中国的治外法权的德国民众来说，中国城市景观中的多国文化象征符号为他们提供了确证自我与代偿战后受辱的民族自尊心的可能性空间。如果说芬茨莫尔等旅行者主要以正面的自我肯定与自我确证来重获战后的民族身份认同的话，那么萨尔茨曼与丁格尔赖特则相反。他们更多是以确立作为敌人的他者与重申德国和德国人的受害者身份的方式来进行"一战"后的身份定位。

---

[1]　Gerhard Venzmer, *Aus Fernem Osten*, S. 102.

第二节　德意志民族与"凡尔赛"的远东余波

对于远道而来的他国旅行者而言，中国多元国家、多元政治的格局也引发他们对国际时局的考量与评述，尤其当他们在特定城市中遭遇关涉本国政治局势的事件或现象时。德国在第一次世界大战中战败及凡尔赛条约严苛的赔款与割地条件严重伤害了德国人民的感情，并激起了部分民众强烈的民族主义情绪。抵达中国城市的德国旅行者们，也因其个人经历的不同，而对德国战败这一历史事实产生了不同的情感反应与认知评价。

在受到英国殖民统治的香港，芬茨莫尔首先感受到的是英法等国家对德国与德国人的敌意。他所乘坐的轮船刚到达香港港附近，他便感受到"人们着急地跑向窗边，仔细地将我们上下打量"，而这种"打量"并非出于好奇，而是充满着敌意："该死，德国人又来了，而且还是那么一大船的人？"[1]漫步于香港欧化的繁华街道上，芬茨莫尔对于在香港所受敌意的揣测进一步得到证实。他首先在一家法国时装店看到一张以"一朝为德国人，永远是德国人"为标题的"凶残的野蛮人的画像"[2]，这幅图画之下又是一系列描绘德国人血腥杀戮的海报。而在这组海报的最后展示的是一名带着"来自柏林的商品样品"的德国旅行推销员，其下方附带着如下宣传语：

1　Gerhard Venzmer, *Aus Fernem Osten*, S. 50.

2　Ebenda, S. 56.

　　请大家记住：这个炸毁教堂、医院和海上无辜船只的劫掠者、破坏者和谋杀者，和那个在战后向你兜售德国商品的人，正是同一个人！英国的男士们、女士们，在这些人赎清他们对人类所犯下的罪孽之前，不要同他们往来，请一起抵制德国人和德国货！[1]

　　在芬茨莫尔看来，英国人正是以"这些肮脏的手段对德国发起了战争"，上述宣传画则形象地呈现出他们的斗争方式，但这些手段的"卑劣与可耻之处最终只会报应在其发起者身上"[2]，因为英国人抵制德国货的行为并没能阻止德国商品进入香港市场，反而是英国自身的贸易由于德国公司将业务转向附近的广东而大受损失。他预言，"已有迹象表明，（针对德国商人禁令的）期限将会缩短，不久就会失效——这肯定不是出于英国人的友好"，而是"形势所迫，这种目前看来十分荒唐的禁令即将不攻自破"[3]。显而易见，芬茨莫尔并不认为德国对第一次世界大战负有任何罪责，而是如同"一战"前的诸多知识分子和普通民众，相信德国只是进行了一次反对英法侵略的自我保卫之战。同样的观点也出现在另一位德国女性旅行者丁格尔赖特的游记中。

　　在《德国女孩环游世界》中，丁格尔赖特在上海结识同样周游世界的美国女孩希尔小姐。两人相谈甚欢，却唯独在一个问题

1　Gerhard Venzmer, *Aus Fernem Osten*, S. 56f.

2　Ebenda, S. 57.

3　Ebenda.

上龃龉不断，也就是德国在第一次世界大战中是否为有罪方的问题。希尔小姐坚信并反复强调，"只有德国人对战争负有罪责"，"你们的军队构成了很大的威胁"，"没有人侵犯你们，所以没有必要建立一支如此庞大的军队"[1]。而丁格尔赖特则义正词严地反驳道：

> 正相反，从德国所处的不利位置来看，我们的军队规模根本就不够大。您自己看看地图吧！我们东临幅员辽阔的苏俄，西接我们的宿敌法国。而且这两个国家还曾经做过盟友。每个人受到攻击都会自卫，每个民族也是如此。这是一种正当的权利，德国应当享有这一权利，世界上其他任何民族也一样。或者，您要否定这种权利吗？[2]

丁格尔赖特以"民族自决原则"[3]来为德国发动第一次世界大战做辩护，符合凡尔赛条约后国际社会对民族与民族国家的普遍看法，即将"民族认同等同于国家认同"[4]。希尔小姐也认同这一看法，但却始终认为德意志民族与德国作为一个国家并没有受到他国威胁，因此无须建立强大的军队、发动战争。丁格尔赖特对

1　Senta Dinglreiter, *Deutsches Mädel auf Fahrt um die Welt*, Leipzig, 1932, S. 83.

2　Ebenda.

3　埃里克·霍布斯鲍姆：《民族与民族主义》，李金梅译，上海人民出版社，2006 年，第 29 页。

4　同上，第 131 页。

于无法说服希尔小姐接受德国发动战争的正当性而耿耿于怀，因而当她在上海一家书店中找到威廉·哈伯特·道森所著的《德国史》时，欣喜地认定"命运以一种奇特的方式帮助了我"[1]。这本"英国人写的完全客观且符合事实的书"提到"法国人曾在政治上对德国使过阴谋诡计，曾经密谋黑森、巴伐利亚、比利时和卢森堡反对普鲁士，支持德国南部各地区统一起来同北部对抗"，称"从没有一个国家像法国那样如此毫无道德根据地发动1870年的战争"[2]。丁格尔赖特将这本书带给希尔小姐看，坚信自己通过不懈的努力"终于得以将德国的真实面貌展示给这个美国人"，"终于能够说服她相信，我们德国人既不是匈奴，也不是野蛮人，而正相反，是一个和平的民族，而我们的敌人就像猎狗袭击野兔一样袭击了我们"[3]。

显然，丁格尔赖特并不了解第一次世界大战的真实情况及其背后的深层原因。她对"一战"起因的分析或与"一战"之前与期间"德意志民族生存空间"或德意志民族与英法两国间的"文化保卫战"等论调有所关联，但总体而言流于肤浅，只是在简化的德法敌对关系中建构一个作为敌对的侵害者的他者和作为正当的抵抗者的德意志民族。

如果说在丁格尔赖特这里，上海这座国际大都市提供了她与希尔小姐相遇及两人观念冲突、思想交锋的场所，那么在萨尔茨

1　Senta Dinglreiter, *Deutsches Mädel auf Fahrt um die Welt*, S. 83.

2　Ebenda, S. 83f.

3　Ebenda, S. 84.

曼这里，主要处于英国当局统治下的上海为他提供了一个更为复杂与具体的德国政敌——伪善的英国人。

1928年年初，萨尔茨曼被其所供职的报社派往上海，因为"那里有最好的新闻"[1]。《中国胜利了》中对于上海政治的考察正是以此次受委派的上海之行为基础。萨尔茨曼认为，英国的殖民统治精神可用"伪善"一词概括殆尽。他首先举出一个"最为微小与表面的例子"来证明上海的英国人的伪善。在萨尔茨曼眼中，"上海总是一个生机勃勃的罪恶之窟"，因此，著名英国记者亚瑟·兰瑟姆将上海视作"一个追逐金钱和享乐的低级的商业城市"，而非"文化场所和高雅文明之地"的评价本就符合事实，但竟引得上海商人"无比愤怒，也无比震惊"，着实体现了英国人本质上的惺惺作态，因为"他们（上海英侨）商人心灵的深处感到亚瑟·兰瑟姆言之有理"[2]。就上海的政治局面而言，英国人"在最坏的意义上进行恐怖宣传"，甚至使得"在英国的普通民众都确信，他们的同胞在中国都被绑上了刑讯柱，并将接受刀山火海的惩罚"[3]。通过对中国革命形势的妖魔化，并"将上海当作国际事务来处理"，上海的英国当局为其向中国派出远征队的军事行为找到合理化的缘由，使得上海的国际侨民对此举感激涕零，并积极参与、支持上海自卫队的建设。而在事实上，英国此

---

1 Käthe von Salzmann, *Ein Soldat und Journalist*, Shanghai, 1943, S. 144.

2 Erich von Salzmann, *China siegt. Gedanken und Reiseeindrücke aus dem revolutionären Reich der Mitte*, Hamburg u. a., 1929, S. 25f.

3 Ebenda, S. 27.

举不过是维护其在上海的"大量资本和巨大的经济利益"罢了。[1]

　　萨尔茨曼追溯上海问题的历史根源，指出："从条约来看，它（上海）又是一个仅以商业活动为目的的国际商业租界。"[2]而英国却尝试并确实在上海推行殖民统治，一直以来利用《字林西报》作为其官方"监管机制"来引导、规训租界内的舆论导向，并通过"谴责、污蔑和严密监视"[3]等手段迫害不同政见者，以此达到"使世界上其他的声音静默无声"[4]的目的。萨尔茨曼称上海是"一条灵活机变的变色龙"[5]，极言上海的英国当局的阴险狡诈、卑鄙无耻。英国统治下的上海虽然也"存在着类似国家宪法的基本规定"及议会、信任表决等机制，但由各国商界组成的工部局事实上"无法执行高端政治的任何决议"，因而只在表面上维持着各国共治上海的民主假象。而对待那些具有独立精神的报社，英国当局不以公开方式禁止其活动，而是通过"时不时将其关闭，又或是切断它们的电力供应，再或是不官方公布其存在"[6]等卑劣的手段来打压不屈从于当局的新闻机构。

　　处于阴险狡诈、不择手段的英国人统治之下，上海的德国人无论在"一战"期间还是在战后，都是遭受英帝国迫害的受害

1　Erich von Salzmann, *China siegt. Gedanken und Reiseeindrücke aus dem revolutionären Reich der Mitte*, S. 31.

2　Ebenda, S. 25.

3　Ebenda, S. 30.

4　Ebenda, S. 29.

5　Ebenda.

6　Ebenda, S. 30.

者。战时上海的德国人"遭到英国人的极度憎恨而被他们用苦力船送回了国",战后上海的英国当局宣称"英国再一次拯救了世界文明"[1],又使德国陷入一个"左右为难、四处不讨好"[2]的境地。这是因为,"十多年来,英国人一直对于自己从日耳曼野蛮人手中拯救出世界文明而自鸣得意"[3],而对"再一次"的强调在萨尔茨曼看来无疑是针对德国的,上海的德国人由此应当对此保持警惕。萨尔茨曼自认见证了战后德国人如何"怀着真诚正直之心、无止尽的耐心,不遗余力地试图拿回一部分商业阵地","恢复原有的社会地位",并"经过卓绝的努力重新建立起收益可观的贸易"[4]。他认为,这些同胞在上海的处境之所以极为艰难,是因为"另一阵营给他们设置了重重障碍"[5]。这种将德国视为"一战"受害者的想象不仅在萨尔茨曼的《中国胜利了》中反复出现,在芬茨莫尔和施米特黑讷的游记中也有所体现。芬茨莫尔称伊尔底斯纪念碑是"战争期间因为盲目的仇恨而被拆毁"的,强调"无论是战争还是系统化唆使人们仇恨一切与德国相关事务的尝试都无法中断德意志性的影响"[6],其背后显然包含对致力于毁灭德国文化及其世界影响力的英国人的愤慨之情。施米特黑讷也在对中

1　Erich von Salzmann, *China siegt. Gedanken und Reiseeindrücke aus dem revolutionären Reich der Mitte*, S. 28f.

2　Ebenda, S. 29.

3　Ebenda, S. 28.

4　Ebenda, S. 31.

5　Ebenda, S. 32.

6　Gerhard Venzmer, *Aus Fernem Osten*, S. 85.

国局势的分析中提到"德国人遭受其同种族人不公正的待遇"[1]，尽管他并非以此突出作为迫害者的英国，而是意欲借此说明英法对德的敌对行为瓦解并损害了欧洲各国在华势力的利益共同体。

　　另一方面，萨尔茨曼坚信德国并非英国式的殖民者，不会肆无忌惮地通过武力压迫和舆论控制来为自己攫取利益。就殖民统治而言，德国虽然"在其世界各殖民地的政策上总体效仿英国"，但"在影响力上——这里我指的是青岛的建设——却走了德国自己的道路"[2]。所谓在"影响力上走了德国自己的道路"，事实上并非否认德国在威廉帝国时代殖民扩张的意图与行动，其背后潜藏着为德国殖民扩张辩护正名的意识形态。德国强租胶州湾后，意图在整个地区推行"模范殖民地计划"，在此处实行现代城市规划改造，建立现代化工业设施（建设港口、造船厂，修筑铁路）、科研设施（设立天文观测台、开办高校及医疗研究机构等）、城市基础设施（铺设柏油马路、建设机场），将胶州湾地区打造成为具有德意志特殊性的殖民地典范。[3]在"模范殖民地"的远东政策指导下，德国"以先进的管理方式，十数年间在青岛建立起了一座现代化的城市"；"特别是胶州铁路的建设，改变了山东的经济地理面貌，成了山东城市化进程的催化剂"[4]。以青岛

1　Heinrich Schmitthenner, *Chinesische Landschaften und Städte*, S. 166.

2　Erich von Salzmann, *China siegt. Gedanken und Reiseeindrücke aus dem revolutionären Reich der Mitte*, S. 31.

3　Vgl. Mechthild Leutner (Hrsg.), *"Musterkolonie Kiautschou": Die Expansion des Deutschen Reiches in China*, bearbeitet von Klaus Mühlhahn, Berlin, 1997, S. 44.

4　王守中、郭大松：《近代山东城市变迁史》，山东教育出版社，2001年，第185页。

为代表的胶州"模范殖民地"在事实上对山东的民众形成了一定的震慑与笼络的效果，而在对外宣传中则是对其侵略行为的合理化与美化。"模范殖民地胶州"在威廉帝国官方的外交辞令与宣传中被塑造成"德意志性（Deutschtum）和中德合作关系的象征"[1]，德国致力于"现代化建设的开明帝国主义政策与专注于私人商业利益的盎格鲁–撒克逊式帝国主义大相径庭"[2]。德国于1897年强租胶州湾是中德历史上第一次在经济、政治及文化上大规模实质性接触的开始，普通大众对于中国当时现实状况的了解与认知也主要来源于官方宣传及来往于德国与胶州之间的德国记者、军官、工程师、外交官等带回的信息。[3]萨尔茨曼的报道虽然写于1932年，但与威廉帝国时期的官方意识形态一脉相承，充斥着"开明殖民主义"的论调。

从凯特·冯·萨尔茨曼为其丈夫撰写的传记中可知，萨尔茨曼出生于普鲁士军官家族，并在第一次世界大战中参与了战争。他对国家的无条件忠诚可从他听闻战争爆发便匆忙赶赴回国参战的行动中，以及当德国在战场上逐渐失利时以"见证祖国的胜利是我的荣耀"[4]为由拒绝对战争做出客观评估的态度中表现出来。因此，可以想见萨尔茨曼对于德国国家官方意识形态宣传的追随

---

1 Andreas Steen, *Deutsch-chinesische Beziehungen 1911–1927. Vom Kolonialismus zur "Gleichberechtigung"*, hrsg. von Mechthild Leutner, Berlin, 2006, S. 50.

2 Mechthild Leutner (Hrsg.), *"Musterkolonie Kiautschou": Die Expansion des Deutschen Reiches in China*, S. 36.

3 Vgl. ebenda, S. 35.

4 Käthe von Salzmann, *Ein Soldat und Journalist*, S. 19.

与认同。正是基于这样的认知，萨尔茨曼将上海的英国当局描绘成伪善狡诈的殖民主义者和帝国主义者的同时，将上海的德国人表现为勤勤恳恳地"参与了上海的发展"的建设者和上海秩序与稳定的维护者："德国同胞在工部局中享有席位。德国人不是上海纳税最少的群体，他们积极地分享这个城市在各个方面的甘苦，在体育场上尤其扮演了重要角色。德国人组织了最好的自卫队，以此履行了自己保卫上海的一份义务。"[1]

第三节 德国人视角下的中国民族主义

自鸦片战争以来，中国被迫签订了一系列不平等条约，深受各国列强侵略与欺凌，中国官方与民间都对此进行了各种抵制与反抗。从当时的国际政治舆论来看，第一次世界大战期间，中国的民族主义和民主情绪显得格外强烈。[2]新文化运动的思想变革浪潮为中国民族主义思想的蓬勃发展奠定了理论基础，丧权辱国的"二十一条"与巴黎和会上中国外交的失败加速了民族主义运动的爆发，从而在1919年引发了由青年学生组织、各界人士参与

1　Erich von Salzmann, *China siegt. Gedanken und Reiseeindrücke aus dem revolutionären Reich der Mitte*, S. 31.

2　徐中约:《中国近代史：1600—2000 中国的奋斗》，计秋枫等译，世界图书出版公司，2013 年，第 393 页。

的爱国运动——五四运动，并最终导致五卅运动与全国范围内罢工、罢市、罢课的"反帝高潮"。[1]五卅惨案的影响不在于其"惨案如何惨烈，而在运动民众之成功"[2]，至此，"打倒帝国主义"和"废除不平等条约"等政治口号在广大民众之中传播开来。[3]另一方面，五卅运动开启了从1925至1927年风云变幻的"大革命"历史，是"国民革命的蓬勃开展……北伐战争的迅猛推进，乃至北洋军阀的覆亡"[4]的重要契机与推动力量。中国的民族主义并非只有"针对外侮的反抗一面"，更有"建设的一面"[5]，即建立统一与稳定的民族国家的愿望。五卅运动后的国民革命与北伐战争同中国民族主义革命"建设的一面"息息相关。

对于第一次世界大战后来华的德国旅行者而言，他们或许对中国的政治与革命运动并无特别关注与特殊兴趣，但他们的中国之旅无可避免会在某种程度上——或道听途说，或亲身经历——遭遇五卅运动的余波回响、大革命的风起云涌以及广大中国民众的民族情绪，他们的游记也以直接或间接的方式对激烈的反帝浪潮与民族自决意识做出了回应。

作为多年旅居中国的新闻工作者，萨尔茨曼在游历中不仅关注中国城市的外部特征，更注重观察、考察与分析各个城市中

1　王奇生：《中国近代通史》（第七卷），江苏人民出版社，2006年，第132页。

2　同上。

3　同上，第133页。

4　同上。

5　罗志田：《乱世潜流：民族主义与民国政治》，中国人民大学出版社，2013年，"原序"第2页。

的政治与经济状况。常年对中国时局与中外关系的关注使之意识到，在其完成游记《中国胜利了》的1932年，历经辛亥革命、五四运动、北伐战争及南京国民政府建立的中国，早已不是那个"安分、被动、知足"[1]的古老农耕帝国，这个局部"自由化了"[2]的庞然巨物正在酝酿一场巨变，一场帝国主义列强无论如何无法抗拒与阻止的巨变，而它的缘起，正是北京这座城市的双重衰败。在萨尔茨曼看来，北京原本是"亚洲精神中心"[3]、中国民族主义的中心和中华帝国的政治中心，而此时却因西方文明的入侵而改变了其形貌：

> 半欧式的丑陋立面系统替代了具有千年传统的优雅明快的建筑形式，其背后掩藏着肮脏和腐败、欲望和贪婪。有地位的人必须拥有一座欧式别墅，但他们或许会忘记如何通过主阶梯走到一层楼，又或许，如我观察的那样，会在客厅正面再设置一个房间。北京如今变成了这副模样，内里腐朽无耻，而外在如同一具涂脂抹粉，但正在腐烂的尸体，脸上经过美国式的遗体美化而被涂成了美丽的玫瑰色。[4]

萨尔茨曼认为，城市面貌的西化和中国高级官员对西方物质

1　Erich von Salzmann, *China siegt. Gedanken und Reiseeindrücke aus dem revolutionären Reich der Mitte*, S. 17.

2　Ebenda, S. 18.

3　Ebenda, S. 12.

4　Ebenda, S. 18f.

文明的追求并不意味着清朝统治阶级的真正变革，而仅仅标识出其内里的腐朽与堕落。这种腐朽与堕落导致了中国这个原本地方间协调有序、"人们自给自足地生活于舒适的家庭系统中的农业国"[1]陷入崩溃与混乱。萨尔茨曼也认识到，加速晚清统治者腐化堕落从而使整个中国陷入混乱的始作俑者正是西方列强，但他并不认为这种外力入侵对中国的历史发展而言是绝对负面的。恰恰相反，象征西方列强的北京使馆区如若能积极主动地参与到对中国的重建与改造中来，就能改变中国因持续革命而越渐混乱不堪的局面。然而，正是使馆区的无所作为与"通过监管、间谍活动和怀疑来霸凌、压榨和约束中国"的反动举措，"使远渡重洋、受民主国家自由思想振奋的中国留学生尤其在第一次世界大战之后群情激愤"，进而导致"北京最终失去首都地位"[2]。当北京不再是中国的首都，位于北京的列强使馆区将更加难以对中国的政治与发展走向产生实际的影响，这意味着西方与中国统治者"共同重建一个在持续革命中积贫积弱的国家的计划宣告破产"，意味着"黄种人和白种人之间的对立越来越白热化"，也意味着"中国远离了世界，它在争取精神与领土独立的斗争中希望并且能够孤军奋战"，"在今天，中国宁愿贫穷着独立，也不愿意接受地球上的富裕者——如美国与英国——的粗暴帮助"[3]。

---

1 Erich von Salzmann, *China siegt. Gedanken und Reiseeindrücke aus dem revolutionären Reich der Mitte*, S. 17.

2 Ebenda, S. 21.

3 Ebenda, S. 22f.

迁都南京显然非列强所愿，但是使馆区的先生们已然无法阻止一个"具有钢铁般意志的大国"[1]：

> 南京……到1927年春为止已经在一定程度上摆脱了最后那些仍享有特权的外国人。与此同时，在新近形成的民族自豪的基础上，南京拒绝了近一个世纪来外国人在类似的情景下要求中国给予、而中国人也给予了他们的逆来顺受。直到今天，许多外国大使们的房子还是一片废墟，而很多大使馆也肮脏不堪。今天，在1928年和1929年之交，人们在南京的街道上已经看不到外国人了……[2]

由此，萨尔茨曼将南京视作中国"反对外族统治的象征"，并在所有列强中，"首先反对作为殖民帝国主义代表的英国列强"[3]。而此时仍统治着上海租界的英国当局显然仍未意识到中国人民实现民族独立的坚定意志，继续以监管、间谍活动和怀疑来统治和压制上海。这在萨尔茨曼看来是一个"上海问题"，对此，他从政治、经济的角度进行了分析。

萨尔茨曼预言，随着时间推移，上海由于承载着中国这一东方大国的"大部分的经济发展"而必将成为"亚洲最大的进

1　Erich von Salzmann, *China siegt. Gedanken und Reiseeindrücke aus dem revolutionären Reich der Mitte*, S. 39.

2　Ebenda, S. 42.

3　Ebenda, S. 37.

出口港、金融中心、堆货场、工业加工与生产中心"[1]。从政治上看，由于"以上海为代表的中国经济将在很长时间与中国的政治紧密相连"，因此"上海不久就会成为中国的政治中心"[2]。随着首都从北京迁往南京，中国的首都"在事实上是迁往上海"[3]。因此，"上海问题"与"中国问题"实际上具有很大的同构性。而"上海问题"的本质正是民族主义的，即反对帝国主义对中国领土的统治，其根本在于：这个城市"处在中国的地界和土地上"，而"来自各个列强国家的商人们"与政治家"却不愿承认这一点"；不仅如此，"他们歌颂自己所做的事情，将异见者训斥为欺骗者，视其为社会中的另类，并尝试掩盖四万万中国人一致要求上海回到中国管辖下的事实"[4]。萨尔茨曼对上海问题的分析表明，他已将中国视为一个主权独立的现代民族国家，也意识到上海作为一座中国城市，理应在实际上受到中国政府的管辖，因此对英国当局妖魔化、污名化上海的民族主义运动，并借此进一步增强在租借地的舆论与军事控制而感到义愤填膺。与此同时，他也认识到，统一和稳定的现代民族国家对当时的中国而言仍是一种尚未实现的政治愿景。

在《中国胜利了》第二章对中国政治形势的概述中，萨尔茨曼提到20世纪下半叶，"主观上感到受压迫的亚洲黄种人开始了

1　Erich von Salzmann, *China siegt. Gedanken und Reiseeindrücke aus dem revolutionären Reich der Mitte*, S. 23.

2　Ebenda.

3　Ebenda, S. 35.

4　Ebenda, S. 24.

他们针对白种人统治者的艰苦而激烈的斗争"[1]，并认为，随着南京国民政府的建立，中国已经获得了阶段性的胜利。虽然当时的中国仍处于军阀割据、列强欺凌的混乱中，但中国民众坚信中国会有一个"稳定而辉煌的未来"[2]。这一信念既是驱逐列强的信念，也是建立稳定和统一的民族国家的信念。在萨尔茨曼看来，中国之所以在鸦片战争以后长期局部受到列强的统治与剥削，是因为此前中国仍处于"沉睡"的状态中，基于"普天之下莫非王土"的思想而没有"被侵占的意识"，任凭外国人在中国"自由定居、贩卖他们的商品和买进中国的产品"，也不理会他们是"按照自己的法律管理，还是应用中国的司法体制"[3]。这也是上海这座城市的矛盾性形成的根本原因。"一个数目庞大的人口群体宣称这座城市属于他们的国家，就像汉堡属于德国，伦敦属于英国，纽约属于美国那样作为一个国家的所有物"[4]，但在实际上却主要处于英国人的统治和控制之下。这种情况在"世界大战和国民党胜利"[5]的背景下必将发生转变，萨尔茨曼确信，中国在"争取精神与领土独立的斗争中"已然获得了局部的胜利，英国人在历史上所建立的"中国高塔渐渐颓败、坍塌"[6]，因而"就像汉口

1　Erich von Salzmann, *China siegt. Gedanken und Reiseeindrücke aus dem revolutionären Reich der Mitte*, S. 9.

2　Ebenda, S. 11.

3　Ebenda, S. 26.

4　Ebenda.

5　Ebenda, S. 37.

6　Ebenda.

的英租界，天津的德租界一样，上海重新回到中国管辖下的那一天已经不远了"[1]。由于南京国民政府同"外国列强间正处于无休无止的政治外交谈判中"，中国的主权独立仍然是有待实现的"未来政策"[2]，出于对德国以及整个西方在华利益的考虑，萨尔茨曼希望"中国接管上海的步伐放慢，以便使中国人有足够的时间来为他们的新任务和责任做好准备"，因为"假使像收回天津的德国租界和汉口的英国租界那样处理上海问题，那么中国人就是把刀刺向了自己，既损害了自己，也损害了上述提到的国际列强的利益"[3]。萨尔茨曼坚信上海必将回到中国的管辖之下，也毫不怀疑建立现代中国民族国家的正当性与合法性，虽然对国民政府接管上海的能力持怀疑态度，但一如他自己所言，的确对"中国人民的渴望充满同情和理解"[4]。这样一种对中国的殖民心态或欧洲中心主义的态度与同情理解并行不悖的矛盾心理也可在其他旅行者的中国游记中找到踪影。具体而言，对于中国民族主义建设性的一面，大多数旅行者抱有同情与理解的态度，而对于其反帝的一面，心态则较为复杂。他们一方面在道义上认可这种民族情绪的正当性；另一方面，在与中国人的实际接触中，他们又充满了偏见与戒备。

---

1 Erich von Salzmann, *China siegt. Gedanken und Reiseeindrücke aus dem revolutionären Reich der Mitte*, S. 23f.

2 Ebenda, S. 10.

3 Ebenda, S. 25.

4 Ebenda.

芬茨莫尔在描述"哈韦尔河区号"上招待上海德侨与中国工商界重要人物的宴会时，提到上海商会的"中国绅士"对德意志精神、民族与工业的盛情赞美与极力恭维。对此，他在深感德国影响力在中国的持续不衰而欣慰不已的同时，也怀疑中国人是否真的对德国人再度来到上海经商、生活而感到高兴。在他看来，"在他们（中国人）的内心深处，每个外国人或多或少都是野蛮人"[1]。不仅如此，芬茨莫尔还详细记叙了一个令他极为不解的场景：

> 我曾经诧异地看到，一个苏格兰士兵在有轨电车上以最粗鲁的方式辱骂了一位中国先生。这位中国先生穿着考究，因为车内太过拥挤而没能立刻给他让座，对这样粗鲁的行径只是报以微笑。[2]

基于这样的观察，他认定"中国人对于大部分外国人都没有好感，尽管他们不会明显地表露出来"[3]。芬茨莫尔对中国人排外心理的推断在其游记之中并没有直接相关的事件与经历可供佐证。可以说，对中国人反感外来侵略者的民族主义想象实际上映射了他本人的民族主义倾向。他的强烈民族自决意识与爱国情怀使之无法理解，为何近代中国能够如此长期地忍受列强的压迫与欺凌："一再使我感到惊讶的是：中国人是以什么样的斯多葛精

---

1 Gerhard Venzmer, *Aus Fernem Osten*, S. 101.

2 Ebenda, S. 102.

3 Ebenda.

神忍受了外国人在自己国家的统治啊。"[1] 同萨尔茨曼相比，由于缺乏对中国政治与社会状况的了解，在芬茨莫尔眼中，中国的民族主义近乎阙如，但他对这一想象中的空缺做出的反应恰恰反映出"一战"后部分德国民众民族沙文主义的倾向，而这一倾向使之无法相信中国人对德国的赞美出自真心。

丁格尔赖特在同希尔小姐就德国在第一次世界大战中是否应承担罪责的讨论中已然显示出一定程度的民族沙文主义倾向，但她对中国人表现出来的民族情绪也充满同情与理解。她在游记中提到了"一名年轻的现代中国人，张先生"[2]。这位张先生同丁格尔赖特与希尔小姐一样，下榻于上海的传教士之家，这三人常聚在一起闲聊。丁格尔赖特在闲谈中得知，这位先生出身贫寒，经过艰苦卓绝的奋斗才得以在上海立足；他的家乡贫苦不堪、民不聊生，长期受到欧洲人与不断变换的中国政府的压迫之苦。对于张先生愤懑不平的慨叹"欧洲人有什么权利将我们当作二等公民来看待？"，丁格尔赖特与希尔小姐都"对他表示同情，尽可能地安慰他"[3]。

对于萨尔茨曼而言，中国民族主义对于西方的敌意是他对中国现实政治的在场观察与分析所得的切实印象。他在论述德国及德国人在华利益时主要涉及两点：一是对在华德国人遭受中英双面夹击的担忧；二是对在华德国外交官与德国国内媒体的无所作

1　Gerhard Venzmer, *Aus Fernem Osten*, S. 102.

2　Senta Dinglreiter, *Deutsches Mädel auf Fahrt um die Welt*, S. 86.

3　Ebenda.

为及在华德国商人对其自身状况的缄默的不满与批判。就前者而言，他强调指出，中国拒绝在凡尔赛条约上签字并非是"怀着某种国际社会的正义感"——也就是说以此"抗议（国际社会）施加于德国之上的压力"——而是反对1917年英、法、意秘密签署同意将山东纳入日本势力范围的条约；而正是这一条约致使中国对德宣战，"在中国引发了激烈的学生宣传运动"，也使"今天的上海成为中国民族主义喷涌不息的泉流"[1]。他认定"德国人为求得继续在中国停留的权利而放弃了巨大的利益，而中国人从中得到了可以想象的最大利益，他们将德国作为与国际世界打交道的试验品"[2]。萨尔茨曼将德国视作中国民族主义运动首当其冲的牺牲品：在他的想象中，当英国人过激的舆论控制手段与军事手段激起上海的中国人的民族主义运动时，失去领事裁判权的德国人因为不受租界法律的保护而将即刻"被当作叛乱者绞死"[3]。由此可见，尽管萨尔茨曼认为德国的在华利益受到英国的损害与压制，但就中国崛起的民族主义而言，德国同其他西方在华列强依旧休戚与共。

与萨尔茨曼不同，丁格尔赖特与芬茨莫尔并未直接感受到中国民族主义对在华西方人的敌视，而是通过他者经验获知的。丁格尔赖特想要去探索一番"中国城"，但"途经上海、逗留传教

1　Erich von Salzmann, *China siegt. Gedanken und Reiseeindrücke aus dem revolutionären Reich der Mitte*, S. 34.

2　Ebenda.

3　Ebenda, S. 36.

士之家的美国和德国传教士都劝阻我去那里，说所有的中国人对欧洲都十分敌视"，"只要他们看到欧洲人落单，就会采取行动"[1]。芬茨莫尔也将香港和上海的"中国城"视作"臭名昭著的‘Chinese-City’"，称"它的名声如此败坏，以至于涉及非中国公民的安全，没有一个国家的领事馆会确保进入其中的国民的安全"[2]。无论是丁格尔赖特，还是芬茨莫尔，都没有被这些经验性的常识所吓倒，依旧探访了中国城，并在探访之后均得出了进入中国城除了会受到一些乞丐的纠缠或有财产安全的隐患外，并无人身安危的顾虑。对他们而言，中国的民族主义不过增添了异国旅途的未知与冒险意味，而想象中的充满危险的中国城，更多的则是诸如"傅满楚"等19世纪帝国主义意识形态下关于中国想象的套话。[3]

第四节 "中国城"与郊区地带
——一种中西二元的文化地形学

萨义德在《东方学》一书的绪论中开宗明义地指出："东方

1　Senta Dinglreiter, *Deutsches Mädel auf Fahrt um die Welt*, S. 85.

2　Gerhard Venzmer, *Aus Fernem Osten*, S. 87.

3　参见姜智芹：《欲望化他者：西方文学中的中国形象》，《国外文学》2004 年第 1 期，第 47—48 页。

几乎是被欧洲人凭空创造出来的地方，自古以来就代表着罗曼司、异国情调、美丽的风景、难忘的回忆、非凡的经历。"[1] 中国学者王宁认为，萨义德的东方主义至少囊括以下两个层面：

> 第一层含义指的是一种基于对"东方"（Orient）与"西方"（Occident）的本体论与认识论之差异的思维方式。在这方面，东西方在地理上分别居于地球的东西半球，在其他诸方面也处于长期的对立状态，其原因不外乎双方在政治上、经济上，乃至语言文化上存在着难以弥合的巨大差异。第二层含义则指处于强势地位的西方对处于弱势地位的东方的长期以来的主宰、重构和话语权力压迫的方式，西方与东方的关系往往表现为纯粹的影响与被影响、制约与受制约、施与与接受的关系。[2]

从文化认同的角度来看，所谓东方主义即西方通过在文化、学术或研究机构中歪曲、贬抑的方式制造一个文化上低于西方、政治上敌对西方的东方形象以建构其文化认同的知识运作模式。[3]

对于丁格尔赖特和芬茨莫尔这些无意识地在异国体验之中寻

1　爱德华·W. 萨义德：《东方学》，王宇根译，生活·读书·新知三联书店，2007年，第1页。

2　王宁：《东方主义、后殖民主义和文化霸权主义批判——爱德华·赛义德的后殖民主义理论剖析》，《北京大学学报（哲学社会科学版）》1995年第2期，第57页。

3　Vgl. Andrea Polaschegg, *Der andere Orientalismus. Regeln deutsch-morgenländischer Imagination im 19. Jahrhundert*, Berlin / New York, 2005, S. 35.

求民族认同与自我确证的旅行者而言，诸多中国城市东西文化兼具、传统与现代并存的城市文化景观为其东西二元的东方主义世界观提供了一个完美的例证。而上海作为当时中国现代化与城市化程度最深、殖民统治仍顽强存在的中国经济中心和亚洲经济枢纽，自然便成为这种东方主义世界图式最为典型的载体。围绕着上海展开的城市地形图绘制常常开始于上海的郊区或周边地区。对大部分中国旅行者而言，上海虽然在地理空间上处于中国，但在文化与文明属性上，却不属于中国。《中国近况》作者瓦尔特如此解释他为何要将"吴淞"单列成章，而不将其归于上海章节："吴淞将上海与中国隔开，又将中国与世界隔开。在我们了解中国人之前，我们有充分的理由不去拜访上海……"[1]在西方的城市化进程中，随着新型运输工具的发明与广泛运用，城市中慢慢形成了"从市中心和工业区呈放射状散布的交通走廊沿线，出现了供人们下班后休息的近郊区"[2]。这些区域经过城市建设者的规划，常常具备一定的生活品质，塑造了既相异于乡村又与城市中心和工业区周边不尽相同的生活方式。而近代中国由于工业发展才刚刚起步且不均衡，城市化与现代化进程多由西方的外力楔入或本国统治者自上而下的改造而艰难前行，因而城乡差距极为明显。上海一面临海，而另一面却面对着中国广大尚未城市化与工业化的内陆地区，诸多来华德国旅行者在乘坐不同交通工具进

1　Wilhelm P. O. Walter, *Das China von heute*, Frankfurt a. M., 1932, S. 82.

2　德波拉·史蒂文森：《城市与城市文化》，第19页。

入或离开上海繁华的城市中心时，便注意到了上海与周边地区的巨大差异。

　　从吴淞码头至虹口码头的途中，德国传教士威特（Johannes Friedrich Witte）便以敏锐的目光捕捉到上海这座城市与其郊区之间显著的城乡对立。他先是描绘了城郊百花齐放、百鸟争鸣、草木吐绿、庄稼抽芽的一派田园春光，随即笔锋一转，将悠游赏景的目光转为且行且思的观察。威特注意到"一小块一小块田地之间散落的村庄与农舍"，不由感慨道："这些用来养活一家人的田地，面积可真小啊！这些农舍又是多么破败啊！"[1]借此，威特一语道出传统以家庭为生产单位的小农经济生产方式所造成的贫困。威特将所见的"寒酸、阴暗""没有烟囱""墙壁不足两米高"的"茅屋"形容为"不过是一处遮挡恶劣天气的栖身之地罢了"，并进一步设想："我们的农民和临时工若是在这样的茅舍中居住，会作何想？"[2]在这里，威特不以德国其他群体，而以同样处于底层的农民和临时工为参照，猜想他们也难以想象中国农民恶劣的生存环境，进一步凸显中国农民的困顿处境。无独有偶，在威特看来，"这些小农所秉承的宗教和丧葬礼俗进一步加剧了他们的贫困"[3]。"一座座底下埋了棺材的圆形尖顶小土丘"，"穿白衣的送葬人"，用作祭品的"纸钱、五颜六色的高大纸人"和

1　Johannes Witte, *Sommer-Sonnentage in Japan und China. Reise-Erlebnisse in Ostasien im Jahre 1924*, Göttingen, 1925, S. 42.

2　Ebenda.

3　Ebenda.

"一面面白纸做的小旗",以及"(清明节)人们用特定的祭品摆放在室外的坟前及自家的祖先牌位前,以供死者"等丧葬礼俗无疑劳财劳力,而这种礼俗又是出于对"那些遭怠慢的亡灵会在盛怒下将不幸加诸自己的后代"的恐惧[1],这表现出中国人封建迷信的一面。尽管如此,威特也提到,与中国人对过世的亲人祖先的敬奉不同,在西方,"尤其是在大城市里,死者多半很快就被人遗忘了"[2]。这样的对比很容易使人联想到现代大城市中人与人之间冷漠疏远的关系,无形中传递出对于古老农耕文明的人情社会的向往。与黄浦江左岸"全然原始、古旧的乡村生活"形成鲜明对比的是右岸现代工业文明的成就:"一栋栋高大的欧式洋楼""新建的德文工学堂""宽敞狭长的仓储大厅""宽阔的公路和通往上海的铁路""石油储蓄厂""造船厂""棉纺厂""炼钢厂"……[3]而透过虹口码头上停靠着各国客船、货轮的繁忙景象则可管窥长江口区域"传奇般繁荣的经济生活"[4]。一进入外滩,威特就又被"由高达六层的西式大都市建筑、宽阔美丽的沿江大道——即'外滩'——组成的毗邻港口的商业区"的繁华景象所震惊,因而感到"即使身处于华中地区的心脏中,也感觉好似正在某个欧洲或美国大城市中"[5]。

1　Johannes Witte, *Sommer-Sonnentage in Japan und China. Reise-Erlebnisse in Ostasien im Jahre 1924*, Göttingen, 1925, S. 42f.

2　Ebenda, S. 42.

3　Ebenda, S. 43.

4　Ebenda, S. 44.

5　Ebenda. 显然,威特对于中国地理状况的了解十分有限,因而将上海视作华中地区。

许尔里曼在游记中并未对上海的城市景观进行具体描述，但称上海的城市形象是"我所见过的城市中最为国际化的"[1]。在离开上海乘火车去杭州的途中，他写道：

> 在去往杭州的铁路上，中国第一次作为一个国家呈现在我的眼前。我看到连绵不断的田野，每块土地都很小，都经过仔细耕种而纵横着笔直的沟壑。有时田野中间突然隆起一个小山丘，那是祖先的坟墓。除了在大地之父中，中国人不想在任何其他的地方安歇，这样的风俗一代传一代。如同父亲般的土地并非某种死物，它不是单纯为了收获和生计而存在，对农民而言，对它的耕耘是一种神圣的职责。中国就好似一个巨型的墓地，也正是因此而没有了墓地的负面意义……埋葬死者的土地因为他们的精神而充满着生机，而活着的人懂得尊重他们。我们的目的寒冷似坚冰，而中国人的目的却使人充盈和温暖。在这里，死亡不再是折磨，而是与生命和谐相融……[2]

无论是威特城乡二元意识形态下对上海郊区风光田园主义式的欣赏和对郊区贫困状况东方主义式的俯视与同情，还是许尔里曼蜻蜓点水式勾勒出的中国乡村风情，都表明，在他们的想象

1　Martin Hürlimann, *Tut Kung Bluff*, Zürich / Lezpzig, 1924, S. 84.

2　Ebenda, S. 86.

中，与表征西方现代文明的大都市上海相比，中国依旧是一个农
耕文明的国家。值得注意的是，威特与许尔里曼都赋予了中国的
非现代性一种前现代乡村主义的人情温暖，并不乏对此的怀恋之
情，但这并不意味着他们认同与肯定以贫穷落后为表征的农耕文
明，而仅仅反映出他们对于现代性某些方面的不满情绪。这体现
在众多德国旅行者对上海、广州、香港等租界城市内部的文化绘
图中：他们下意识地为象征西方文化与文明的租界区申领了"现
代性"的诸种表征，而将异国情调、贫困、肮脏和落后等"东方
要素"赋予作为文化象征的"中国"，绝口不提或一笔带过中国
的现代性与现代化。

　　众多旅行者对上海的第一印象或总体印象是，这座城市是
"国际化的"或"欧洲化的"[1]。这种印象多来自于外滩与南京路
商业区的欧式建筑群、繁忙的道路交通、人种混杂的景象以及
黄浦江沿岸与港口的大型现代化工业设施。阿什如此描述外滩
给她的第一印象："沿着上海的外滩漫步，我不禁想起汉堡的处
女堤来：外滩的一侧是吴淞江，扩建后形成通过港口的大片水
域，江上船只往来密集；另一侧是现代化的摩天大楼、豪华饭
店及船运或其他公司的雄伟的办公大楼。"[2]芬茨莫尔对此也有类
似的描述：

1　Senta Dinglreiter, *Deutsches Mädel auf Fahrt um die Welt*, S. 84; Wilhelm P. O. Walter, *Das China von heute*, S. 21; Gerhard Venzmer, *Aus Fernem Osten*, S. 83; Martin Hürlimann, *Tut Kung Bluff*, S. 84; Heinrich Schmitthenner, *Chinesische Landschaften und Städte*, S. 159.

2　Hannah Asch, *Fräulein Weltenbummler. Reiseerlebnisse in Afrika und Asien*, Berlin, 1927, S. 132.

这些人群拥挤的街道，街道上的中国、美国、欧洲百货商厦，银行、轮船公司和国际化豪华饭店，停靠着各国商船的宽阔港口以及庞大的交通等，都使得上海足以媲美某些欧洲大城市。要不是那些典型的亚洲街景，毫不夸张，你会以为自己正身处于一个西方的港口城市。[1]

尽管南京路上随处可见中式着装的行人，沿街也有为数众多的汉语店铺招牌，外滩港口豪华的渡轮与战舰之间也穿梭着造型独特的中国帆船，但这些"中国的"元素仅仅标识了上海地处于中国之内的地理空间，而并非作为一种与外滩和南京路相关联的文化符号出现。外滩与南京路作为现代商业文化的象征始终是西方的、欧洲的，除了"成千上万辆黄包车"[2]、"如同侏儒"的中国警察、因缠足而走路颤颤巍巍的中国女人外，一种以现代文明人的形象出现的中国人是不存在，因而一种带有中国印记的商业文化同样是隐而不现的。就如阿什对外滩人潮的观察中消失的中国人一般：

人们或许很难在另外一个地方看到如此人种混杂的现象。这边是穿传统日本和服的日本男女小步走在穿衬衫外套、蓄大胡子的俄国人之间，那边则大步走着印度人、马来人、阿拉伯人、土耳其人和黑人。西方人中有众多英国人、

1　Gerhard Venzmer, *Aus Fernem Osten*, S. 84.

2　Ebenda.

法国人、葡萄牙人、西班牙人、意大利人、高大金发的斯堪
的纳维亚人、2000多个德国人，还有一些美国人混杂其中。

在这个通天塔中，中国人几乎隐没了。[1]

除此之外，瓦尔特在游记中写到黄浦江边的现代工业设施：

再往上一些，我们看到了中国大上海的新发电厂和它后
面闸北自来水厂的中国宝塔型水塔。紧接着，雾气之中显
现出一座大城市的轮廓，此间弥漫着公共租界发电厂厚厚
的烟云。这座工业设备的线条使人从远处就意识到，那里
有20万马力的煤力被转换为电力，并从那里集中为一座大城
市提供电力、灯光与电热。大型的机械煤炭卸载设备及灰烬
装载设备与中国压榨其劳力所用的原始运输方式形成鲜明的
对比。[2]

尽管看到国民政府管辖区域上建立的发电厂与自来水厂，但
在他看来，现代化大型企业"不过是英美国家的飞地罢了"[3]。在
华界中，更多的是那些"更为原始"的、"有些已然停工"的中
国企业及"家庭工业"[4]。作为地理学家的施米特黑讷则在游记中

1　Hannah Asch, *Fräulein Weltenbummler. Reiseerlebnisse in Afrika und Asien*, S. 132f.

2　Wilhelm P. O. Walter, *Das China von heute*, S. 102.

3　Ebenda.

4　Ebenda, S. 110.

绘制了一幅详细的城市地形图，将从外滩码头的轮船、船厂、装载货物的设备，到租界英式的城市规划与布局、街景中租界扩张的痕迹及作为公共租界（也即"欧美共和国"[1]）中心的外滩区域上的政治、金融与商业结构，再到租界工业区的轻工业企业与造船厂，尽收眼底。而与租界内现代化的西方物质文明形成鲜明对比的是"古老的中国城"：

> 狭窄、肮脏和臭气熏天的街道，低矮的中式房屋以及吵吵嚷嚷的人群使人感到突然身处于一个喧闹肮脏的工蚁巢穴中。这座世界大都市的所有中国无产者都聚集在这里，使得上海旧城成为最为丑陋的中国城市之一，这里几乎丝毫感受不到任何古老文化的精神气息。[2]

瓦尔特与施米特黑讷事实上已经注意到了上海的西方物质文明与工业文明对中国的影响。如瓦尔特提到的那些小型的中国企业与施米特黑讷提到的新规划的"富有商人，被辞退的或者退休的文人"[3]居住的中国城区等，但他们对此均着墨不多，不是像瓦尔特笔下那样同西方工业文明辉煌的成就相比相形见绌，就是像在施米特黑讷的描述中那样被一笔带过。值得一提的是，施米特黑讷将中国无产者视为蝼蚁，并将中国城视作无产阶级聚居地而

---

1 Heinrich Schmitthenner, *Chinesische Landschaften und Städte*, S.159.

2 Ebenda, S.161.

3 Ebenda.

大加贬斥，这不仅反映了他的政治倾向，也表明他将现代化进程消极的一面与对中国形象的建构相杂糅，从而呈现出一个双重负面的中国形象。

相比之下，芬茨莫尔、丁格尔赖特及阿什等环球旅行者或远东游历者并不试图从客观政治、经济或地理等角度去了解中国，而是以大众旅游者的身份去体验与发现中国。对这些旅行者而言，客观的中国知识或中国在政治、经济、文化同世界上其他国家之间的关系并非他们关注的重点，他们只是在远离故土的异国空间内寻求一种日常生活之外的新奇。因此，在上海的城市空间中，最能吸引他们注意力的无疑是与西方日常生活、文化景观最为相异的中国城。上海城市空间中的东西文化拓扑结构在他们笔下一目了然，对此，阿什做出了极为简明扼要的描述：

> 上海可分为截然不同的欧洲城与中国城。欧洲城内既有各种各样的奢侈品商店，又有最为现代的百货大厦。这些商厦装配有电梯、气压式收银台以及其他一切新时代的创造发明……
>
> 中国区域则保留了旧时代的生活。这里的街巷又长又窄，房屋是开放式的。每一项活动——不管是手艺活、生意往来还是家庭生活——都暴露在所有人的眼前。[1]

1　Hannah Asch, *Fräulein Weltenbummler. Reiseerlebnisse in Afrika und Asien*, S. 133.

芬茨莫尔也认为，"作为世界大都市的上海"不是"中国的"，他"想要认识中国，因此现在就出发去上海的中国城"，因为这里才是"纯粹的、如假包换的中国"[1]。他笔下的中国城虽然肮脏嘈杂——"那些神经与嗅觉太过敏感的人，还是最好不要来"，但充满了生活的气息——"狭窄的小巷构成的纵横交错的迷宫"里充斥着"五彩缤纷的混乱"[2]。手工作坊繁复的制作工艺和精美的工艺品，丧葬用品店铺奇形怪状、色彩缤纷的纸制贡品，小巷中的烙饼人、悠闲的遛鸟人、模样可怕的乞丐，还有热闹非凡的城隍庙、茶馆、戏院与门庭冷落的夫子庙——所有这一切都如威特在游记中所形容的那般"既美丽，又丑陋"[3]。换言之，中国城在芬茨莫尔这里虽然贫穷落后，充斥着野蛮与原始的景象，但却神秘魅惑，充满着异国风情。丁格尔赖特拜访中国城时正值中国的农历新年，"到处燃放烟火和鞭炮"，"所有的商店里都挂着许多灯笼"，街道上有人耍蛇和表演杂技[4]，尽管不如芬茨莫尔笔下的中国城那样生机勃勃、丰富多彩，同样令人浮想联翩。

许尔里曼笔下的广东同样是一分为二的。在他看来，这片中国的土地上，"存在着两个广东：一个货真价实的中国的广东和

1　Gerhard Venzmer, *Aus Fernem Osten*, S. 87.

2　Ebenda, S. 88.

3　Johannes Witte, *Sommer-Sonnentage in Japan und China. Reise-Erlebnisse in Ostasien im Jahre 1924*, S. 49.

4　Senta Dinglreiter, *Deutsches Mädel auf Fahrt um die Welt*, S. 87.

一个美国式的广东"[1]。"中国的广东"由"古老狭窄的街巷""叫喊着有座位的轿夫""无数商店、手工作坊""一字排开的五彩滑稽的神像家族""兜售带血的鱼、仔猪、鸭肉，死的、活的都有，一箩筐的一打鸡，还有各种各样的肉块、香料、蔬菜，一只愉快打鸣的公鸡、一只无忧无虑鸣叫的鸟、一只落满灰尘的巨大的猫头鹰和它旁边关着中国夜莺和其他鸟类的笼子"的市场组成；而"美国式的广东"则是高层宾馆中的娱乐场所，是"浸染在恣肆灯光中"的"杂耍剧团、木偶戏、歌谣、影院、剧场和人造岩洞"[2]。而芬茨莫尔笔下的香港则是一分为三的。近似一个西方港口城市的维多利亚港及其周边显然不是"中国的"，而受到欧洲影响的"中国人城"同样也不是真正的中国，香港地理空间中代表真正中国的，只有油麻地，因为在这里：

> 哪里会有那些宽阔的铺路石街道？哪里会有石砌的高楼、林荫道和华丽的橱窗？这里街巷狭窄，地面上被踩碎的石板间的缝隙与孔洞中填满了垃圾。这里没有一个欧洲人，听不到和看不到任何一个欧洲的语词。你到处能看到的只有数不尽的垂直排列着的奇异的中国文字，在房屋的墙壁上、公司的招牌上、从屋顶向下飘荡的旗帜和彩带上，在巨大的海报上、住宅入口处红色的小纸片上……人们可以通过开放

1　Martin Hürlimann, *Tut Kung Bluff*, S. 83.

2　Ebenda, S. 81ff.

的商店空间看到房屋内部中国人的居住环境……一块木板上放着各种各样的祭祀用品：插在沙堆中的细长蜡烛，还有上面五颜六色的神像。或者在地板上、长椅下，在一个开放的箱子或被遮盖的角落里设置着一整座微型的寺庙……[1]

　　周宁教授在其《跨文化形象学》一书中指出，"中国形象是西方现代性文化精神的隐喻，是西方文化为在世界观念秩序中认同自身而构筑的文化'他者'"；西方的中国形象是一种权力话语，"在西方文化中规训化、体制化，构成殖民主义、帝国主义、全球主义意识形态的重要成分，参与构筑西方现代性及其文化霸权"[2]。无论是瓦尔特、施米特黑讷在游记中对上海现代化工业与城市化发展的边缘化叙述，还是阿什、芬茨莫尔和丁格尔赖特对中国城农耕文明异国情调的想象，其背后都隐含了"西方现代性世界想象"[3]。自启蒙运动以来，西方形成了"现代胜于古代、西方胜于东方的现代性叙事"，"现代性观念成为西方社会文化的主导意识形态，中国形象也就相应成为西方中心主义的意识形态所批判、排斥、否定的低劣的'他者'"[4]。而被异国情调化、遭到旅行者好奇目光注视的一切奇异之物，同样也只是缺乏主体性的客体，不享有同注视者平等对视与交流的权利。西方通过东方

1　Gerhard Venzmer, *Aus Fernem Osten*, S. 66ff.

2　周宁：《跨文化形象学》，复旦大学出版社，2014年，第2—3页。

3　同上，第4页。

4　同上，第6页。

实现其现代性想象的自我确证，德国旅行者们亦通过建构一种落后、原始、异国情调化的中国形象而确证其西方现代性的归属。洛特曼在其《艺术文本的结构》一书中强调了文学文本中的空间所具有的组织性功能。[1]文学文本中的空间范畴与特定文化的世界观或"思想模式"相互关联，形成一种拓扑结构的语义场：如，"高-低"常与"好-坏"相对应，"近-远"常与"熟悉的、自我的-陌生的、他者的"相对应等。[2]德国旅行者在游记书写中对于中国城市空间的分割和文化语义分配的背后同样是东（中）西二元对立，以及"东（中）——前现代、原始、野蛮、落后"和"西——现代、文明、进步"的文化拓扑学思想结构。与整体性的中国叙事与中国想象相比，中国城市作为游记的叙事主题，其特殊性在于，城市作为现代性逻辑最为集中与凸显之地，其叙事与形象建构本身便是中西文化与文明直接交锋的文本空间。在这里，"中国形象的知识-权力网络"与"中西二元对立的现代性思维模式"[3]表现得尤为清晰。尤其是，在中国城市化与工业化不断前进和向非中心城市不断扩大，中国民族工商业在"一战"期间长足发展的背景之下，一种他者视角下中国现代性叙事的阙如，足可证明西方进步话语的排他性与自发性。

　　对于那些造访中国城市的德国旅行者而言，德意志民族想象

1　Vgl. Jurij M. Lotman, *Die Struktur literarischer Texte. 2. Aufl.*, übers. von Rolf-Dietrich Keil, München, 1981, S. 316.

2　Vgl. ebenda, S. 313f.

3　周宁：《跨文化形象学》，第 1 页。

的建构是通过两条相反的路径完成的。一条是通过正面强调德意志文化在远东的持续性影响，并通过与以英国为首的帝国主义列强划清界限，来确证德意志文化在远东非强制性的影响，从而证明其优越性。再者，诸多德国旅行者视德国为第一次世界大战的受害者，受到英法等战胜国的压迫与欺辱，这使得他们对中国的民族主义运动和民族情绪都抱有一种近似同病相怜的感情。然而这种同情并不是建立在中西政治地位与文化价值平等的基础上，毕竟在不少旅行者的观念中，就德中关系而言，德国的国家利益在很大程度上仍然同西方其他列强是一致的。另一条则通过建构一个中西截然二分的中国城市形象来彰显西方现代性的优越性，在对东方他者的否定性建构中确立其同西方现代性的认同关系。

第四章

德语游记中的中国城市
与资本主义批判

　　自中日甲午战争以来，在洋务运动与列强早期资本主义经济活动的基础上，《马关条约》的签订使列强获得更多的在华经济利益，使其得以在华投资设厂。这不仅大大加快了资本主义列强的在华投资，也在客观上促进了中国民族资本主义与官僚资本主义的发展，从而大大推动了中国工商业的发展。[1]工业与经济的发展也为中国的城市化进程提供了动力，资本主义经济与文化现象由此成为中国城市中难以忽视的要素。西方资本主义的入侵与中国本国资本主义双管齐下，造成了一些中国城市的畸形繁荣，引发出一系列政治、经济、文化问题。对于一部分德国或其他德语文化国家的旅行者而言，中国城市所显现的现代性并非其西方现代性自我认同建构的产物，而成为他们批判与反思资本主义社会、经济与文化的载体。在诸多中国城市中，上海由于其优越的地理位置而成为外国资本集中投资之地。[2]到中华人民共和国成立前

1　参见许涤新、吴承明主编：《中国资本主义发展史》（第二卷），社会科学文献出版社，2007年，第1—12页。

2　参见唐振常主编：《上海史》，上海人民出版社，1989年，第359页。

夕，上海已拥有"全中国对外贸易的半数和全中国机械化工厂的半数"[1]，"现代中国的银行金融、工业制造、商业行号都在上海发迹"[2]，上海成了名副其实的"中国资本主义的摇篮"[3]。因此，德语游记中对于上海资本主义政治、经济与文化的描述远多于其他城市。

第一节 "东方芝加哥"与美国主义

对于常年旅居德国的匈牙利德语作家霍利切尔而言，上海这座城市的资本主义特征主要表现在其"美国主义"上。在《动荡的亚洲》中，他专辟"东方芝加哥"一章，描述上海这座"遭受美国主义侵染至深"[4]的中国大都市。在他看来，这座东方大都市无论从外在的城市街景到内在的精神，都被美国化了；上海全然就是一座位于遥远东方的美国城市。

首先，从城市规划上看，除了狭小逼仄的中国城外，上海就是一个"由英式、法式、仿美式的街道，广场、别墅、郊区，以及那些必不可少的贫民窟组成的巨大混合体"，"不仅上海江边

1　罗兹·墨菲：《上海——现代中国的钥匙》，上海社会科学院历史研究所译，上海人民出版社，1986 年，第 2 页。

2　同上，第 1 页。

3　白吉尔：《上海史：走向现代之路》，王菊、赵念国译，上海社会科学院出版社，2014 年，第 338 页。

4　Arthur Holitscher, *Das unruhige Asien*, S. 247.

的繁忙喧闹，银行、行政机构、大使馆与轮船公司的摩天大楼使人联想到密歇根宽阔的大道，那些从外滩向市区延伸的街道，尤其是承载了主要交通流量的主街南京路，也使人快速联想起芝加哥河畔卢普区的街道"[1]。上海不仅在城市布局上与密歇根、芝加哥等美国城市相似，其商业气息与之相比更是有过之而无不及。具有中国特色的城市街景与"美式的野蛮、美式的程式、美式的城市"相结合，使得商铺林立、旌旗飘扬的南京路呈现出一种带有侵略性的、无孔不入的商业文化：

> 南京路……一整天都充斥着横冲直撞的混乱人群，回响着震天响的聒噪声、电车汽车的当当声和锣鼓声，还有灼人眼眸的灯光形成的岛屿，闪亮摇曳至深夜。不仅橱窗拥挤得好似要爆炸，广告牌、旗帜和彩带比比皆是，侵袭着过往的行人；即使在店铺上的阁楼里，鼓手和号手也在敞开的窗户里吹吹打打，将楼下诱人橱窗里的广告播响整个街巷。大型的百货商厦，有十层楼那么高，里面有戏院、舞厅和赌场，房顶平台上下都有花园。入夜以后，这些大楼上就挂满了运用所有最新技术的灯光广告。由成千上万光点构成的中国文字闪烁在忽明忽暗的英文词语之旁，两者共同宣告着，欧洲人和中国人都能够在这些大楼里头相安无事地花钱。[2]

1　Arthur Holitscher, *Das unruhige Asien*, S. 247.

2　Ebenda.

霍利切尔用极为夸饰的语言描述了南京路繁华的商业景象。在听觉和视觉上均无处不在的广告暗示着商品的品类与数量众多，"戏院、舞厅和赌场"等娱乐场所标识着大众娱乐的兴起，而夜间灯光的无所不在则表明，西方的物质文明同样在东方大都市上海落地生根。

南京路商业街虽然极尽繁华，但与之毗邻的福州路则"更为多彩，更为喧闹，也更为有趣"[1]。这里"茶馆挨着茶馆"，"聚集着众多低等妓女"，"穿着花哨丝绸裙的中国女人"伫立街道；食客云集的大酒楼里，"人们吞下太多难以想象的东西"，"流动的小贩、拿着象牙如意的挠背人进进出出"；打一个电话，就有"身穿一条鲜艳五彩锦缎裙"的女子带着琴师姗姗而来，唱起音调尖细的、价值一美元的曲子；一曲终了，"随同的女伴递上一张纤巧的小纸片，上面写着歌女的姓名、住址，以及妓院的地址和电话"[2]。如果说南京路的繁华盛景得益于实物商品的丰盛和娱乐消费的活跃的话，那么福州路上的热闹喧嚣则可归因于女性身体作为商品的交易。英租界内的跑马道更是遭到霍利切尔的辛辣讽刺："一条跑马道神气十足、横行霸道地穿过交通最为繁华的城区，好像让马有道可跑比让人有地可居要重要得多似的。"[3]在魏玛共和国时期美国主义批判的背景之下，毫无节制的物质消费、娱乐活动、感官享受是精神空虚、道德堕落的美国文化入侵

---

1 Arthur Holitscher, *Das unruhige Asien*, S. 248.

2 Ebenda, S. 248f.

3 Ebenda, S. 249.

的结果，是一种负面的现代性的表征。

在霍利切尔这里，现代资本主义商业文化造成的精神空虚和道德滑坡并没有单一地被想象成是东方的，或者西方的，而是被描绘为一种中西共有的特质。上述对中西广告招牌的描述，以及对中国人和欧洲人共同在那些豪华的百货商厦中消费和娱乐的想象已然表明这一点。而在因追求感官享乐与肉体欲望而造成的道德堕落方面，霍利切尔同样没有赋予欧洲人一种欧洲中心主义的道德优越感。在他看来，欧洲与中国这两个文化与生活方式均截然不同的世界存在着不可逾越的鸿沟，而这条鸿沟却在"令人不解的、隐秘不现的、野兽般的交媾中，在无人提及的角落里，在鸦片窟及那些欧洲男女和中国男人通过狡猾的中间人就能轻易获取地址的专事某种活动的房屋中消失了"[1]，极言美国主义对上海这座城市的侵染与腐化之深。

其次，作为左派知识分子，霍利切尔对上海殖民现象的批判是不言而喻的。值得注意的是，他对主导上海租界统治的英国人的批判更多的不是在政治层面上展开，而是从民族性的角度切入的。首先，英国是上海的欧洲国家中"最强调其外国性，最突出同所居住的环境格格不入"的国家，并通过制造"对当地人的憎恨、蔑视，还有恐惧"的方式，毫无同情心地、"极尽可能地利用、盘剥、掠夺它（上海）"[2]。其次，作为殖民者的英国人对于所控制国家或地区的民族毫无了解，只妄图通过"更为优良的

1　Arthur Holitscher, *Das unruhige Asien*, S. 250.

2　Ebenda, S. 251.

武器"[1] 来驯服和奴役反抗者，而这在霍利切尔看来，已然不合时宜，因为它忽略了被压迫民族反抗的决心和力量。换言之，英国之所以能建立起对其他民族的统治或控制，并不是因为对这一民族有本质性的了解，而是因为它"天赋异禀的、超群卓著的灵活性，这种灵活性使之能够发现机遇和商机，洞悉被剥削者的痛处及由此而形成的良机"[2]。以此，英国被建构成一个毫无道义，为了利益而侵略他国的投机者的形象，而这即使不是美国主义的，也是文化与文明对立的意识形态下没有文化、只注重物质文明发展的传统英国形象的复现。

最后，霍利切尔以一幅来到上海的美国环游世界旅行者的漫画肖像结束他对"东方芝加哥"的描述。霍利切尔首先惊叹于，在"这座城市、这个国家最为危险和混乱的时刻"，在上海这样一个"奢华与穷困、侮辱贬斥与纵情欢乐、恐惧、傲慢，蓄势待发与卑躬屈膝的奇异混杂中"，竟然还有"一个宁静安闲的极端"，"有一类四肢轻快放松，自信安然地穿街走巷的人"[3]。这些"在一长溜汽车的队列中闲逛外滩，在苦力车的长队中穿过闹哄哄的中国城、郊区宽阔的欧式大道，从一家酒店到另一家，吃完早餐吃午餐，吃完午餐喝下午茶，喝完下午茶又抽着烟吃晚餐，晚餐过后又去真真假假的鸦片馆、赌场、欧洲人或亚洲人的妓院中寻欢作乐"[4]的人正是每周乘坐大型邮轮来到上海的美国游

1　Arthur Holitscher, *Das unruhige Asien*, S. 249.

2　Ebenda.

3　Ebenda, S. 253.

4　Ebenda.

客。这个"繁荣富强、衣着光鲜、营养充足的民族缘何每周都有成千上万人进行环游世界之旅",并且到达上海的唯一目的是:匆忙地出入"丝织品店、铜器店和象牙制品店",在购得"象牙雕、潦草书写的卷轴、镶有金色和紫色丝线的晨衣,以及一大摞以二十倍价格购买的粗制滥造的仿冒品……"后"回到他们四边形的巨型轮船所在之处"[1]。这些乘坐"美元航线"[2]而来的美国游客带来的消费主义与享乐主义的生活方式,更带着"他们由成功与金钱加冕的世界强国的地位"[3]和目空一切的自信。他们自认是"文明世界的主宰",是"世界的主人";他们无忧无虑地"调情、跳舞,摄取丰富营养的食物,挥霍美妙的美元,带着它们走遍世界";"成功是他们的上帝"[4],他们认定,就算亚洲和欧洲全都毁灭殆尽,美洲大陆也将继续留存。美国人的财富与成功看似与上海无关,但无疑同样是"众多贸易合同、关税条约和保护条约"的受益者;而"一个国家,一个民族,一个大洲正在独立解放斗争的阵痛之中震颤……在同众多贸易合同、关税条约和保护条约做着正义的斗争"[5],上海繁荣的物质享乐世界终将倒塌,而美国人的环世界游轮终有一天将难登上外滩的港口。

　　如果说霍利切尔所讽刺揶揄的美国主义式的物质文明——包

1　Arthur Holitscher, *Das unruhige Asien*, S. 255.

2　Ebenda. 霍利切尔在后文中解释道,这一环球之旅的航线之所以叫"美元航线",是因为这家轮船公司的拥有者名为"Robert Dollar",且游轮上有一个巨大的美元标志。

3　Ebenda, S. 254.

4　Ebenda, S. 254f.

5　Ebenda, S. 255.

括商业与消费文化、进步的武器装备、追求成功的心态等——跳脱其文化批判的语境，仍可彰显出一种正面的、令人向往的现代性的话，那么，基希则在上海表面的物质繁荣之下窥见现代性阴暗的背立面与上海这座城市千疮百孔的暗影。他截取"大世界"和"新世界"一带的上海街景，借此揭示出西方消费与享乐主义对中国社会的入侵。"大世界"和"新世界"是"上海的游戏场"，这是"长长的，独立的，六层楼的娱乐场，里面有花园，剧场，走索表演，赌博台，小孩子的跳舞表演，掷椰子戏，抽彩，射击房，电影，哈哈镜和其他一切从欧洲游戏场学来的有吸引力的玩意"，还有"雏妓和她们的龟婆一道徘徊着"[1]。除此之外，他又罗列了北京前门大街上千奇百怪的供人娱乐消费的营生，从玉器店、古董店，到乐器店、银楼，再到茶楼和鸦片烟灯店，无一不吸引着人前去，掏出口袋中的钱来换取不同商品与娱乐带来的片刻欢愉。基希敏锐地注意到，无论是在上海，还是在北京，在靠近这些娱乐和消费场所的地方，"每一条街的转角，都有不需要陈列窗，不要广告的当铺的圆形厚重的建筑物"[2]。不仅如此，虽然当铺数量众多，但每个当铺之中"却还是常常的挤满了人"[3]。由此可见，人们用金钱换取消费与娱乐的欲望是多么强烈，以至于当铺毫不起眼的建筑全然无须招徕顾客就能生意兴隆。而当铺生意之所以兴盛，却是因为众多的中国平

1　埃贡·艾尔温·基希：《秘密的中国》，周立波译，群众出版社，1981年，第185页。

2　同上。

3　同上，第184页。

民百姓穷困潦倒，没有多余的财富用来进行娱乐性的消费。即便如此，仍有为数众多的民众愿意接受当铺的剥削，带着自己仅有的值钱物品来到这里，"用恳求和咒骂，竭力想讨到一笔较多的贷款"，以换取"一种失常的作乐和小小的奢华"[1]，使生活暂时脱离"原来的样式"[2]。德国社会学家克拉考尔在对魏玛共和国时期新兴的职员阶层的解析中意识到，大众文化的兴盛作为一种现代资本主义社会的文化现象，其表象背后蕴含着不为人知的政治意义，即消费和娱乐是"分散大部分社会成员对其真实境况的注意力的手段"[3]，使之成为失却人的本质、机械服从资本主义抽象理性的"大众装饰物"，丧失认识与改变真实处境的意志。基希显然识破了在贫困的下层中国人民间兴起的大众娱乐的本质，由此写道：

> 变压器把愉快的玩物购买者、鸦片窟的常客、嬉笑的戏迷、阔绰浴室的顾客，变成前门大街上一切诱惑、招引、迷人的光彩之中偷偷走动的人物：变成了龌龊的乞丐，变成了背着婴孩的忧伤伛偻的女人，变成了象橄榄一样绿色的脸孔的憔悴蹒跚的抽鸦片的男子。[4]

1　埃贡·艾尔温·基希：《秘密的中国》，第 185 页。

2　同上，第 184 页。

3　戴维·弗里斯比：《现代性的碎片：齐美尔、克拉考尔和本雅明作品中的现代性理论》，第 197 页。

4　埃贡·艾尔温·基希：《秘密的中国》，第 186 页。

这里的"变压器"其实就是外表不起眼的当铺的"圆形厚重"建筑，它最终会将资本主义娱乐世界的幻影转化为赤裸裸的现实，即赤贫的无产者被剥夺得毫厘不剩，或遭到麻痹损害，完全失去了反抗的意志。

在北京，基希观看了一场皮影戏表演。他极为感兴趣地发掘出关于这种中国民间艺术的三种起源传说，并对皮影的精巧的制作工艺和皮影戏生动的表现形式进行了描述：

> 下面的衣袖，颤动的雉鸡毛，王子转动的佩刀……造物者本身是不能把它们造得更好了……人物约摸有六七吋高，是用那加工得透明的绿皮做成的，剪切了，穿了孔，两面都精致的着了色，涂了漆。上臂，前臂，大腿，外胫，臀部，头——都钉连在一起，却又是任何时候都可以以任何方式独立活动的分离的皮片。[1]

> 影子戏的技师以不可思议的灵巧，有时一上一下地扯一根铁丝，有时扯另一根竹棒……就这样，他使银幕上的人和一切生物都有了鲜活的气息。四五个任务的——甚至于军队的——同时的动作，只是出于技师的快捷。而对于铁丝的操纵，还不是艺人的全部工作，他还要代替戏班的每一个演员说话，代替他所献映的所有人物唱戏。[2]

1　埃贡·艾尔温·基希：《秘密的中国》，第 101 页。

2　同上，第 102 页。

演出过后，基希从表演者白其乔的口中得知，北平的皮影戏戏班子原本有200多个，现在却只剩下3个，因为美国的游客和古董商人花重金购买了大量的皮影；而白其乔和其他的戏班也都面临着找不到继承人的问题。面对这种现状，基希感到无限惋惜，感慨道："现在他们（皮影戏艺人）做了说书人，坐在街头巷尾，没有音乐，没有人物的，讲述那些旧戏。千百年以前，公共场所的说书人走到一个戏幕的背后，舞动许多傀儡的侧影，来发展他们的营业，现在却正相反。"[1]资本主义世界的商品原则将艺术品也变作了待价而沽商品，从而在一定程度上导致了艺术本身的没落和衰微。但基希对这一现象的观察却并没有停留在资本主义社会的普遍性上。在他看来，皮影戏衰亡的原因是"外国殖民者的金钱和俗物根性"[2]，因为他显然意识到，"大堆的银洋"[3]对于处在半封建半殖民地社会的贫穷民间艺人而言，具有多大的诱惑力。

霍利切尔的美国主义呈现出一种欲望化的上海形象，而基希则毫不留情地揭露出这种上海幻象下破败不堪的底色。霍利切尔期待一场疾风骤雨式的东方民族主义反抗斗争来扫荡帝国主义殖民者的非正义统治与堕落的西方物质文明，而基希则认识到，无论是资本主义带来的消费主义和娱乐主义对中国民众精神的毒害与麻痹，还是对中国传统民间艺术的破坏，其背后

1　埃贡·艾尔温·基希：《秘密的中国》，第103页。

2　同上。

3　同上。

既有无产阶级与资产阶级斗争关系的问题，也有殖民者对被殖民者的压迫问题。

第二节　中国城市与殖民主义批判

在中国近代史中，虽然没有一座中国城市在名义上成为真正的殖民地，但仍然有一些城市在特定的时间内经历过帝国主义列强的殖民统治。面对这一现实，不少旅行者基于世界主义与人道主义的立场，对西方列强对中国人民的压迫以及西方中心主义的意识形态进行了批判。在众多游记中，基希的旅行报道《秘密的中国》最为突出，他以生动形象的笔触勾勒出20世纪二三十年代中国社会图景的同时，也以新闻记者客观审慎的态度、敏锐的社会嗅觉及文学家的表现力通过浮光掠影的城市印象，揭开中国社会最为深层的"秘密"，昭示阶级社会与殖民统治中压迫与被压迫的根本社会关系。

基希于1932年3月从苏联穿越西伯利亚经伪满洲国秘密来到中国，历时五个多月，走访了上海、北京、南京等地，实地考察当时中国的政治、经济、文化及社会环境，记录下见闻与感受并撰写成23篇报道，汇集成《秘密的中国》一书。其中的每篇报道均攫取城市生活中的某一现象或方面为主题，各个主题间彼此关联，通过一个个鲜活的场景、一份份翔实的数据、一组组鲜明的对照，揭露日本侵华的骇人罪行和帝国主义列强对中国人民的政治与经济压迫，表达对中国人民的深切同情。

基希在到达上海之时，正值淞沪之战后英、美、法、意等各国国际联盟成员来华调查中日争端之际。国际联盟这一"一战"后以维护世界和平秩序为宗旨而建立的国际组织，本应主持公道，将日本侵略者逐出中国，此时却与日本帝国主义沆瀣一气，全然置战争对中国所造成的苦难和损失于不顾。书中首篇报道《吴淞废墟》将战争造成的吴淞惨状与日本侵略者及其他帝国主义国家代表的麻木冷血交叉并置叙述，在强烈的画面对比与犀利的嘲讽中揭露帝国主义者的丑恶嘴脸。战后的吴淞变作"中国的庞培"，除了"悬着迎风飘展的外国国旗的屋宇"，"没有一样东西是不被毁坏的"；面对此种情景，"顶甲板上的日本太太和绅士们"却在"高兴地指点那些掩蔽着人的尸体的被毁的房屋，欣赏破坏工作中那奇异的佳作"；来自国联的先生们"调查了一个早晨"后，乘着"华丽的汽车"疾驰而去，只因"要在一个恰当的时间，赶回用午膳"，就好似他们此行专为享用日方精心准备的西式大餐而来，再无其他目的。[1]因而他们无视日方以莫须有的罪名入侵中国，也无视日军对中方的残酷屠杀。基希在此处还充分调动其"合乎逻辑的想象"[2]，虚构出一个租界内的外籍人士透过家中窗户，在夜晚如同观赏烟花般观赏战火的场景，更凸显

---

1 埃贡·艾尔温·基希：《秘密的中国》，第1—2页。

2 Egon Erwin Kisch, *Gesammelte Werke in Einzelausgaben. Bd. 8*, hrsg. von Hodo Uhse, Berlin / Weimar, 1983, S. 206.

在上海的欧洲人的冷漠、麻木与非人道。吴淞是日海军炮队的目标，这一地区遭受到空前残酷的打击，但中国人却无所还击。吴淞炮台不放炮，因为中方的军队"不想危害任何欧洲船只而使自己遭受欧洲的公然敌视"[1]。基希并不分析其中缘由，但稍作联想便可知中方军队是因谁下达的命令而不做抵抗。日本军国主义者奸诈凶残，国际联盟伪善无为，国民政府谄媚逢迎，于是"吴淞只好听凭毁灭"，一任"日本军旗和日本海军旗，在吴淞的尸体之上飘动着"[2]。基希并不做正面的道德评价与政治批判，而是将亲历的所见所闻所感以文学形式加以呈现，形象直观地揭露出日本帝国主义、西方列强与中国的当权者相互勾结、串通一气的丑恶罪行，使批判与控诉在不言之中彰显力量。基希以一句抒情诗般的描述——"日本旗上的太阳象是一个圆的创伤，从那上面，鲜血向四周流淌"[3]——结束全篇报道，在沉郁悲恸的气氛之中传达出一种深切的悲悯。

《吴淞废墟》一文提挈全书，奠定了全书基调。《秘密的中国》一书中各篇报道看似单独成章，但却始终围绕着"压迫者与被压迫者"的主题展开，多方位、多角度揭示错综复杂的上海社会中无处不在的压迫与被压迫关系。帝国主义武装侵略无疑是最为非人道与灾难性的一种，但殖民统治及本国统治阶级与反动势力对普通民众的欺压与压榨同样令人发指。基希在《盎格鲁-

---

1 埃贡·艾尔温·基希：《秘密的中国》，第6页。

2 同上。

3 同上。

撒克逊缩影》中讽刺与揭露了英国殖民主义者借民主平等之名行殖民统治之实的无耻行径。英国人自诩"公共租界的三十种不同国籍的人都享有绝对平等的权利",而事实却是"英国人掌握着一切权利,而中国人毫无权利"[1]。即使迫于民众压力而成立"中国顾问委员会",其成员也只是五个富裕的中国人,因为"并不想妨碍这个中国城市的百分之百的英国的行政"才得以当选,且"中国董事和中国选举人都和这里进行审议的市民会议毫无关系"[2]。无独有偶,这篇报道还顺便提及法租界内占总人口数百分之三的法国人对全区进行的"毫无顾忌"的、"我行我素"[3]的独裁统治。总而言之,在上海,殖民统治下的中国人没有任何政治权利与保障。《即决审判》借公共租界内法庭即决判决的掠影揭示下层中国民众所遭受的司法不公。中国公民一旦遭到欧洲人的举报,就"一定要毫不抵抗的忍受外国人的外国话的诬陷,而且被他们抛进监牢里";被告的中国人没有辩护人,但租界法庭与巡捕房却各有一名"公家律师";底层犯了罪的中国民众在只讲英文的法庭上"像雕刻的傀儡似的",只能任人摆布与宰割。[4]而对于无产阶级革命者,甚至只是"有马克思主义的嫌疑的人"就"不按照法律和外快受审","二十年的监禁,或是枪决,或是杀头,是他的命运"[5]。《死刑》中,借司机之口,基希道出了殖民政

---

1 埃贡·艾尔温·基希:《秘密的中国》,第 134 页。

2 同上,第 135 页。

3 同上,第 134 页。

4 同上,第 63—64 页。

5 同上,第 69 页。

府对于无产阶级进步分子的残忍迫害：枪决政治犯"差不多每周都有"[1]；"革命书店"只能以隐秘的方式传播革命书籍，因为"读书会要走上断头台"[2]。

　　租界的中国普通民众不仅没有任何政治权利与自由，还要受到帝国资本家的残酷剥削和压榨。在《秘密的中国》一书中，基希怀着对中国无产阶级劳动者的深切同情，深入调查了包括黄包车夫、工厂工人、童工、犯人、苦力等底层人民的悲惨境遇。对此，他感慨道："在中国，人是汽车，是起重机，是机器，是桥梁，是电线，为什么他不可以同时也做门筲、门闩、大门和警铃呢？在这文化教养很低，人口过剩的国家，人是多余的。"[3]《"黄包车！黄包车！"》深入调查了上海黄包车行业的发展史和黄包车夫的真实生活状况。以剥削者的视角看："用人力来代替牛马和机械的动力，是一桩最稳当的生意"，因为"就是在今日……它（黄包车行业）每年也要替法租界挣二六七、九六六两银子，替公共租界挣三三七、○三○两银子！"[4]黄包车夫为上海租界带来巨大财富，但其所受待遇却极其恶劣。他们工资低廉，平均"每月十二元"。但就是为了这低廉的十二元，他们必须付出超出身体极限的劳动：

1　埃贡·艾尔温·基希：《秘密的中国》，第36页。

2　同上，第38—39页。

3　同上，第126页。

4　同上，第44页。

为了十二块钱，他们要一个月三十次，工作日和星期天通通一道，从下午到很早的早晨，天天一样……平均每分钟跑一百三十码，一点钟跑十公里……过度的痨瘵，心脏病，肺痨病，危险和虐待，是黄包车夫的命运。[1]

不仅如此，作为人力牲畜，黄包车夫毫无人的尊严可言，时时遭受着非人的待遇："差不多随便哪一天，你都可以看到黄包车被撞翻的事件。每一次撞车，总是汽车司机跳下车子，殴打黄包车夫。"[2]黄包车苦力如此，纱厂童工的境遇同样令人触目惊心："工人阶级的百分之四十是小孩"[3]；"每天，孩子们工作十二个钟头到十四个钟头，中午都不停工"[4]。这些"不被允许做孩子的孩子"，一进入纱厂就被判了"无期徒刑"，"最初一天所教会你的动作，是你直到最后一天的动作"[5]。最后，《堆栈》一文中，基希报道了堆栈工人简陋的工作环境、非人的劳动强度以及微薄的薪酬。基希控诉"上海的伦敦商人，坚执着狄更斯时代的劳动状况，而且根本不想去改变它"[6]。在一个加工棉料的堆栈中，"绒毛和尘埃在空中飞旋着"，"工人们在灰色的棉堆上吃饭，而那些还不能工作的小孩子们，在棉堆的四周游

1　埃贡·艾尔温·基希：《秘密的中国》，第 45 页。

2　同上。

3　同上，第 71 页。

4　同上，第 77 页。

5　同上，第 76 页。

6　同上，第 157 页。

戏"；在一个加工皮毛的堆栈中，"所有在这里工作的男人、女人和小孩的嘴上都扎着一块布，要不然他们会呛死——最新式的混凝土建筑没有通气孔，也没有消除尘芥的装置"；而在一个加工腊肠的堆栈中，"空气里充满了动物的腐败物和肠子里面原有的气味"，"这里没有小孩子工作，臭气是使成年人也要呕吐的"[1]。只有在一个美国人的蛋制品加工堆栈中，中国工人们才有相对卫生与安全的工作环境，但这仅仅只是"为了顾客的利益，为了顾客的胃的利益"[2]，丝毫无关现代企业对员工的责任与人道主义关怀。移步另一个工厂的堆栈，基希又看到一个手指被压坏，但却得不到及时的医疗救护的苦力。在这个工厂，"应急治疗的事……是不加考虑的；但是，对于火灾，却有充分的戒备"[3]。

基希对堆栈工人境况的总结同样适用于整个处于殖民统治下的上海：

> 混乱代替了规则，武装代替了机械，鸦片烟代替了食物，传教师代替了教师，巡捕代替了工会——这是欧洲给中国的赠与。看一下，听一下，嗅一下和感觉一下堆栈里面的这种生活罢：看那棉花的灰屑和羽毛的飞绒里面的小孩子们，听那负着重物的苦力们的嗡嗡歌唱，嗅那肠子和

1　埃贡·艾尔温·基希：《秘密的中国》，第158—160页。

2　同上，第162页。

3　同上，第163页。

皮革的气味，觉察那西方文明在这里施与了和没有施与的一切罢。[1]

言下之意，西方文明给上海带来资本主义生产关系与无限度的剥削与榨取，却没有带来真正的文明与进步。上海乃至全中国的无产者如牲畜、机器般受到外国资本家的奴役与压榨，毫无人身保障和个人尊严；他们在19世纪伦敦工厂般恶劣的环境下生产的"枕头""蛋黄酱""腊肠"与"皮毛"则被运往"欧洲和美国"[2]，使那里的人们过上卫生、舒适的现代文明生活。

帝国主义列强不仅通过资本输出与开办工厂的方式对中国人民进行残酷的剥削，更是向中国的军阀贩卖武器，同反动的恶势力相互勾结，从中国混乱的政治环境中渔利。《军火贸易》记录了同一位化名为"真德先生"的德国军火商之间的对话，揭露了帝国主义列强在华猖獗的军售行为。1919年，列强在美国公使的提议下签订了禁止对华输入军火的协议，但对华军售依然十分猖獗，而上海作为各国列强盘势力盘踞之地，更是成为对华军火贸易的中心：

在上海，英国的出口商号供给坦克车和铁甲车，法国的商号供给炮，捷克的供给机关枪，挪威的供给炸药，比利时的供给连发手枪，瑞典的供给探海灯，德国的供给毒瓦斯，

1　埃贡·艾尔温·基希：《秘密的中国》，第161页。
2　同上，第163页。

美国的供给绵火药和硝酸盐——这一切都是公开的。[1]

非公开的营业至少有公开营业同样的规模，它有估量不到的利益。[1]

而这位真德先生基于对华军售贸易兴旺发达的事实，对所谓的国际协议与法规全然不屑一顾："不要和我谈论国联和政治，和国际公法那一套罢——你是不能够用这些来欺骗我的，所有这一切，都不过是些胡说！"[2]早在太平天国时期，帝国主义列强便开始向中国销售军火，"太平天国的战争区划了白种人从对中国的鸦片输出，转变到对中国的军火输出时代"[3]。而到基希拜访中国的1932年，对华军火贸易已经肆无忌惮到令人发指的程度。海关和警察当局因为源源不断而来的军需而"经常在船上"，军需"装载是这样的匆忙，使脚夫们不得不连续做七班……搬运弹药箱时，疲倦地常常倒了下去"[4]。

在南京，基希看到了身穿军服的国民党军队，并对此进行了详细描述：

蓝灰色的葛巾制服，绑腿，皮带，象澳大利亚的皇家军队所戴的高帽子：只是那镂着佛兰兹·约瑟夫皇帝的姓名首字"F.J.I."的帽章换了国民党的蓝色太阳的帽徽。要是在每

1　埃贡·艾尔温·基希：《秘密的中国》，第109页。

2　同上，第104页。

3　同上，第108页。

4　同上，第122页。

个兵士的背上，没有上下颤动的一大堆遮挡太阳的柳条编制物，而且没有系在每一个人的腰带上，以备在冷水里或是温热的茶水里浸湿去擦汗的手巾的话，这些纵队，可以看成欧洲的军队。[1]

由此可以看出，帝国主义的军需不仅供给中国的各路军阀，也大量提供给南京的国民政府，这个在"一·二八"事变后的中日谈判中接受了"投降条约"[2]的国民政府。而获得外国列强军需支持的国民党军队显然不可能再去反抗与驱除在政治经济上压迫中国民众的帝国主义列强，他们的武器对准的，是"那正在和平的进行他们的建设工作，没有帝国主义，没有资本主义，没有封建统治，没有外国人，没有鸦片烟，没有私人银行，没有儿童劳动，没有贩卖儿童，没有传教士，没有苛捐杂税，没有土匪将军，没有贿赂的苏区"[3]。为了镇压苏区的共产党的"反动活动"，不仅是国民党军队，"一九三〇年九月，有一个包含了一支英国的，一支美国的，三支日本的和一支意大利的炮舰军团，开去打长沙"[4]。基希一针见血地指出，帝国主义在镇压共产党员与无产阶级革命运动时，"他们中间的一切争执很快都被忘了"[5]。而他们所谓的"反动者"，"曾起来反对帝国主义，反对银行的统治权，

1　埃贡·艾尔温·基希：《秘密的中国》，第166页。

2　同上，第167页。

3　同上，第166页。

4　同上，第168页。

5　同上。

反对放高利贷者，而且反对鸦片”[1]，简言之，反对一切加诸中国人民身上的压迫与榨取。

对于自身的丑恶行径，帝国主义列强极尽粉饰美化之能事。对此，基希辛辣地讽刺了他们的伪善不仁，刻画了外国列强的绅士们惺惺作态、自欺欺人的丑恶嘴脸：

> 当吴佩孚的军队备有不列颠的钢盔的时候，攻击他们的商号平静地说明：这些钢盔卖给中国人，原只是为了装饰的目的，原只是在检阅的时候用的……不列颠的军火商号供给一百四十架飞机给北京，这是为了民用的目的……[2]

这种荒诞不经、颠倒是非的言论之所以甚嚣尘上，并非某些不法商号巧舌如簧的诡辩足可掩人耳目，而是现实本身就荒谬绝伦、不可理喻。基希举美、英对德国对华军售的指责为例，形象勾勒出列强为在对华军售中抢占先机，谋求最大利益而大打出手的丑剧，又通过对德方政府虚与委蛇、装聋作哑的应对之策的揭露戳穿各列强政府对于对华军火贸易的默许纵容和推波助澜。在太平天国时期，“外国人最初为了换取大批的金钱，供给双方军火以后，都一致援助着本地的压迫者”，从中谋取双重暴利；而在辛亥革命后军阀混战的时期，则大量提供武器给不同的军阀势

---

1 埃贡·艾尔温·基希：《秘密的中国》，第 168 页。

2 同上，第 111 页。

力，唯恐中国不乱。西方列强提供给中国的压迫者武器和弹药，"有了弹药"，这些人民的吸血虫"就常常可以不花代价得到银子"[1]，这便是帝国主义的入侵对中国人民造成的双重压迫。基希通过对拆白党首领张继贵的报道《一个罪人的丧礼》，描述了本国反动势力对中国百姓的残酷压迫。

《一个罪人的丧礼》开篇浓墨重彩地渲染了张继贵死后的哀荣：

> 是怎样的一个丧礼！这城市的整个区的人，拥挤在许多马路上。前面三个包着头巾留着胡须的印度塞克教徒……甚至于还有一个欧洲副捕头和他们一道骑着马走……灵柩由三十二名夫役抬着，这是头等葬礼的规定人数……上海的任何阔人走到他的墓地去都会感到他象一位王子那样的风光。[2]

通过这样的描述，基希设置了以下悬念：张继贵何以死后竟能如此风光？拆白党又是什么样的秘密组织？报道后半部分即是对这两个问题的回答。张继贵并非王子，而是拆白党的首领；而他所领导的拆白党则是"社会的柱石"[3]。那么拆白党何以成为"社会的柱石"？通过收取保护费、擅自设立赌窟、秘密贩卖儿童、种植倒卖鸦片这一系列对穷苦民众的强取豪夺；通过在

1　埃贡·艾尔温·基希：《秘密的中国》，第 107 页。

2　同上，第 7—9 页。

3　同上，第 11 页。

"统治者下令剿灭共产党人的时候","迅速地担当了刽子手的职务"[1]。他们以此证明自己是"有用的公民",从而既"得到中国政府的信任,同样也得到外国绅士的信任"[2]。拆白党等反动势力通过与国民政府和列强的勾结而得以在上海横行霸道、胡作非为、搜刮百姓,而国民政府和列强则借助上海的帮会铲除进步革命势力。因此,要将中国人民从国内外双重压迫中解放出来,不仅要拔除帝国主义统治的毒瘤,还要消除本国的反动势力。

由于上海这座城市的现代与繁华,不少外国人并不将帝国主义列强在中国的统治视为一种侵略与掠夺,而是一种建设性的援助。这在芬茨莫尔及施米特黑讷的游记中均有所体现。芬茨莫尔在黄浦江的码头上看到多如蚂蚁的苦力搬运工,认为上海码头之所以没有配备机械化的运输设备,是因为考虑到"这样一来,那些成千上万在这里挣取面包的苦力该靠什么生活"[3]的问题,全然认识不到中国苦力的悲惨处境正是西方资本入侵造成的。施米特黑讷甚至认为,中国的"工人,甚至于童工,在工厂的劳作虽然艰苦,但至少是处于干净的环境中,比他们待在肮脏的棚屋里要好得多",且"工厂的劳作所得还能供他们维持生计"[4]。他同样没有认识到,到底是什么将中国人从传统以家庭为单位的小农经济中驱赶出来,涌入大城市,成为城郊破败棚屋中的一员。基希则

---

1 埃贡·艾尔温·基希:《秘密的中国》,第11页。

2 同上。

3 Gerhard Venzmer, *Aus Fernem Osten*, S. 81.

4 Heinrich Schmitthenner, *Chinesische Landschaften und Städte*, S. 163ff.

洞察了中国社会状况背后的本质原因，对上海的繁华都应归功于
外国人这样的观点进行了有力的反驳：

> 就好像轮船和铁路，没有外国人的独霸，不会传到中国
> 来一样！就好像单单依靠中国，实业是不会发展的一样！就
> 好像只有日本的海岸城市，可以不要外国的帮助而能发展成
> 为商业中心，而环抱世界的中华帝国的那些海滨城市，却不
> 能够一样！……
>
> 外国人用中国人的钱和中国人的血，替自己建筑摩天大楼
> 和别墅，在它们的阴影之下，中国饥饿的活着，饥饿着去死。[1]

毫无疑问，上海的繁荣是建立在帝国主义资本家对中国人民
的剥削基础上，而并非西方本质上优于中国之故。外国资本的强
制性输入与对中国人民的肆意剥削压榨造成了上海繁华与赤贫并
存的畸形景象。

不只是基希，卡池也认定，上海之所以如此繁华现代，并不
是因为列强创造了实际的财富，而是外国资本投机而产生的幻
象。他观察到，在上海，白人商人出行时乘坐汽车，白人职员乘
坐黄包车，而中国人作为上海这片土地原本的主人却只能大汗
淋漓地拉着黄包车。他还了解到，一个上海的英国职员一个月的
薪资可达到600—1200马克，而一个黄包车苦力车夫却只有12马

1　埃贡·艾尔温·基希：《秘密的中国》，第106—107页。

克。此外，置身上海的夜晚，卡池感到像是处在两个截然不同的世界。一个是南京路上霓虹闪烁、高楼挺立的繁华世界，酒吧里坐满了开怀畅饮的海员，饭店里一群又一群身着晚礼服的优雅女士和抽着烟的先生。另一个世界则处在南京路夜晚繁华的街道上，这里只有喘不尽的粗气、停不下的脚步和路面上豪华汽车留下的油渍。面对这样的南京路夜晚，卡池感慨道："我从未见过比夜晚的南京路更为迷人的景象，也从未体验过如此令人愤怒的场景。"[1] 与基希相比，卡池更多的是从帝国主义列强对中国的经济剥削与掠夺的角度来进行殖民主义批判的。他将所观察到的巨大社会差距与不平等归结为外国人对中国经济资源的侵占，形象地称"上海这座繁华大都市利用国际条约的寄生根，从中国这棵善良的大树和东亚的土地上吸取养料"[2]。依靠着所谓的国际条约，上海的外国资本家通过抬高进口贸易的成本吞噬着中国的银圆，完全不顾中国的利益；外国商人不仅无须缴纳税收，还从150万中国人那里收缴地税和租税，获得廉价的劳动力。

与基希、卡池相比，许尔里曼描述了他在中国城市中所遇见的西方人及其对中国人的态度，并以此批判了大部分在华西方人的殖民主义心态。在上海停留时，许尔里曼听到了两段西方人之间的对话。在其中一段对话中，他无意间听到一个在上海居住的德国人对中国人的评价。这名德国人表示不理解欧洲人为何如此

---

1 Richard Katz, *Funkelnder Ferner Osten. Erlebtes in China-Korea-Japan*, Berlin, 1931, S. 22.

2 Ebenda, S. 21.

关注中国人，因为在他看来，中国人根本一无是处，他们毫无教养，也毫无同情心，简直糟糕透顶；中国也完全不值得一看，因为它常年处于战乱与动乱中。然而，就在他嗤之以鼻地抱怨中国与中国人的糟糕之处时，他所在的书店中走进来一个中国人，"用无可指摘的德语，谦逊礼貌地向店主询问了一本医学书"[1]。这名德国人表现出来的欧洲中心主义与优越感无疑是殖民主义意识形态的一部分，因为它为欧洲侵犯中国提供了正当性与合法性。许尔里曼通过对书店中那位有教养、有知识的中国人寥寥几笔的速写，揭示出那名德国同胞的言论毫无根据，而且不过是一种自以为是与自欺欺人的盲目自大罢了。许尔里曼记录的另一段对话，则对中国人和中国的形势做出了全然不同的评价。许尔里曼入住酒店的女经理向他抱怨的并不是中国人的低劣性，而是西方对中国的负面影响。她盛赞曾经的中国人有着超高的道德标准，因而十分受人欢迎，但在欧美贸易的影响下，中国人的道德标准大大降低了。而造成中国罢工和革命斗争运动此起彼伏的混乱状况的主要原因，是在美国接受了教育的孙中山博士在中国不断宣扬和发动革命。总而言之，无论是中国人的道德滑坡，还是中国局势的混乱也好，都是因为受到了西方的负面影响。毫无疑问，这位女经理对中国人与中国局势的观察十分片面与简化，但从中也能看出她对以美国为代表的西方资本主义国家在世界范围内扩张其贸易与影响力的怀疑与批判。

1　Martin Hürlimann, *Tut Kung Bluf*, S. 85.

第三节　中国城市与资本主义精神批判

随着大工业机器化生产时代的到来，韦伯意识到现代的资本主义经济发展已经全然摆脱其宗教伦理的根底，呈现一种恶性发展的态势，而资本主义精神也由原来天职观的道德伦理转变为一种非理性的逐利与追求财富的激情。[1]基希通过《"黄包车！黄包车！"》《纱厂童工》及《堆栈》三篇报道淋漓尽致地呈现出帝国资本主义的贪婪无度，然而资本主义精神对于中国城市的渗透与侵蚀不仅限于外部强加的压迫，也在于一种精神文化上的侵染与改变。可以说，资本主义经济及文化的入侵造就出一种"没有限度的榨取精神"[2]，一种始终将金钱与经济利益奉为"上帝"的非理性精神。

通过报道《金融投机》，基希生动形象地刻画出中国人近乎病态的投机热忱。他如此描述中国黄金交易所中人们对于金子的渴望：

> 要求金子的呼号从九江路，这条中国的华尔街传播出来，远远的传到四邻之外。
>
> 快要溺死的人也不会这么急切地喊叫，快要饿死的人也

1　参见董正华：《资本主义精神：新教伦理、个人主义还是民族主义》，《世界历史》2007年第1期，第20—21页。

2　埃贡·艾尔温·基希：《秘密的中国》，第23页。

不会这么绝望的悲泣，被痛打的人，酷刑的牺牲者，也不会这么凄厉的狂号的。[1]

这些"喧哗"的"纤弱的苍白的"年轻人，"在另外的地方和其他的环境之下，人们会把他们当作异教徒火葬堆前的一些中国式的有宗教狂的和尚"[2]。若称上海的黄金交易所是世界上最为热闹喧嚣的交易所的话，那么，"我们是永远不会撤销它的这个头衔的"[3]。上海的黄金交易所原本是中国的金匠行会集会并根据供需订立黄金价格的场所，而在此时，金子不再是一种实实在在的物质性原料，而是"为了它的物的价值被交易"[4]。"有赖外国人"，中国人得到了一种启示，即"不能靠工作去使金子获利很多——但无疑的可以靠着投机和通货调济"，因而"一切人都追求着金子，不仅是边景上的苦力们，就是远远离开这摇摇欲动的地板（代指交易所）的大小市民们，也是一样"[5]。交易所中充满着剑拔弩张的氛围，上演着一场没有硝烟的激烈战斗，"我们买进来，为的是要在玻璃板上的十进数字升上去一点的瞬间，再卖出去"；"你们卖出去，为的是要在玻璃板上的十进数字转下了一点的瞬间，再买进来"；所有交易所中这些"兴奋，绝叫，呼

---

1 埃贡·艾尔温·基希：《秘密的中国》，第 12 页。

2 同上，第 13 页。

3 同上，第 12 页。

4 同上。

5 同上，第 12、14 页。

号，挣扎，呐喊，前进，后退，发信号的人们，和那凭着电话和通信器同他们联系着的他们的伴友们的生命，都凭靠着玻璃指示器上的那些十分之一"[1]。而所有人都汲汲追求的"小数点后面的数字"的变更，其实不过是抽象的价值的象征物，事实上"没有一个小数点的生产价值被创造出来"[2]。

卡池在《灿烂远东》中便将上海称作"投机之城"。在这里，"人们得到很多钱，又很快地花费掉"，"虽然大量金钱汇聚彼处"，但这些财富不是在上海获得的，"至少不是那些身价百千万的商人先生们和银行所挣取的"，因为"上海不生产价值，而只是进行流通"[3]。他将上海与汉堡和纽约等港口大城市作比较，认为上海既不是"慢条斯理地经由几代人正直劳动而建立的汉堡港口，也不是工作节奏如飞、营业额巨大的纽约港"，这里"弥漫着迅速发迹与迅速赤贫的冒险气息"，"上百家上海中型实业公司的创收还比不上一个狡猾的鸦片倒卖商人和精明的银价投机者的收益"[4]。资本主义商业文化的投机精神催生了上海妄想通过不劳而获的方式，而不是实际的劳动来获得财富的社会风气，"赌博在这里无处不在"，"世界上没有一个地方像上海那样将那么多钱财投在马匹上，人们甚至利用赛马进行赌博"，"镶嵌着黄金和铜的赌场上进行着赌博，鸦片馆里进行着赌博，人们

1　埃贡·艾尔温·基希：《秘密的中国》，第 16 页。

2　同上。

3　Richard Katz, *Funkelnder Ferner Osten. Erlebtes in China-Korea-Japan*, S. 18f.

4　Ebenda, S. 19.

甚至利用货币进行赌博"[1]。

　　基希同样观察并记录了中国赌博盛行的社会风气。在《比利牛斯山的插曲》中，他介绍了源自西班牙巴斯克的一种名为"回力球"的球戏。这种游戏到了中国就变成了一种赌博的工具。基希无比讽刺地对比了传统的回力球与中国的回力球的不同境遇："在比斯开湾，人人都懂得这种玩艺，却并不人人用它来赌博"；"在黄海，不是人人都懂得这种玩艺，而人人用它来赌博"[2]。中国人也对这种欧洲人的赌博游戏趋之若鹜，"看台上挤满了中国人，鼓励地叫喊着"[3]。基希还写到一位名为"李和琪"的中国人。这位"李和琪"第五次输光身上所有钱后，又回到家中去看是否还有值钱的东西可拿到当铺换钱，好在第二天晚上再次来到回力球场上压下赌注。外国人地界有回力球、赛狗、赛马、巴卡拉纸牌游戏和轮盘赌，中国地界只有麻将，因为国民政府命令禁止在华界区域内开设赌场、鸦片、妓院等场所。但公租界和法租界内是上海的法外之地，依旧经营着数量众多的赌场。

　　除了金融投机与赌博外，唯利主义与贪婪还造成了中国社会普遍的道德堕落与体制腐朽。基希用一系列排比描述了"外快"（Squeeze）这个字眼在"中国的重要意义"：

　　　　外快是部长从军火工业和银行那里收受的东西。

1　Richard Katz, *Funkelnder Ferner Osten. Erlebtes in China-Korea-Japan*, S. 19.

2　埃贡·艾尔温·基希：《秘密的中国》，第 85 页。

3　同上。

外快是买办泄露营业秘密给敌对的商号所得到的报酬。

外快由出租汽车车主付给挑夫，由鲜果菜蔬商人付给厨司，煤炭商人付给"仆欧头"；由邻近的商店付给公馆仆役……

外快由国民党收取和支付。

外快由将军从他的敌人那里收取。

外快由包探从富裕的犯人那里收取……[1]

整个中国社会都被收受外快的风气所腐蚀，贿赂成了社会的常态，但无论中国社会如何腐败，收受贿赂的风气如何猖獗，没有中国人收取的外快"像法租界私运者、赌场、烟窟、娼寮和流氓团体中所收取的一样"[2]多。行贿之风在司法体系内也不能幸免。在报道《即决审判》中，基希拜访参观了工部局即决审判的法庭，观察了数个偷盗、伪造假币、抢劫等非法占有金钱的案子，和一些因金钱纠纷而犯下斗殴、谋杀等案子，得出了这样的结论："关系着金钱的时候，两方的争执比那仅仅关系生命问题的时候更为凶暴。"[3]法官也同样关注金钱，这使得基希无法判断哪一个判决结果是"免费"的，哪一个是对所收受的贿赂的酬答。由于"金钱主义的法律学没有教科书，也没有印就的决疑法"，收取了贿赂的法官就要费尽心机"创造"不公平，从而使

---

1 埃贡·艾尔温·基希：《秘密的中国》，第67页。

2 同上。

3 同上。

公众相信，"法律女神的天平，是自然而然的倾向送了贿赂的这一边"[1]。欧洲殖民者称中国人行贿受贿严重而无法自治，因而需要欧洲人的统治，但基希将法租界和英租界统治者大举收受贿赂的情形暴露无遗，引人联想与深思：中国社会普遍的贿赂之风难道不是对欧洲统治者的上行下效？难道不是欧洲殖民统治者在中国造成的社会混乱与无序，才导致外快成为处事与办事原则，使得贿赂无孔不入？

在《秘密的中国》一书中，基希还借对上海的印度人的报道批判资本主义精神在世界范围内的扩张。在《一个印度人指挥交通》一文中，印度人不仅是"殖民地资本的守护犬"，还沾染了"没有限度的榨取的精神"，成为"殖民地人民的吸血鬼"，"一朝抛弃了他们的巡捕的职业，投身于商业"，"以很高的利息借钱给中国人"[2]。讽刺的是，印度人在自己的国家遭到英国人的剥削与压榨，并对此进行了英勇的反抗，到了中国却变质为不义的剥削者。而中国人在本国遭受压迫，到了马来西亚与印度，成为"船主，米厂主，旅店主，妓寨主人"后，则"用欧洲人榨取中国人的同样方法，去榨取他们所在地方的本地人"[3]。借此，基希昭示出这样一个真理，即在资本主义生产关系中，统治者与被统治者、资产者与无产者的身份倒置，并不能改变压迫与被压迫、剥削与被剥削的社会基本关系。

1　埃贡·艾尔温·基希：《秘密的中国》，第 69 页。

2　同上，第 23 页。

3　同上，第 26 页。

　　最后，值得一提的还有芬茨莫尔对西方人过度的物质追求与功利主义思想的批判，这无疑是资本主义精神在日常生活层面的延伸。在他的游记《远东纪行》中，芬茨莫尔看到中国城内勤勤恳恳劳作的手工艺人，想象着手工艺师傅们在一天的劳作后提着精美的鸟笼散步的悠然心态，认为他们不会像西方人那样"孜孜不倦地追求利益"而失去生活"真正的乐趣"，盛赞他们与"西方那些过着汲汲追求的狂热生活，几乎只有外部的、物质的目标的人相比，是多么高明啊!"[1]而在另一处，当他看到一大群人围着一名眉飞色舞的说书人，听得津津有味时，他又感慨，"在我们那里，奇事在街头也讲得很多，但要是最后没有让人加入某个党派的请求的话，谁还会去听呢?"[2]言下之意是，若不是为了加入某个党派的功利目的，人们是不会停下来倾听一个人在街头讲故事的。显然，芬茨莫尔既没有透过表象看到中国手工业者的真实生存境况，也不了解他所看到的街头画面的真正文化内涵，他所想象的知足常乐的中国人与悠然自得的中国式生活同样是当时中国叙事中的一种套话。他将这种想象中的农耕文明的生活方式与现代西方快节奏、奔忙追逐的生活形成对峙，以此表现他对现代生活的不满与批判。

1　Gerhard Venzmer, *Aus Fernem Osten*, S. 89.

2　Ebenda, S. 94.

— 第五章 —

中国城市形象建构

与人类共同体的乌托邦想象

施米特黑讷在其中国游记《中国风光》的开篇便道出现代人远游的精神归旨："在浪漫主义者的时代里，人们转向过往以逃避悲惨的政治经济现实。那时候，过往在人们的渴望之中散发着辉煌灿烂的光芒；到如今，我们的精神不再逃往过去，而是遁向远方。"[1]对于现代西方人而言，宗教形而上学的式微使之失去了精神上的归属与对终极意义的追求，都市生活与现代工业文明的浪潮进一步将人从前现代的共同体生活中驱逐，陷入个体的孤岛，而第一次世界大战更使整个欧洲的精神世界蒙上了阴影。在此背景之下，大量旅行者由于对现实的不满与对西方文明的失望情绪而涌向远隔重洋的"远东"（Ferner Osten）地区[2]，在对异国的寻访与书写之中传递其希冀与渴望。中国作为东亚大国，以其悠久的历史文化、动荡的社会政治环境与复杂的殖民地历史而成为魏玛共和国时期德语游记作家们热衷的主题。作为中国近代一系列重要历史事件的发生地与中国现代化的前沿阵地，中国城市

1　Heinrich Schmitthenner, *Chinesische Landschaften und Städte*, S. 1.

2　Vgl. Mechthild Leutner (Hrsg.), *Exotik und Wirklichkeit: China in Reisebeschreibungen vom 17. Jahrhundert bis zur Gegenwart*, S. 55.

为魏玛共和国旅行者提供了想象与展望中国甚至于世界未来的现实根基。对这些旅行者而言，既包含中国历史发展逻辑又接纳了西方现代性的中国城市为他们提供了一个超越资本主义现代性的可能性空间，一种剔除资本主义现代性负面性的现代社会远景。在魏玛共和国社会环境碎片化、议会政府分裂无能与日常生活进一步现代化的背景下，在传统社会纽带进一步断裂与个体加剧的失向感与孤立感中，德国旅行者在遥远的东方寻求一种超越资本主义社会唯利主义与个人利己主义的"本质意志"[1]，一种得以凝聚广大中国民众，甚至是世界各民族的力量，并期待在这种力量的作用下形成一个超越个体利益的共同体。

第一节　从广州到北京
——霍利切尔与中国革命共同体

阿图尔·霍利切尔于1869年出生于奥匈帝国首都布达佩斯一

1　滕尼斯在《共同体与社会》中将人的意志分为"本质意志"与"选择意志"。前者对应于共同体，是有机的、自然的。"本质意志"在心理学上等同于人的整体，在其驱使下的行动，其目的与手段是一致的。在共同体中，本质意志高于个人意志，个人意志融汇在本质意志中。相反，"选择意志"对应于社会，因而是机械的、人造的，它造成了目的与手段的分离，使得个人意志自行其是，仅为自己的利益做考虑。在"选择意志"大行其道的社会中，人与人并非通过共同的、普遍的、具体的"本质意志"联系成为一个整体，而是通过人为抽象的思想原则而结合在一起。参见斐迪南·滕尼斯：《共同体与社会》，林荣远译，商务印书馆，1999年，第145—191页。

户犹太富商之家。早年试图通过小说、戏剧及诗歌等创作以确立其作家身份，但却影响甚微。1912年所作的美国游记《美国的今日与未来》（*Amerika heute und morgen*）为其赢得了旅行作家的声誉与可观的经济收入，也为霍利切尔后续同费舍尔出版社的长期合作奠定了基础。[1] 美国游记成功之后，霍利切尔又进行了一系列异国旅行并出版了相应游记。

事实上，旅行并非在1912年之后才成为霍利切尔生活与创作的重要主题，而是在其放弃银行职员的工作并决定从文时就是其波西米亚式反市民生活的重要组成部分。异国旅行对他而言"不是漫游之趣，不是求新求变，甚至也不是求知的渴望——而是一项重要使命，一项充满希望的任务"[2]。旅行的"使命"与"任务"在霍利切尔这里是一种乌托邦式的人类远景，是对"共同体"与"全新的、幸福的人与人共同生活的形式"[3]的追求。从"新世界"美国到革命后的苏维埃俄国，再到犹太复国主义行动伊始的巴勒斯坦和革命中的中国，霍利切尔在远离欧洲文明的国度探索人与人共存的新形式，想象人类共同体的未来形式，他的异文化与文

1　费舍尔出版社通过预支书稿费的形式资助霍利切尔进行异国旅行，而霍利切尔则应在规定时限内完成出版社委托的出版任务。参见：Birgit Kuhbandner, *Unternehmer zwischen Markt und Moderne: Verleger und die zeitgenössische deutschsprachige Literatur an der Schwelle zum 20. Jahrhundert*, Wiesbaden, 2008, S. 270。

2　Zit. nach: Jens Flemming, "Geschaute Zukunft. Italien und Palästina als Reiseziele deutscher Intellektueller nach dem Ersten Weltkrieg", in Günter Helmes (Hrsg.), *Literatur und Leben: anthropologische Aspekte in der Kultur der Moderne. Festschrift für Helmut Scheuer zum 60. Geburtstag*, Thüringen, 2002, S. 201.

3　Arthur Holitscher, *Mein Leben in dieser Zeit*, Potsdam, 1928, S. 231.

明之旅是一次次"救赎史式的远征"[1]。在魏玛时期未来想象的话
语之中，苏联与美国作为"未来之国"的载体而在不同的学术话
语与文学表现之中分别被视作乌托邦或反乌托邦的象征。[2]霍利
切尔因其市民人道主义的立场而站到了共产主义与苏联的队列之
中。十月革命令其欢欣鼓舞，霍利切尔称布尔什维克主义为"一
个伟大的思想，或许是人类有史以来最伟大的思想，值得动用一
切政治力量，甚至外交诡术去实现之"[3]。尽管如此，霍利切尔在
本质上仍是一名市民知识分子，仍在其传统唯心主义的世界主义
与人道主义之中掘发现代历史中人类与世界的未来。在此框架之
下，对于个体自由的强调是其精神结构中另一至关重要的方面。
早年银行职员的生涯使其感受到资本主义社会关系对个体性的剥
夺与限制，并由此以一种激进的姿态转向反市民的无产阶级革命
与共产主义。霍利切尔在其自传中写道："比起科学社会主义的
缓慢进化来，无政府主义者所进行的直接、爆发式的正义运动更
合我意。"[4]不仅如此，他还在自传之中明确表达了对于无政府主
义理想与无产阶级运动的看法："苏联迈出了实现无政府主义理
想这一人类共同体发展终极目标的第一步，这是必不可少、强劲
有力、至关重要的一步。"[5]

1　Gert Mattenklott, "Der Reiseführer Arthur Holitscher", Nachwort zu: Arthur Holitscher, *Der Narrenführer durch Paris und London*, Frankfurt a. M., 1986, S. 163.

2　Vgl. Rüdiger Graf, *Die Zukunft der Weimarer Republik: Krisen und Zukunftsaneignungen in Deutschland 1918—1933*, München, 2008, S. 263.

3　Arthur Holitscher, *Drei Monate in Sowjet-Rußland*, Frankfurt a. M., 1921, S. 16.

4　Arthur Holitscher, *Lebensgeschichte eines Rebellen. Meine Erinnerungen*, Berlin, 1924, S. 98.

5　Arthur Holitscher, *Mein Leben in dieser Zeit*, S. 193.

　　1925年10月至1926年3月，霍利切尔在费舍尔出版社的资助之下开始其为期半年的远东之旅，主要游历了印度、中国、日本等国家，并根据其旅行经历创作游记《动荡的亚洲》。霍利切尔游历中国之时，正是北伐战争准备阶段。尽管霍利切尔在书中称受到十月革命影响的中国"通过团结苏联，能在何种程度上促进苏联思想的发展和巩固苏联及其思想在这个世界上的存在"[1]是其最为关切之事，但在事实上，与其说霍利切尔关注的是无产阶级革命运动，不如说是关注革命作为一种变革社会、自由解放的可能性。无论是在北伐战争抑或是局部的工人运动之中，霍利切尔看到的都是在布尔什维克主义影响下中国革命摧枯拉朽的力量与西方帝国资本主义必亡的征兆。革命是贯穿霍利切尔中国游记叙事的红线，异国的旅行经验通过与革命主题的关联而成为传递价值观与意义的整体，而非主观兴趣取舍下零星罗列的印象片段。霍利切尔的中国游记主要包括广州、上海、北京三部分，不同的城市景观给予他看待中国革命的迥异视角。广州作为"中国南方革命的首都"与"伟大的中国解放战争的大本营"[2]，在北伐革命动员阶段呈现出意气风发、斗志昂扬的精神面貌；上海作为帝国主义列强在华殖民统治的集中地、中国无产阶级革命的中心及中外矛盾突显之地而成为中国革命诸问题的展示台；北京则因其作为古老中华文明的象征、列强在华政治代理人的聚居之地和北方军阀的统治中心之一而既有其神秘迷人的一面，又代表着中国所

1　Arthur Holitscher, *Das unruhige Asien*, S. 284.

2　Ebenda, S. 208.

面临的混乱政局与复杂的外交纠葛。

霍利切尔的广州叙事以国民党第二次全国代表大会开幕式后举行的阅兵仪式开篇，极力渲染阅兵式的隆重盛大与讴歌革命群众的高昂热情：

> 所有这些都使我想起莫斯科红场和列宁格勒冬宫广场上红军那令人难忘的游行：年轻的士兵、年轻的军官、将军们和海军上将们，游行者的热情和人群中激动不已的欢呼。左右两边的侧面看台上坐着委员会的代表们和大学生。每当一个军团或者一个工会走过讲台时，人群中成千上百个声音一齐呼喊，呼应着场地上人群的呐喊：
>
> "第九军团万岁万岁！"
>
> "中华民国万岁万岁！"[1]

霍利切尔在观看国民党代表大会上的阅兵仪式时想到莫斯科红场和冬宫广场上的阅兵，这显然并非是随意的联想。对霍利切尔而言，造就中国群情激荡的革命热情的一个重要原因是苏联革命的影响。他如此描述在会场上看到的苏联代表们：

> 唯一一阵持续不断的欢呼声从会场上响起来。无数帽子被扔向空中。在军队，在革命的无产阶级面前，苏联人站

1　Arthur Holitscher, *Das unruhige Asien*, S. 208f.

在那里，就像一堵墙。他们只是一个很小的团体，一小群人。他们站在那里，这为数不多的几个人，在一个陌生的国度，面对着千百万异国的民众。千真万确：他们是征服者与先锋，但却不是数百年前就在中国安下家、筑下巢的葡萄牙人、荷兰人、英国人，而是一种即将征服世界的思想的先行者。东方世界已然受到其影响，西方世界或自愿或被迫，终有一天也要追随这种思想。[1]

在霍利切尔将无产阶级革命视作世界历史发展的必然阶段，而从观众对苏联代表的热忱欢迎来看，作为东方大国的中国此时已然接受并正在实践这一伟大思想。在这一章节的最后，霍利切尔以一幅色彩艳丽、充满着活力与动感的画面结束了他对国民党第二次全国代表大会及其阅兵仪式的观察：

现在，一支绵延不绝的工人队伍，手里挥舞着旗帜，紧贴着看台的边缘，从我们面前走过。在他们中间，可看到以古老著名的广绣工艺织成的旗标；在南方革命军的青天白日旗和红底青日的旗帜之间，许多普通人挥动着孙中山的画像。工会的旗帜装饰着锅炉、纺轴、齿轮等象征劳动的标志。人群中还有一些朴素、凌乱的旗子，那是代表穷人的旗帜，是神圣的无产阶级的旗帜。而在人群之中，

1　Arthur Holitscher, *Das unruhige Asien*, S. 211.

此时突然又冒出了一个好似代表着衰亡的中国残余之物的奇异龙头。[1]

在这里，霍利切尔看到的不仅是五彩缤纷的旗帜构成的节庆景观，而是中国社会上下各个阶层，从代表资产阶级的国民党到代表产业工人的工会，再到代表赤贫者的无产阶级，甚至于代表旧中国旧社会的人们，都对革命的前景感到欢欣鼓舞。而这也正是他所乐于看到的。随着阅兵仪式结束，他在此章的末尾写道："我在这里看到我想看到的一切。"[2]

与阅兵场上热烈昂扬的氛围截然不同，霍利切尔笔下的广州沙面租界却是一片死寂，随处可见衰败的迹象：

> 沙面……在去年夏天还是众多欧洲人的居住地，现在只是荒凉地伫立着，杂草丛生，只有一小群国际警卫人员还住在那里，死一般沉寂，上帝保佑它。

> 我……去看荒废了的"维多利亚酒店"，广东唯一一家欧洲酒店。这是一个忧郁的地方，一座神秘奇幻的房屋，人们可以在里面写出爱伦·坡风格的故事……还有银行大楼——这是英国人的教堂，落满灰尘的威士忌酒库，空荡荡

---

1 Arthur Holitscher, *Das unruhige Asien*, S. 211.

2 Ebenda, S. 212.

的俱乐部，以及法国人纪念在战争中"为了被压迫民族的自由"而死的阵亡者纪念碑……[1]

与此同时，在游览沙面的过程中，霍利切尔发现这个区域的四周布满了沙袋、机枪和警卫。这在他看来，不过是困兽犹斗的无奈之举，全然无法改变现状和未来：

> 这个微型小岛，一直以来就是一种人造的结构，脆弱不堪，毫无根基；如今使中国沸腾的巨浪，已经吞噬了这座小岛，并将在可见的未来将它扫除殆尽，也将吞噬英国人统治的香港，那里也开始呈现出同样一些没落、衰败和荒芜的征兆。[2]

怀着对中国革命的无限热情，霍利切尔与苏联顾问——时任苏联驻广州政府全权代表的鲍罗廷——进行了一次促膝长谈，以考察"在中国贯彻苏联思想的进展及其未来"[3]。鲍罗廷指出，要消除中国土地私有制，组织农民阶级进行革命，以及彻底改变军阀混战、盗匪肆虐的混乱局势难上加难，因而认为，"判定中国有某种确定的结局还为时尚早"[4]。与鲍罗廷对中国革命问题理

1　Arthur Holitscher, *Das unruhige Asien*, S. 214f.

2　Ebenda, S. 212.

3　Ebenda, S. 218.

4　Ebenda.

性审慎的态度相比，霍利切尔则饱含热切期待："苏联已经实现了自我解放，这一伟大的榜样在这里，也在世界各地的反帝反封建的斗争中产生着影响，尤其是在'有色'的东方世界里。"[1]他回想起1920年卡尔·拉狄克与库恩·贝拉在第二次共产国际代表大会上的发言："西方抛弃了我们——我们就将运动转移到东方……自由运动的大火从摩洛哥烧向了中国……"[2]可以看出，霍利切尔深信中国革命无疑是肇始于苏联，并且是即将卷席欧亚大陆的"世界革命"的重要一环。这是一场狂风骤雨式的人类大革命，将彻底改变旧有的世界秩序，受压迫的东方就要崛起，而作为压迫者的资本主义世界即将被扫荡殆尽：

> 中国一定是一场新的世界之变的中心……中国这个冷静、具有千年智慧的民族，知道这一点……或许中国是决定整个东方世界命运的国度，一种新的世界秩序的发源地。它将成为这一伟大事业的一部分，这是命中注定的，也可能并非出于它的意愿。[3]

至此，霍利切尔以《广州的红色阅兵》《沙面》和《广州的苏联人》三章内容，分别从革命主体、革命对象、苏联革命视角下的中国革命形势与前景等方面呈现出中国红色革命的多重面貌。

1　Arthur Holitscher, *Das unruhige Asien*, S. 220.

2　Ebenda.

3　Ebenda, S. 225.

从现象描述到理性探讨，霍利切尔将旅行见闻纳入到"如火如荼的中国革命与西方列强的式微"这一无产阶级意识形态下的革命异国情调的叙事之中。与《广州的红色阅兵》和《沙面》这两章聚焦于特定场景与区域的特写不同，《广州全景图》则是对异国城市生活的广角掠影。霍利切尔通过对靠近"广州外滩"的珠江船民的生活，广州市区内猖獗的偷盗、绑架等犯罪活动，缠人的乞丐以及手工业一条街上技艺精湛的手工艺术的描述，呈现出一幅光怪陆离的异国城市风景图，既表现出广州的生机与活力，又揭示了这座城市动荡、混乱、堕落与危险的一面。此外，在这座城市灯火辉煌的外滩大道上，则活动着"这座动荡城市里的政治游行者、学生、工人与市民"，他们挥动着"白色旗帜"，发出"狂热的喊声"，投放"爆竹"，充满着"天真的活力"；这座"人口丰富、活力非凡、日夜灯火辉煌的城市真正的音乐"是"受压迫者"苦力劳作时发出的"呻吟的、单调的，有时狂野的歌唱声"[1]。所有这一切——无论是犯罪的广州还是革命的广州，肮脏的乞丐或是精美的手工艺品——都构成广州"这座熙熙攘攘、迅猛动荡、永久年轻的城市"；而它的对立面沙面，则将"独自继续沉睡、自我麻痹，以珠江水面上冒着蒸汽、软弱无力的战舰做困兽之斗"[2]。与前三章聚焦革命主题的叙事不同，《广州全景图》以斑驳多彩的城市印象为霍利切尔的革命想象增添了异国情调，也在全景式的城市叙事之中为其增添了现实性与可信度。

---

1 Arthur Holitscher, *Das unruhige Asien*, S. 230, 231.

2 Ebenda, S. 232.

中国革命的前景与殖民主义、帝国主义统治体系行将灭亡的征兆的对比是贯穿霍利切尔中国叙事的结构性原则，不仅体现在对广州的城市叙事上，也体现在对上海与北京的描述之中。上海作为一个具有双重文化与历史逻辑的城市，其租界与中国城文化拓扑学的空间结构更易于将中国革命浪潮与帝国主义没落的对立纳入其框架之中。与广州叙事对革命本身的关注不同，上海叙事更多的是从社会经济结构的角度探索中国革命的可能性。

霍利切尔游记中共有两章篇幅记录其上海见闻并论述与上海相关的问题。这两篇分别冠以《上海及革命诸问题》以及《东方芝加哥》的标题，由此道出了上海这座城市的双重历史逻辑——被压迫的中国人民的反抗与西方资本主义列强的入侵。具体而言，《上海及革命诸问题》一章借上海见闻探讨和呈现了与中国革命相关的诸多问题，如无产阶级革命队伍与中国传统社会组织形式的关系、知识分子阶层与无产阶级的关系等。《东方芝加哥》则充分揭示出西方帝国主义列强腐化的物质主义。霍利切尔在探讨上海革命的走向时如此评述道：

> 说到底，中国的问题（如前所述）在于两种同时存在但却截然相反的影响：美国和日本的影响使得中国越来越趋向于现代工业主义及其体制；与此同时，从莫斯科传来工人们反对这种制度的口号，尽管这一制度正是以他们为根基。[1]

1　Arthur Holitscher, *Das unruhige Asien*, S. 245.

通过对革命的上海与颓废的上海的并置叙述，霍利切尔为中国问题找到了一个令人信服的答案，即"通过苏联与中国的协力合作，人类将进入共产主义的未来时代之准备阶段，即，殖民帝国主义列强的削弱及其毁灭"[1]。所谓"苏联与中国的协力合作"指的是中国革命的内因与外因。对霍利切尔而言，中国历史文化本身便蕴含着革命成功的重要条件，《上海及革命诸问题》这一章对这些条件进行了梳理、汇总与分析。

霍利切尔在关于上海章节的开篇中如此说道："生活教导我，一定要相信最初印象，即使是那些看似微不足道的事物所留下的印象。这不仅适用于个人，也适用于城市、国家与民族。"[2]霍利切尔对于日常生活的关注与刻写使得其游记有种切进现实的真实感以及"近乎民族志式的可信度"[3]。这种叙述与观察的直接性并非仅仅停留在描述与呈现的层面上，而是导向深刻的理性分析与见解。在探讨中国革命之前，霍利切尔回溯在香港与广州的经验与体会，对两个给他留下深刻印象的日常现象进行了生动形象的描述。一是家庭经营的个体商铺的日常生活：

> 在集市街道上顾客罕至的一些小商铺中，常常围坐着10个或12个中国人，抽着水烟，或围着烟灰缸闲谈、吐痰，闲

1　Arthur Holitscher, *Das unruhige Asien*, S. 245.

2　Ebenda, S. 232.

3　Andreas Herzog, "Writing Culture—Poetik und Politik. Arthur Holitschers Das unruhige Asien", S. 27.

散悠然；到了晚上，所有人围拢着一个饭盆蹲着，用筷子迅速向嘴里送饭；再过些时候，当卷门落下，一天的劳作结束，街巷里就传来麻将噼里啪啦的响声……[1]

二是在作家看来十分特殊的一种商业组织形式："整条街道都是布局类似的商店，彼此相邻的丝绸商铺，彼此相邻的象牙雕刻人……"[2]霍利切尔由这些看似平常的现象联想到中国传统社会的基本组织形式。在他看来，家庭是中国社会最为原始的基础，而行会（Gilde）的形成及其特征又与家庭紧密相连。他认为，代代相传的手工艺技术、某些家族在思想倾向与杰出能力上的延续性和中国古代官场上的裙带关系都证明了此二者的密切联系。由此，在霍利切尔的认知中，行会是家庭之外中国传统社会另一基本组织形式。中国的行会历史悠久，最早"可追溯到公元前几世纪，欧洲人必须称之为史前的时代"[3]。霍利切尔概括了中国行会的如下特点：

> 中国行会的外部特点由这种紧凑的集中所决定，即手工业者的相邻而居与手工行业的相邻而市。行会自古代以来就

---

1 Arthur Holitscher, *Das unruhige Asien*, S. 233.

2 Ebenda.

3 Ebenda, S. 235. 事实上，中国的行会形成于唐宋时期，发展于明清时期，并非如霍利切尔所说可追溯至史前史。参见刘永成、赫治清：《论我国行会制度的形成与发展》，南京大学历史系明清史研究室编：《中国资本主义萌芽论文集》，江苏人民出版社，1988 年，第 119 页。

有以下职责：保持街道整洁、自扫门前雪（并借此偷窥邻家店铺）、共同捐助学校、由管理者发放工资、抓捕小偷……竞争者紧密集中的另一个意义是：防止行会成员提供比邻居更低的价格！[1]

　　霍利切尔所描述的大致是明清时期，甚或唐宋时期城市手工业行会的特征，是小商品经济发展到一定阶段的产物，其建立的主要目的是限制同行间的商业竞争，维护其成员的共同利益。[2]事实上，中国行会制度演变至近代，"对同业团体的认识趋于理性，主张行会既应保护同业、亦不排斥竞争"[3]。此外，尽管"家庭劳动"的生产方式在近代仍普遍存在，但随着商业资本对传统手工业的渗透，这种遗留的封建生产方式不过是商业资本"在原有生产方式的基础上占有手工劳动者的剩余价值"[4]的一种手段。显然，霍利切尔笔下的中国家庭与行会并非深入体验与考察或科学研究后的结果，而是直观的经验感觉、书本知识与主观想象的综合物。在对历史与传统的凸显与强调之中，霍利切尔忽视了商业资本与资本主义生产关系对近代中国行会制度的渗透，从而借"家庭"与"行会"这两种机制构建起资本主义生产方式与社会组织结构的对立面。在霍利切尔的想象之中，

1　Arthur Holitscher, *Das unruhige Asien*, S. 235.

2　参见刘永成、赫治清：《论我国行会制度的形成与发展》，第 118 页。

3　彭南生：《近代中国行会到同业公会的制度变迁历程及其方式》，《华中师范大学学报（人文社会科学版）》2004 年第 3 期，第 17 页。

4　王翔：《近代中国手工业行会的演变》，《历史研究》1998 年第 4 期，第 57 页。

人与人之间的关系在作为社会机制的"家庭"与"行会"里并非抽象的金钱与利益关系，而是以血缘或地域为联结的、或天然或自发的互助互利的关系；其目的也并非个体的利益与个人财富、资本的积累，而是家庭或行业共同体的利益与福利。除家庭与工会之外，霍利切尔将秘密社会（Geheimbund）视为中国传统的社会又一组织形式。他认为，秘密社会"属于中国各个历史时期，但其对于构建新国家的意义自鸦片战争与太平天国运动将革命运动引入当下中国以来才得以凸显"[1]。在中国封建社会，"自给自足的小农经济使得广大农民群众缺乏凝聚性和组织性，呈现出一盘散沙式的局面"，而秘密社会则因能够给农民群众提供共同的信仰与风俗而具有整合与凝聚大众的功能。[2]由此，霍利切尔认为，从太平天国运动到义和拳运动，再到辛亥革命，最终到1925年全国范围内的工人运动，秘密社会的革命运动极大推动与促进了中国革命的进程。

　　家庭、行会、秘密社会等前资本主义社会组织形式均是农业文明中共同体的表现与组织形式。家庭、行会、秘密社会分别对应着血缘共同体、劳动共同体、信仰共同体。这些古老的封建共同体组织形式在工业化与现代化的社会之中已然遭到破坏，但其悠久的传统仍然孕育着巨大的力量。霍利切尔认为，中国古代社

1　Arthur Holitscher, *Das unruhige Asien*, S. 237.

2　邵雍：《近代秘密社会与民主革命的关系》，《上海师范大学学报（哲学社会科学版）》2008 年第 5 期，第 106 页。

会悠久的共同体传统将中国人造就为"一流的社会组织材料"[1]，这些组织在"苏联思想"（即共产主义）的引导之下，就能释放巨大的政治势能：

> 自从俄国人组织起中国工人进行反抗，自从他们激发起中国工人的自信感与团结感，为共同目的而建立联盟的古老原则以一种强有力、坚决的方式在中国的无产阶级身上显现出来。[2]

此外，这种潜在的变革力量只有同共产主义思想与革命运动相结合，才能以摧枯拉朽之势消灭西方资本主义、帝国主义以及殖民主义，从而建立起独立自主的民族国家。在对秘密社会反帝国主义、反殖民主义革命历史的回溯中，霍利切尔如此评价道：

> 观察这个生机勃勃、坚韧不拔、勤勤恳恳的中华民族一段时间，人们就会感到不解：为什么它能够如此长久地忍受列强肆无忌惮的非分要求与明目张胆的巧取豪夺呢？人们只要探究一下，自俄国革命胜利以来，那在中国群众间组织与实施反抗的力量源泉来自何处，答案便不言自明。[3]

1　Arthur Holitscher, *Das unruhige Asien*, S. 236.

2　Ebenda.

3　Ebenda, S. 238.

言下之意是，中国人民在受到十月革命与"苏联思想"影响之前，没能够有效组织起大规模的对抗外侮的革命。太平天国运动与义和拳运动无法阻挡西方列强侵占中国的脚步，而1912年建立的共和国同样无法将日本抵挡在国门之外，所以只有"苏联思想"指引下的无产阶级革命才是中国的未来与希望。因而以上海与广州为主要发生地的五卅运动不仅是"中国历史的转折点，就其影响与前景来看，甚至可能是人类文明史的转折点"[1]。

作为左派知识分子，霍利切尔对知识分子阶层在中国革命中所扮演的角色尤为感兴趣。当他在上海了解到日本纺织厂的工人在组织罢工活动时向上海的大学生寻求帮助，以及五卅惨案后，所有的中国学生都团结和统一在莫斯科的革命口号下时，他感到十分震惊。就此，他提出了以下问题："中国的大学生来源何处？他们同中国工人阶级联合的前提条件是什么？什么原因使得有组织的城市无产阶级与中国知识分子阶层中的主力军成为中国革命运动的两大支柱？"[2]为解答上述疑问，他同上海的大学生组织和工会组织取得了联系，并就这些问题进行了交谈，再结合自己的所见所闻与思考，分析和阐述了中国知识分子（学生）阶层与中国革命之间的关联。

霍利切尔首先注意到的是从欧美及日本归来的大批中国留学生。这些留学生携带着先进资本主义国家的社会观和文化观回

1　Arthur Holitscher, *Das unruhige Asien*, S. 239.

2　Ebenda, S. 240.

到中国，且曾经对中国的政治产生过极为重要的影响——因为新成立的中华民国聘用了诸多这些曾在国外受到教育、熟悉外国社会制度与管理方法的青年才俊。这些外国留学生成立的俱乐部是"各种思潮、倡议和先驱思想"[1]的发源地：日本归来的留学生由于日本对中国的欺凌而最具有民族主义的反抗精神；美国归来的留学生由于被美国先进的工业文明所震撼而提倡将美国工业主义的方法引入中国；法国归来的学生具有民族沙文主义的倾向，是中国的法西斯主义者；而在中国的德国学校受教育和教书的师生则是"苏联自由思想的热情积极的追随者"[2]。随着五卅运动的展开，中国民族解放斗争越来越立足于中国本身的条件和革命经验，因而这些留学生所带回来的他国经验逐渐失去其重要性，留学生在中国政治舞台上的作用也逐渐减弱，只有那些最为激进的思想——即将中国革命引入"未来的无产阶级革命"[3]的思想——还在所有学生和工人间有着重要影响。

为证明共产主义和无产阶级革命对中国知识分子的普遍性影响，霍利切尔举出了两个例子。一是英美在华创办学校中的学生在思想上的转变。这些主要受到美式教育的学生此时终于认识到，他们所受的与中国古老文化和千年传统完全相异的教育与被灌输的基督文化世界观不过是意欲将其变为顺从外国资本家的工具。觉醒了的中国学生不愿再受到校方的逼迫，纷纷

---

[1]　Arthur Holitscher, *Das unruhige Asien*, S. 241.

[2]　Ebenda.

[3]　Ebenda, S. 242.

罢课离校，或转到新建立的中国学校就学。另一个例子是在中国人自己创办的大学内，学生对亲国民党右派的教授的抵制。在他看来，这些现象切中了他在归国途中停留莫斯科时所听闻的对中国当前局势的观察，即激进的学生阶层与初步有组织的产业工人协同共进的情形与苏联十月革命前夕的情形十分相似。而中国的工人阶级和知识分子阶层之所以能够如此团结，是因为"中国没有明确的阶级区分，因此学生同工人联合不像在欧洲那样，意味着离开他们原本的阶层而融入一个更低的社会阶层中"[1]。换言之，中国的学生和工人在组织基础上"发展出了一个相对同质化的新阶层"，中国的"民族解放斗争与无产阶级革命之间的界限也因此不再明晰"[2]。

就中国当时所面临的在世界发展两大潮流中的选择问题，霍利切尔如此答道："中国人有足够的抵抗力与生命力，因而不至于在两种敌对的力量的冲突下毁灭；相反的，中国会在两者身上汲取必要的进步因素。"[3]不难联想，中国革命从苏联道路上能够汲取的力量是共产主义和无产阶级革命的精神力量；而资本主义的发展则壮大了中国的工人阶级。然而，值得一提的是，霍利切尔尽管反复强调"苏联思想"对中国革命的影响以及中国工人阶级在这种思想引导下爆发的巨大革命能量，也描述了上海工人极为低廉的工资及工会与资本家之间所做的斗争，但他所热情呼喊

1　Arthur Holitscher, *Das unruhige Asien*, S. 243.

2　Ebenda.

3　Ebenda.

的未来世界的新人，却不是现代工业时代文明造就的产业工人，而是具有卢梭式自由精神的苦力[1]：

> 人们不能要求中国人进行高强度、无间断的工作……他们的本质与天性使其无法如同机器一般严肃、长时间地从事一项机械化的工作。这并非因其如印度人那般疲弱、无力与颓废，而是因其体内与精神结构之中有着反抗工业主义的自由天性……百折不挠、卓越非凡，张开的强健双腿上是捋起袖子的双臂——站立在中国革命新时期入口的是一个至今饱受屈辱、默默无闻、充满威胁的伟大人物：末人中的末人，新人中的新人，苦力！[2]

霍利切尔对上海的描述还包括批判美国主义的《东方芝加哥》，既作为"革命的上海"的反面，又预示着资本主义堕落世界必然消亡的最终命运。他坚信，上海的一切繁华景象终究不过是"海市蜃楼"[3]，或许相较于其他中国城市能更久地维持其西方文明的繁华幻象，但却必将走向衰亡，因其本质是肤浅的"美国主义"，也因为中国人民正在觉醒。觉醒了的中国人民的革命共同体具有秋风扫落叶般的力量，"在五月第一次冲破岸堤的浪

1　Vgl. Peter J. Brenner, "Die Erfahrung der Fremde. Zur Entwicklung einer Wahrnehmungsform in der Geschichte des Reiseberichts", S. 454.

2　Arthur Holitscher, *Das unruhige Asien*, S. 246.

3　Ebenda, S. 247.

潮，随时都有可能带着鲜血、巨浪与毁灭冲向高空"[1]。外滩上随处可见的负责戒严的印度、法国雇佣警察，上海的欧洲住民自发组成的保卫队，以及黄浦江上将炮口对准中国的各国战舰，都表明西方殖民者对五卅运动后中国革命发展形势的恐惧，也侧面反映了中国民族解放运动与无产阶级革命的声势浩大和影响广泛。外滩边上轻蔑地对着外国士兵吐痰和挥舞拳头的苦力工人和中国城内对毫无尊严的白俄乞丐嗤之以鼻的苦力车夫则表明，在中国民众面前，西方人不复拥有居高临下的威严。通过上述场景化的叙事，霍利切尔再一次强调了中国人民必胜而西方资本主义列强必亡的未来远景。而中国的胜利不仅仅是一场民族解放斗争的胜利，也是共同体、文化与民族精神对肤浅堕落的资本主义物质文明的胜利。

与上海、广州相较，北京是最少受西方文明侵染的城市，还是随处可见东方朝圣者心所向往的"真正的中国"。霍利切尔抵达北京之日，正值除夕之夜，因而有幸亲历"中国历法中最为重大的事件"的全貌："彻夜轰响的鞭炮声"宣告了农历新年的到来，北京城内"五彩缤纷，和乐喜庆"，"甚至那些将军们也将部队从前线召回"，家家户户装饰一新，"就连最贫穷的家庭也张贴着红、金两色的招贴画，装饰着圣人、贤者、武者的画像，以保住宅、门户和家庭平安"，街道上"悬挂着一排排薄纸糊的彩绘灯笼，极具艺术性地呈现出鱼、鸡、骆驼等动物形象"；而

1　Arthur Holitscher, *Das unruhige Asien*, S. 251.

请灶神、逛庙会、放风筝、举行年货市场，在寺庙中焚烧金银纸钱祈求福佑，街道上吹吹打打以驱邪避害等节日礼俗，旧货市场上的"铜佛像、花瓶、首饰、玉器、宝石、符咒书……"，庙会上的露天流动厨房、香炉熏香、绸花纸鞋等稀罕什物，也逃不过霍利切尔民族志式的"参与观察"[1]。

列维-斯特劳斯曾说过："旅行不但在空间进行，同时也是时间与社会阶层结构的转变。任何印象，只有同时与此三个坐标联系起来才显示出意义。"[2]若说霍利切尔万花筒般的民俗风情图在共时层面上绘制了一幅异国的日常生活风景画，他对旧皇城内历史古迹的走访则是一种在时间之中往返穿梭的精神之旅。凝视着白云观内三清尊神年轻的面貌"神情庄重地沉浸于超然物外的冥思之中"，霍利切尔陷入了神秘主义的遐想中：这些"在生前便已弃绝尘世生活，退守内心深处"的道教之神是因已然仙逝而沉默不语，还是"超脱身外，云游四方"而岿然不动？[3]喇嘛庙内"身穿黄袍""头戴奇特苤形帽"[4]的和尚在主祭坛前虔诚地念诵着经文。霍利切尔看到夫子庙里供奉着"被神化了的英雄"孔子和他的弟子的牌位，回溯历史长河中中国人为各行各业贤能者建祠立庙的传统，深感这种世俗性的宗教"与以未知和我们难以解释的'仁慈'为侧重点的宗教形而上相比，更能在现实生活的人们

1　Arthur Holitscher, *Das unruhige Asien*, S. 255ff.

2　列维-斯特劳斯：《忧郁的热带》，王志明译，生活·读书·新知三联书店，2000 年，第 95 页。

3　Arthur Holitscher, *Das unruhige Asien*, S. 261.

4　Ebenda, S. 263.

中间产生深刻的联结"[1]。

正如霍利切尔所言，他"并非以可能性为尺度来衡量现实，而是在现状之中发现未来"[2]，他考察与反思他国风土人情、人文历史、精神思想的"异"与"奇"，并非为文学寻找异域情调的素材，其根本目的仍是借此考量这一国家的现实命运与未来。因此，在呈现了北京的春节热闹非凡的景象后，霍利切尔随即补充道："第16天开始，一切恢复如常，负债、交通、贸易、仇恨、背叛，前线战争、阵地战和顺从人性之恶的不断交火。"[3]所指的正是其时军阀混战的背景，与其后《九头蛇》中对中国军阀的分析和介绍交相呼应——"人们砍掉这个九头蛇（指封建军阀）的一个头，就会长出九个新的"[4]。霍利切尔在儒、道、释寺院中对中国传统精神财富的神往并没有阻碍他看到现实："日渐深入的启蒙与革命运动和越来越物质化与艰难的生存环境大大改变了寺庙的存在方式"；变作"茶馆、赌场、摊位、照相棚"的寺庙无疑已然失落其精神财富。[5]而年轻的中国革命党人对神像、佛像具有象征性意义的破坏与损毁则标识出中国传统精神思想的没落。旧日的神祇被赶下了中国人的精神祭坛，但中国人却不是失去信仰的民族，一位新的偶像——"中国革命之父"孙中山，进驻中国历史的先贤祠，在北京西山碧云寺的一个纪念堂内树立起

1　Arthur Holitscher, *Das unruhige Asien*, S. 264.

2　Ebenda, S. 56.

3　Ebenda, S. 257.

4　Ebenda, S. 291.

5　Ebenda, S. 262.

一座"今日信仰和当代宗教形式的丰碑"[1]。

在霍利切尔这里，孙中山与其说意味着 种政治方向或一个党派，倒不如说是一种象征性的革命精神。在《九头蛇》一章中，他分析了中国军阀的成因及其在中国得以横行霸道、压榨民众的深刻原因，认为帝国主义列强基于利用混乱的政治局势来拖垮中国从而维持自身殖民利益的策略而对军阀施以经济或政治支持的做法，正是中国军阀混战的一个重要原因。而真正"致力于消除中国人民所受的外国列强和本民族强盗的空前压迫"的，不是国民党，而是"革命的知识分子阶层与革命的无产阶级"[2]。在广州篇中，霍利切尔将深夜受到压迫的苦力劳作的声音视为这座城市真正的音乐。在上海篇中，论及中国的无产阶级，他又浓墨重彩地塑造出卢梭式的具有天然反工业主义精神的苦力形象；在北京篇的《编号204的苦力》一章中，霍利切尔进一步塑造和强化了作为中国革命精神化身的苦力形象。游历北京的霍利切尔雇用了一名编号为204的中国苦力。在几天的相处之中，霍利切尔发现他"天生聪慧，是个健康、强壮、整洁和有条理的人"[3]，有着革命者诸多的优良潜质，是天然的布尔什维克主义者："苦力们，也就是上海和天津的重体力劳动者、打黑工者、装船工、铁路装运工和仓库搬运工，是相当容易组织起来的一类人。他们清醒、俭朴、坚强，习惯于户外劳动、有自己的秘密团体。"[4]204号

1　Arthur Holitscher, *Das unruhige Asien*, S. 266.

2　Ebenda, S. 294.

3　Ebenda, S. 278.

4　Ebenda, S. 279.

苦力代表了一种天然的同志情谊，当谈及北京的黄包车竞争激烈，他的同伴是否会因为获得霍利切尔的优厚报酬而嫉妒他时，他答道："我当然会把我的工钱分给他，我们总是相互帮助。"[1] 他目不识丁，但却具有一种朴素的政治直觉与正义感：走过苏联使馆时，他"激动地看了空中的红旗，好一会儿"[2]；而在英、日、法使馆前则表现出了深深的敌意。由此，霍利切尔在表现主义式的呐喊之中所热情呼唤的、充满自由意志和原始活力、坚强不屈、极具反抗斗争精神和友爱互助的同志情谊的苦力，与其说是中国无产阶级的代表，倒不如说是受到压迫和侮辱的所有中国人民的代表。而中国人民反抗的原动力并非源于其阶级属性，而是来自于自由的民族天性。苦力们的团结互助和自发反抗精神促使中国的革命群众成为具有凝聚力的革命共同体，而非分崩离析的利益共同体。

　　穿行在古老的名胜古迹间，霍利切尔感到中国文化具有一种"神秘的，近乎不可思议的同化力量"，以至于同行的德国友人"从骨子里被中国的氛围改变了"[3]。这位拥有"中国姨太太"和中国血统后代的年轻德国人在寺庙里上香、拜佛、磕头，令霍利切尔发出了"同化了！"[4]的惊叹。见微知著，霍利切尔坚信，这种神秘的同化力量也赋予中国文化与文明以经久不衰的生命力："历史教导他们，那些友好地或图谋不轨地接近他们的一切事物

1　Arthur Holitscher, *Das unruhige Asien*, S. 279.

2　Ebenda, S. 278.

3　Ebenda, S. 257.

4　Ebenda, S. 259.

迟早都会被吞下、消化与吸收。"[1]因此，"共和国首都躯体中的异物"——西方列强使馆区——如广州的沙面和上海的租界，"必然走向毁灭"[2]。尽管中华文明暂时还无法"同化"入侵的西方文明，但"如同当今的耶路撒冷……北京也蕴藏着可追溯至远古神秘时期的厚重的信仰力量"[3]。这种力量如同古建筑的照壁、紫禁城附近的煤山一样，以一种神秘、不可知的方式守护着中华文明的根脉。

如果说广州篇呈现出共产主义思想引领下中国革命势如破竹的形势，上海篇理性地分析了中国革命的社会阶层与制度结构上的基础，那么北京篇则从文化底蕴与民族特性上展望了中国革命必胜的前景。借助对这三座中国城市中见闻的描述与反思，霍利切尔实际上探讨了中国革命最为重要的内因与外因，即中国社会本身蕴藏的巨大凝聚力和"苏联思想"——共产主义思想对中国社会和民众的组织性。从他对家庭、行会、秘密社会等中国传统社会组织的推崇备至，对苦力的热情赞美，以及对以中国共产党为领导的无产阶级革命的具体发展状况的知之甚少可知，他的中国革命图景是一种简化了的、乌托邦式的未来远景，而非客观性的描绘和展望。他所想象的中国革命的内因首先并非中国工人阶级的发展与壮大，也并非中国在现代化道路上各种复杂要素的角逐纠葛，而是中国社会、文化与国民性中原本就蕴含着的巨大

1　Arthur Holitscher, *Das unruhige Asien*, S. 258.

2　Ebenda, S. 274.

3　Ebenda, S. 272.

的团结精神与凝聚力。这种力量与其说是阶级性的，倒不如说是传统的、原始的和人性的。无论是家庭、行会和秘密社会等中国传统共同体，以及苦力间朴素的同志情谊，都是他主观性的想象和建构。而"苏联思想"或共产主义作为一种组织团结大众的要素，在霍利切尔这里本质上是精神性的，而不是一种科学的、可以加以实践的社会学理论和假说，这从他反复强调这种精神对中国革命的影响，而很少探讨这种影响何以可能，以及如何影响了中国革命这一点上可以看出。另外，他认为当时的中国面临着是走以美国为代表的工业资本主义，还是走以苏联为代表的共产主义道路的问题，但并没有意识到这事实上是中国传统封建社会解体后，建立何种形式的现代民族国家的问题。推翻资本主义列强加诸其身的压迫后的中国是何种形式的社会并非霍利切尔所关注之事，他所关注的是革命作为一种改变中国社会现状乃至资本主义当道的世界秩序的颠覆力量。

　　他对世界现代化进程中走在前列的资本主义世界充满着敌意，对有着传统人情温暖的共同体充满着怀恋，对他而言，整个中国就是"苏联思想"精神引导下的革命共同体：

　　　　无论是紧张颓废的南方人，还是粗壮强健的北方人；无论是为数不多的知识分子（只有不到10%的中国人能够阅读，书写就更不必说了），还是占绝大多数的受过极少教育或未受过教育的苦力、小商人、船民、农民，抑或是学者、大学生和牧师——所有人都统一在一个共同意志下，所有人都勤奋地向老师学习追寻解放的道路与方法——但在这机械的应对策略之外与之上是一个思想，是这个时代的伟大思想。这个思想卷席了这个巨大的国度，也攫住了45万人的心，将他们抛向前方，投向未来。[1]

第二节　从北京到上海
——瓦尔特与世界文明共同体

与霍利切尔对中国革命充满激情的展望和憧憬不同，作为曾经生活在或当时仍居住在中国的德侨，威廉·P. O. 瓦尔特尝试以客观理性的描述来"勾勒出当下中国生活的全貌"[2]，以飨读者。他所作的《中国近况》以生动形象的表现手法呈现旅行印象与经验的同时，还大量穿插历史、政治、地理、经济、哲学、民俗风情及民族心理等方面的探讨与介绍，意在通过数据、史实与经验的交叉叙述来展现中国当时的社会状况，并为之提供解释。该书以一次深入的中国旅行为基础。瓦尔特从地中海乘坐轮船到达上海，稍作停留后到达天津港，上岸短暂游览后北上抵达北平，后乘火车前往南京，又从南京出发，遍览长江沿岸、东南沿海重要

1　Arthur Holitscher, *Das unruhige Asien*, S. 283.

2　Wilhelm P. O. Walter, *Das China von heute*, S. 7.

城市，最终经由吴淞到达上海，结束其旅程。

北京、南京、上海是瓦尔特中国行最为重要的站点，也是其旅行叙事的核心内容，这也体现在《中国近况》这部游记的标题中，分别为："中国——概览""北京——旧貌""南京——新颜""吴淞——分界线""上海——国际化"。瓦尔特在首章《中国——概览》中便对这三座中国城市的地位进行了概述。北京是"皇家宫殿、天坛的所在地，精湛艺术的代名词"或古代交通要道上的站点，但在"动荡岁月里失去了实际的重要性"[1]。而南京的地位则日渐重要，因为"国民党以南京替代北京"；这意味着，"现代中国抛弃了北京的旧方法"，"南京之于新国家，就如同北京之于'旧中国'"[2]。南京作为国民政府所在地，尽管拥有极高的政治地位，但"对长江流域巨大的贸易往来却从来没有产生过重要影响"，而与之互通铁路的上海作为"中国贸易与工业的中心"[3]填补了新的中国首都在经济影响力上的缺失。尽管自国民政府建立以来，南京已经发生了天翻地覆的变化，但只有上海"日益呈现出一个国际大都市的样貌，使人联想起美国与欧洲的港口城市"[4]。而"吴淞"之所以单列一章叙述，并非是瓦尔特不知国民政府建立上海特别市，并将吴淞区在内的所有华界区域纳入"大上海"的统一管辖下这一事实[5]，而是以此突出上海这座城市的特

1　Wilhelm P. O. Walter, *Das China von heute*, S. 15f.

2　Ebenda, S. 14.

3　Ebenda, S. 21.

4　Ebenda.

5　参见唐振常主编：《上海史》，第 651—652 页。

殊性。在他看来，吴淞"以少量炮火便可封闭进入长江及黄浦江的入口"，因而"阻断了外来者进入中国辐射广大的交通网络，也将上海这一国际大都市分别同外国与通往中国内陆的巨大交通网隔离开来"[1]。瓦尔特先乘船抵达上海，但却没有立刻参观这座城市，也是基于上海具有的贯通中国和世界的角色的考量，因而"在我们了解中国人之前，我们有充分的理由不去拜访上海"，以便"不受上海复杂形象的影响，汇总与整理我们的印象"[2]。

值得注意的是，无论是以北京为代表的清王朝的没落，还是象征着新国家的南京政府的建立，瓦尔特并非以孤立静止的眼光看待中国的历史进程，而是将其纳入世界文明总进程中。从北京到南京再到上海，瓦尔特下意识或有意遵从了一条从古代到现代，从封建帝国到现代国家的历史逻辑演进，而他之所以过上海而不游，正是希望从世界现代化进程出发总览中国的历史发展与当下形势。瓦尔特的整个中国城市叙事反映了他的世界观、文化观与中国观。

瓦尔特在游记中不断穿插他对中西文化差异和中国文化的感知与反思。他提倡，应当"将中国人看作与我们有着共同感知与行为能力的人来看待"，而不仅仅关注"必然能感知到的差异"[3]。就中西文化与文明关系而言，他指出，"将儒家学说当作西方的榜样是错误的，而以西方观点看待中国人和中国的制度，同样是

1　Wilhelm P. O. Walter, *Das China von heute*, S. 80.

2　Ebenda, S. 82.

3　Ebenda, S. 27.

不可取的"[1]。他认定中西方文化与文明之间有着本质的差异，不应以其中的任何一方来衡量另一方的优劣好坏。"询问一个人更喜欢中国还是更喜欢欧洲的问题，就像是询问他是喜欢浓稠的牛奶还是喜欢起泡酒，是喜欢燕窝汤还是肥腻的北京烤鸭一样，毫无意义。"[2]这样一种力求客观平等的文化观使得他对所观察到的现象不轻易做褒贬之论，而总是试图对其进行分析和阐释。

在瓦尔特看来，中国人与欧洲人最大的不同在于"中国的道德、责任与正义观并非如我们这里一般由国家法律所决定，而是由习俗和礼节所规定"[3]。瓦尔特将此与中国人的祖先崇拜联系起来，即"中华民族几千年来将死者作为家庭成员的看法"，而以死者或祖先为尊的民族心理追根到底是儒家家庭本位的思想，"中国人首先感到对家庭负有责任，并通过家庭对国家负责"[4]。他观察了几个港口城市的生活状况后，判断西方现代经济虽然对中国传统社会造成了影响，但传统的生活与思维方式仍在很大程度上得到保留：

> 不过这里的经济还不似西方经济那般任意自由；人们的思想也还无法被生产与商品交换的关系所浸透。所有的一切到目前为止仍取决于天然聚居在一起的人民大众，他们认定一切重大变革都是天意所为。[5]

1　Wilhelm P. O. Walter, *Das China von heute*, S. 84.

2　Ebenda.

3　Ebenda, S. 27.

4　Ebenda.

5　Ebenda, S. 30f.

　　"天然聚居在一起的人民大众"近似于农耕文明时期的小农经济共同体，瓦尔特笔下的中国仍带有农耕文明田园牧歌式的余韵，人们也仍保有天然拙朴的虔敬，"勤劳、热爱劳作"[1]，即使生活重负沉重不堪，依旧不失乐观天真的性格。[2]在他看来，中国的精神与文化传统之所以得以赓续至今，依靠的不是别的，正是儒家学说以及将其奉为圭臬的文人阶层。[3]

　　尽管中国的农民和手工业者仍然保持着淳朴无欺的天性，中国的婚嫁礼俗、宴客之道中仍随处可见古老的"礼"的踪迹，但瓦尔特也认识到，西方经济与现代文明的入侵已然在一定程度上改变了中国的社会结构与中国人的气性。瓦尔特虽然十分谨慎，不愿犯将个别现象普遍化的错误，但所描述的现象无疑见微知著地捕捉到了中国社会与中国人的变化。比如，他写道："但是，在那些存在对外贸易可能性的地方，在那些毫不知情的外国人用大量的钱财换取向导、服务和事物的地方，在那些狡狯的人比诚实的人能够获取更多利润的地方，我们看到了在农民和手工业者身上看不到的要素。"[4]此外，他也注意到"青年中国"（Jungchina）——即具有新思想的年轻人——对儒家思想的反对，他称这些年轻人"将中国与西方相比之所以落后全然归因于儒家思想"[5]，"将党与国家置于家庭之前的理念已成为青年中国纲

1　Wilhelm P. O. Walter, *Das China von heute*, S. 31.

2　Vgl. ebenda, S. 33.

3　Vgl. ebenda, S. 38.

4　Ebenda, S. 31.

5　Ebenda, S. 38.

领的一部分"[1]，他们不再将对小家的义务和责任视作行事的最高准则。最后，儒家学说的正统性赋予中国古代的文人阶层高于其他阶层的声望，但随着中国近代社会的发展，中国古代社会士农工商兵的等级秩序也逐渐解体，如商人因积累大量财富与控制物资、军队在军阀混战的局势中取得胜利等情形，都使这些原本受到歧视的阶层提高了社会地位。[2]

西方现代文明的入侵无疑对古老的中华文明造成了巨大的威胁和挑战，北京这座城市的命运就象征着曾经盛极一时的大清帝国的没落与衰亡。瓦尔特与旅伴乘坐汽车穿过使馆区的现代设施与各国使馆的欧式建筑群，感慨"（这里）唯一的中国要素是包围着每个大使馆的高墙"[3]。这片封建王朝时代遗留的城墙隔开了旧日皇城与西方人在华统治的政治中心，但却抵挡不住西方文明侵袭的脚步。中华文明显然无法像在其漫长的历史长河中同化其他异族统治那样，完全将西方文明的异质性文明纳入自身的体系之中。尽管如此，瓦尔特坚信，清王朝的没落并不意味着中华文明的消亡。当他站立颐和园远眺曾经暂厝孙中山遗体的西山时，怀古却并不伤今："杂草丛生的院子里耸立着的古树，还在诉说着永远。与此相比，围绕着颐和园展开的权欲之争与小人弄权根本不值一提。"[4]因为儒家学说的精髓并没有随着西方文明的入侵

1　Wilhelm P. O. Walter, *Das China von heute*, S. 28.

2　Vgl. ebenda.

3　Ebenda, S. 49.

4　Ebenda.

而佚失，"追求实用"的儒家精神"不仅根植于孔子的学说中"，也使得中国人在新的形势下能够审时度势，做出适应世界大潮的改变，而这正体现在"近代以来孙中山为其民族所遗留的智慧之中"[1]。贯彻这种新时期的儒家精神的，在他看来，正是远在千里之外，定都南京的国民政府。

瓦尔特在南京看到"铁道部、一些新建的兵营、华侨招待所、交通部、国民政府首都建设委员会、军校与军事机场"[2]等一系列现代化军政机构设施，一针见血地指出，"今日的南京，还不是一座首都"，而仅仅是"作为首都的一种构想"[3]。这种构想正是以孙中山先生提出的治国方略为基础。正如坐落于紫金山的孙中山"陵墓耀眼的白色与巨型构造使得古老的明陵显得微不足道"[4]那样，孙中山伟大的治国理念也将代替旧制度成为引领新的中国走向未来道路的旗帜。瓦尔特视国民政府为孙中山治国理念的继承者，甚至将其所推行的"独裁统治"视作儒家思想与西方现代政治理念的结合，"是在健康的妥协中寻求国家发展的良方"[5]。与此同时，瓦尔特也从中国当时各种负责基础设施建设的机构自负盈亏、毫无组织性的状况，从南京中心广场"即使减少三分之一的量，也不会被管理得更加有序"[6]的交通，落后的城市

1　Wilhelm P. O. Walter, *Das China von heute*, S. 38.

2　Ebenda, S. 59.

3　Ebenda.

4　Ebenda, S. 68.

5　Ebenda, S. 72.

6　Ebenda, S. 62.

基础建设（如还未建立自来水供应体系），生活在茅屋、农舍的人民大众对政治环境的了解相当片面等现状中看出，中国要发展成为一个现代化国家道阻且长。这并非勉力推行与实施一种现代化的儒家治国方略便可实现，也并非凭借中国一国之力可以达到的。而上海这座特殊的国际化中国大都市则为瓦尔特提供了一幅中国经济与世界经济协同并进、中国文明得以在世界文明秩序中安身立命的未来远景。

在返回德国的途中，瓦尔特总结此次中国之旅道："我们很少回溯过去，只想探看当下，因为当下闪烁着未来的光芒，我们只能借此勾勒未来的轮廓。"[1] 如果说孙中山的治国方略和国民政府对南京的建设昭示出一幅建设现代中国的政治蓝图的话，那么，在一个"经济的"和"技术的"[2] 世纪，要实现这一政治理想，无疑不能仅仅依靠儒家文明的精神传统，更应推动中国的工业化和经济发展。西方列强打破了古老中华文明封闭的封建经济体系，并将其投入世界工业与现代化文明快速发展的巨潮中，使之再也无法回到脱离"世界联系"[3] 的旧时代。上海是"中国贸易和工业中心"，也是中国同世界进行经济交流的门户。在瓦尔特笔下，上海不仅代表中国同世界的联系，且由于上海以经济为发展核心的特殊地位，这种联系不仅仅是一种殖民与被殖民的权力关系，更是一种彼此共存、互相协作的平等的经济关系。

1　Wilhelm P. O. Walter, *Das China von heute*, S. 119.

2　Ebenda, S. 119f.

3　Ebenda, S. 120.

秉承客观理性的原则，瓦尔特在其上海叙事的开篇中首先介绍了上海的行政区域划分与人口组成：

> 上海由公共租界、法租界及"大上海"——即围绕着两个租界的所有纯中国区域——组成。根据1931年1月的数据，上海人口3195477人，其中外国人49407人，外国人中日英两国人占多数。自革命时期的流亡者在中国定居以来，上海又有了许多俄国人。德国人大约有1600人。[1]

在这里，简洁的描述与数据的援引貌似客观，事实上却淡化了列强侵略与剥夺中国主权的事实。这在他对公共租界政治地位的评述中表现得更为明显。在他看来，上海的政治地位总体而言处于"一种中间状态"[2]，是列强的政治势力与中国的多方政治势力相互妥协的结果。租界内产生影响的势力，无论是来自中方，还是来自不同的列强方面，"根本而言是非政治的"，"极少的政治因素，几乎仅仅是经济要素……对于主要由外国人控制的当局的决策起着决定性作用"[3]。正因如此，在某些特殊时期，代表上海租界利益的各国商会甚至会同代表各列强在华政治利益的驻京各使馆发生激烈的矛盾和冲突。上海的发展不仅得益于有利的经济前提与地理位置，更受益于它"能够灵活适应不同的政治、经

1　Wilhelm P. O. Walter, *Das China von heute*, S. 102f.

2　Ebenda, S. 103.

3　Ebenda.

济、法律与文明形态的独特中间状态"[1]。上海特殊的政治状况造成了它在司法上出现大片的灰色地带，而正是这些灰色地带保护了中国的革命者、旧式军阀和旧式官员，也保护了来自世界各地的政治犯和罪犯，给予了"来自全世界的贸易与特定的政治或个人影响以在其他地方难以得到或被滥用的自由"[2]。这种"自由"一方面导致中国传统的社会结构与精神传统的进一步解体，另一方面也促进着上海经济的自由发展。

与众多将上海分为截然不同的"租界（欧洲人区域）——中国城（中国区域）"的旅行者不同，瓦尔特强调"在上海，不仅城区之间相互交叠，居住在其中的不同国家的人们也是混杂而居"[3]。对此，瓦尔特首先描述了华界南市区与法租界之间的关系，以表明华界与法租界之间相互包容、融洽共存的友好关系。法租界在西边的边界不断向华界深入，华界也得以在"法租界公董局的倡议和资助下修建道路，铺设排水系统、自来水管道和电力设施"[4]，并能够在华界和法租界间归属不明的区域修筑道路、安设高压线。而位于租界区内的静安寺路上的夏季集市与中国庙会更是生动鲜活地呈现出一幅中西交融、热闹非凡的市井图：

  中国人、印度人、欧洲人都在这里购买洗手盆、篮子、

---

1 Wilhelm P. O. Walter, *Das China von heute*, S 103.

2 Ebenda, S. 104.

3 Ebenda, S. 109.

4 Ebenda, S. 105f.

铁丝钩成的家居用品；所有这些平日里在上海都能以低廉的价格买到，但是市场使得它们尤其吸引人……年老的女人走进庙里，为死去的亲人点上香烛……欧洲人和美国人开着汽车穿过如此拥挤的街道……[1]

除此之外，欧洲人的娱乐休闲活动——如跑马、曲棍球、足球、网球等体育活动——虽与中国人的截然不同，但是南京路上所有的商店都呈现一种欧洲风格，中国百货商厦里也开设了效仿西方的舞厅舞池，租界内的公园中也随处可见中国人的身影，而法租界内更是每年都有5万中国人共同欢庆法国的国庆日。

就上海而言，瓦尔特尤其关注中国的经济和工业发展状况。从吴淞码头到外滩码头的途中，瓦尔特就注意到了沿岸的现代化工业设施：

我们看到了中国大上海的新发电厂和它后面闸北自来水厂的中国宝塔型水塔。紧接着，雾气之中显现出一座大城市的轮廓，此间弥漫着公共租界发电厂厚厚的烟云。这座工业设备的线条使人从远处就意识到，那里有20万马力的煤力被转换为电力，并从那里集中为一座大城市提供电力、灯光与电热。大型的机械煤炭卸载设备及灰烬装载设备与中国压榨其劳力所用的原始运输方式形成鲜明的对比。事实上，这样

1　Wilhelm P. O. Walter, *Das China von heute*, S. 106.

的大型企业不过是英美国家的飞地罢了。[1]

这是和北京、南京截然不同的城市景象，现代工业文明的气息扑面而来。显然，在瓦尔特看来，处于国民政府管辖下的区域虽然已有一定的工业设施，但同英美国家相比依旧相形见绌。不仅如此，正如瓦尔特在文中所附的插图显示的那样，高大的机械装置下的小船上犹如蝼蚁的搬煤工人们所用的原始劳作方式在中国仍十分常见。在苏州河沿岸，法租界与华界的交界处，瓦尔特再次观察到这种格格不入的对照：

> 从黄浦江边到苏州河沿岸的支脉间有许多大型工厂。这里有棉纺厂、缫丝厂、面粉厂、印刷厂、印染厂、锅炉锻造厂、玻璃制造厂以及其他工厂。穿过法租界的边界到达华界，我们就能看到那里也有相似的工业企业，只不过更为原始，其中有些已然停工。进入侧巷之中，我们又看到与这些大工厂毗邻的家庭手工业；这些家庭手工业有些与大工厂形成竞争，有些则是一种补充。就是租界的边界线也无法阻挡这种家庭工业，即便在最为现代化的工业区中，还散布着许多小茅屋。在那里，勤劳的双手不分日夜地纺织着棉布。在码头上，那些大型货轮的停泊处，可以看到被闲置的起重机。我们看着十几个苦力从驳船的仓库中抬出一个汽油桶，随后同

1　Wilhelm P. O. Walter, *Das China von heute*, S. 102.

另外六个人一道……一起搬到一个准备好的小推车上。[1]

借助这段描述，瓦尔特表明，上海是中国当之无愧的工业中心，因为在"其他城市，西式的工厂还寥寥无几"[2]。然而，尽管上海是西方工业文明影响最为集中之处，但还是"没有一家企业能够完全压制住家庭手工业的竞争"[3]。苏州河岸随处可见的家庭手工业和弃置不用的起重机反映了中国现代化工业发展道路上的两个重要阻碍因素：一是"广大民众为规避资本积累的高风险而采取低效能的生产方式"；二是广大民众还十分缺乏的"机械化生产与生产管理的思维"[4]。换句话说，封建时代自然经济的生产方式与思维方式在当时的中国仍广泛存在。瓦尔特对此的解释是，这是因为中国古代技术，即家庭手工业技艺是建立在"事物的自然秩序之上"，而这种自然秩序具有历经"内战、外交政策的影响和诸多机械化的试验而继续留存"[5]的顽强生命力。这必然导致中国的工业化进程缓慢。尽管如此，毫无疑问的是，无论中国传统自然经济的影响如何根深蒂固，终将在现代工业文明的不断扩张中败下阵来。因为"机械设备是冷硬的、不可弯折的"，"它作为一种陌生的、比思想更加粗暴的、已然成型的事物侵入新的中国"，人们只能去接受和适应它，而无法像"'曲解'西

1　Wilhelm P. O. Walter, *Das China von heute*, S. 109f.

2　Ebenda, S. 111.

3　Ebenda.

4　Ebenda, S. 112.

5　Ebenda, S. 111f.

方思想"[1]那样使之适应中国传统的经济体系。与此同时，瓦尔特也提到，就在新的中国政府意识到工业发展的重要性、大力推行促进中国工业发展的政策时，中国又不得不面对"资本与信贷不足、银价低迷与世界经济危机"[2]等恶劣的外部条件。这些外部条件是世界性的，非中国一国之力能够改善与解决。

与上海的街景和城市生活中所展现的中西融合相比，生活在上海的各个国家的人们显示出一种更为深刻的"世界联系"。这种联系一方面是帝国主义列强在上海实行殖民统治的结果，另一方面也是经济全球化本身带来的结果。瓦尔特概览了由于经济或其他原因来到上海的各个不同国家的人们的境况。对于那些因为十月革命而逃到上海的白俄人而言，只有那些"拥有特殊技能的人能在上海立足"，他们与欧美人相比的优势是"在这里更有家的感觉"[3]。上海的欧美人大多由家庭、朋友或俱乐部介绍而来，短暂地在上海的"商行、银行、保险公司和轮船公司工作几年"[4]后便回国。上海对他们而言只是一段短暂的人生经历。但也有欧美人选择在上海长期居住，并为自己制定出相应的人生规划。对于这些人而言，大部分欧美通俗小说中所刻画的"轻浮、投机与不负责任"[5]的单身汉形象与他们是格格不入的。他们在面临上海自由开放的环境时，需要承担更多的个人责任，不得不根据不断变

1　Wilhelm P. O. Walter, *Das China von heute*, S. 111.

2　Ebenda, S. 112.

3　Ebenda, S. 114.

4　Ebenda.

5　Ebenda, S. 116.

化的形势做出不同的决策。而上海"激烈的竞争和对欧洲人而言十分陌生的诸种影响要素"[1]也使他们不断陷入忧虑中。上海的中国人在瓦尔特这里也不全是中国城内或华界内增添异国风情的东方脸孔，同样在上海的经济生活中占有一席之地，"中国人自己也在这方面（上海的金融、贸易与工业）扮演了重要的角色"[2]。上海的中国人不是那些"试图借助古老的哲学和新的政治理念向前走的中央之国之子，而是最为精明狡猾的商人，熟谙如何快速掌握和利用陌生的事物"[3]。在早期的上海对外贸易中，买办阶层在欧洲的进口商和中国的大商号之间扮演了重要的中间人角色，而"如今他们的重要性已经下降"，"贸易是直接进行的"，这也使得"中国的和欧洲的贸易习惯相互融合了"[4]。同为亚洲国家的日本虽然试图在中国推行殖民统治，但是就日本企业在上海所取得的成就来看，"他们对于中国人而言几乎在各个方面都是榜样性的"[5]。除了这些民族身份明晰的人群外，上海还有大量的葡萄牙殖民者的后裔以及其他众多失去与本国联系的外国住民。

　　瓦尔特之所以列举在上海生活居住的各国人，尤其是各国商人、经济从业者的状况，是为了说明"这座城市既折射出中国的忧虑，又反映出世界的忧虑"，中国与世界的联系比世人所想象的要紧密，"欧洲大国与美国的所有经济与政治动荡都能在这里

1　Wilhelm P. O. Walter, *Das China von heute*, S. 116.

2　Ebenda.

3　Ebenda, S. 116f.

4　Ebenda, S. 117.

5　Ebenda.

产生回响"[1]。如前所述，中国的工业化与现代经济发展受到内外阻碍因素的制约而进程缓慢，但中国的工业化又是新国家所面临的最为重要的任务，是孙中山政治蓝图实现的基础。那么，如何解决中国工业发展所面临的问题？由于上海既代表着"中国的忧虑"，也代表着"世界的忧虑"，因此，在瓦尔特的想象中，上海——也即中国——面临的问题便是由世界共同参与解决的。他由此列举了列强为改善上海与中国问题的多方努力。

他首先提到，"美国、英国和德国的工商界领导人来到上海，希望在这里找到改善经济的建议和新思路"[2]；随后又认为世界各国的经济团体和商会对中国的国际问题和上海的经济问题的关注均出于帮助和扶持中国的目的；最后，他强调，德国与中国之间由于不再有领事裁判权的阻隔，两国之间的政治关系更为密切，"柏林的远东协会、汉堡和不来梅的东亚协会及法兰克福的中国研究所是两国文明、经济与文化援助的坚实联系"[3]。瓦尔特寄希望于西方列强来为上海与中国的经济发展问题寻求出路，但现实却令他倍感失望，他指出：

> 尽管如此，无论是贫穷、依赖出口的德国，还是对世界贸易感兴趣的富有的美国，到目前为止都没给予新的中国以帮助，只有借助这些从外部获得的支持，中国才拥有经济力

1　Wilhelm P. O. Walter, *Das China von heute*, S. 118.

2　Ebenda.

3　Ebenda.

量去实现孙中山的纲领。中国与世界的忧虑相互影响。下诊断的医生很多，但有效的良方却始终没有出现。[1]

瓦尔特在南京目睹中国农民和手工业者在西方工业文明入侵之下艰难的生活境况，自问自答道：

> 为什么中国要适应现代技术？为什么各国列强要向其展示，结构精妙的钢铁构造能比使用镰刀的农民带来更多的产量、能比手持刀剑的强盗屠杀更多人？为什么人们要将这个悠然自在生存着的民族投入到激荡的变革之潮中？——此为事物运行之常规！世界大势即为世界之发展！……正是在对现状的不满中，在斗争中，而不是在不费吹灰之力的胜利之中，民族之发展能力才得以强健。[2]

瓦尔特在对中国历史文化、国民性的考察，以及对北京与南京这两座城市的观察与反思中意识到，延续几千年的中华文明在他所处的时代正遭遇着前所未有的挑战。西方现代文明给中国带来了现代工业"革命性的力量"，并将其抛入世界现代化进程的大潮中；但中国这个"巨大的人类共同体"[3]并没有在现代化的激流中沉沦毁灭，而是秉承儒家精神的传统，朝着孙中山先生描绘

1　Wilhelm P. O. Walter, *Das China von heute*, S. 118f.

2　Ebenda, S. 65.

3　Ebenda, S. 118.

的政治蓝图奋力前行。瓦尔特在对上海政治地位的描述中弱化了西方列强对中国主权的侵略与剥夺，在对上海街景的呈现中描绘出一幅中西融合、其乐融融的美好景象，又在对上海经济的考察中将中国纳入世界经济体与世界工业文明的总体系中，强调上海及中国其他地方与世界的联系。上海标识出中国未来工业化的发展方向，也是近代中国所面临挑战之集中体现。瓦尔特将西方文明入侵视作中华文明自我更新与自我发展的契机，而非政治和经济上的掠夺行为，并将上海刻画为一个由经济活动与要素相联系的世界命运共同体，寄希望于西方列强来帮助上海乃至整个中国完成工业化、实现儒家精神引领下的现代国家的建立与发展，进而推动世界经济的发展，这无疑是一种乐观主义的乌托邦想象。

第三节　从上海到青岛
——威特与基督文明共同体

《盛夏中日纪行》一书为时任德国同善会（Allgemeiner Evange-lisch-Protestantischer Mission-sverein）会长的约翰尼斯·威特所著。约翰尼斯·威特是新教传教士、神学家，曾在柏林大学教授宗教史、传教学等课程。[1]

1　Vgl. Hannelore Braun (Hrsg.), *Personenlexikon zum deutschen Protestantismus. 1919–1949*, Göttingen, 2006, S. 227.

德国同善会由瑞士牧师恩斯特·巴斯建立于魏玛，其传教理念秉承自由主义神学，以结合当地民族的精神文化智慧传播基督教及其文化为己任，重视文化交流与融合。[1]著名德国汉学家卫礼贤最初便是以同善会传教士的身份来华，后在对中国文化积极推介中逐渐成为"'中国福音'的信仰者和传播者"[2]。与"改弦易辙"的卫礼贤相比，威特对于中国文化的兴趣始终拘囿于其传教士身份。他关注"那些宗教（东亚各国的宗教）最为深刻、基础的思想"及"这些宗教同其所属民族的文化生活的关联"，其根本落脚点仍是观察"在这些宗教影响下蓬勃展开的生活"与"强劲的、新出现的、外来的宗教思想"[3]，即基督教思想之间的互动关系。然而，威特作为具有自由主义倾向的新教传教士，并不将西方与东方、欧洲与亚洲视作进步与落后、文明与野蛮的简单对应。威特意识到，"他们（有色人种）在智性天赋以及宗教伦理的发展能力上毫不逊色于白人民族"[4]。就中国而言，威特赞叹中国文化与技术在历史上所取得的巨大成就，也明确指出其在近代已陷入停滞僵化的状态。[5]尽管如此，威特也并不武断地认为以西代中是中国文化走出困境的唯一出路。中国的古老文化虽然

1　Vgl. Heyo E. Hamer, "Ostasien-Mission", in *Religion in Geschichte und Gegenwart*, abgerufen am 02.06.2019, http://dx.doi.org.proxy.ub.uni-frankfurt.de/10.1163/2405-8262_rgg4_SIM_124218.

2　杨武能：《卫礼贤与中国文化在西方的传播》，见《文化：中国与世界》编委会编：《文化：中国与世界　第5辑》，生活·读书·新知三联书店，1988年，第224页。

3　Johannes Witte, *Sommer-Sonnentage in Japan und China. Reise-Erlebnisse in Ostasien im Jahre 1924*, Vorwort.

4　Johannes Witte, *Die ostasiatischen Kulturreligionen*, Leipzig, 1922, S. 3.

5　Vgl. ebenda, S. 4.

在"同迅速入侵的属于我们的西方文化的交锋中败下阵来",但是并未被取代;中国仍处于"新旧交锋"的状态中,而"谁可步入未来"[1]在威特看来仍未可知。"五千万正直、高雅、博学的人们正在彻底重塑他们的生活",东亚民族"将参与决定世界的未来",尤其是他们已经产生了日本这样一个强国,因此中国将如何变革与更新其古老文化也必然"将以这种或那种方式对我们(欧洲)产生影响"[2]。尽管如此,就精神文化而言,威特始终认为基督教精神是"最好的精神……是我们一切善的来源"和"世界之光",而传教士的使命就是在这个风云变幻的历史时期,将上帝的福音"广播于世"[3]。

威特分别于1910年与1924年进行过两次中日考察之旅。[4]就笔者能力所及,并未查阅到任何与其第一次旅行相关的出版物。而其第二次东亚之旅见闻则收录于《盛夏中日纪行》一书中。作为同善会的会长,威特此行的目的主要是考察中国与日本的传教情况。[5]但他在游记中不仅涉及当地的传教情况,也对沿途城市中的所见所闻以及由此引发的所思所想进行了详细的记录。在此次旅行中,威特主要造访了上海、青岛及其周边地区和北京。上海作为其跨洋之旅中必经的一站,因其作为古与今、中与外交锋

1　Johannes Witte, *Sommer-Sonnentage in Japan und China. Reise-Erlebnisse in Ostasien im Jahre 1924*, Vorwort.

2　Ebenda.

3　Ebenda.

4　Ebenda.

5　Vgl. ebenda.

最为激烈的城市而吸引了威特诸多笔墨；青岛及其周边地区因其曾是德国帝国主义的势力范围和德国传教士传教的中心而获得重点描述；北京虽然也受到威特较多的关注，但主要涉及其中的名胜古迹与宗教场所。因此，《盛夏中日纪行》作为游记文本主要通过上海与青岛叙事呈现其特殊的文化价值与意义。

威特的上海叙事主要可分为两部分内容，一部分是对于上海中西混杂的城市景观的描述，另一部分则是对于东西方截然不同的宗教生活的呈现。威特开放的东方文化观使之在旅行途中总是带着好奇与审视的眼光去看待异国的风土人情。面对华洋杂居、中西共治的上海，威特"从未如此强烈地感受到"处于新旧交替的亚洲生活的"独特魅力"[1]。在古今中外之争最为激烈的上海，威特笔触所及，并非仅仅对特定文化现象的描述，而是在描述中穿插对中国文化与中西文化差异的反思。

渡轮一驶入外滩码头，上海这座城市"令人眼花缭乱的多样性"[2]就让旅行者威特感到应接不暇。在这座"远东和欧美如此近距离并存"[3]的东方大都市中，他更为关注的是他所认定的"中国区域"与中国生活，那些"纯然就是西方的模样"的场所，对他而言"毫无乐趣可言"[4]。威特的"中国区域"包括虹口区与"包

1　Johannes Witte, *Sommer-Sonnentage in Japan und China. Reise-Erlebnisse in Ostasien im Jahre 1924*, S. 52.

2　Ebenda, S. 48.

3　Ebenda, S. 52.

4　Ebenda, S. 49.

围西方大都市化的内部城区"的"中国商业区"[1]。虹口区虽然"如同市中心一样","街道也铺上了沥青","也有洒水车、电灯","繁忙的交通也是井然有序",但"这里的生活是全然中式的"[2]。中医馆里"盛着上千颗人类牙齿"的盘子,"许许多多装着药品的大肚瓶和小罐子",制成"木乃伊标本"的"一只小猴子、一只乌龟、一只小鳄鱼","模样丑陋的神像"充满着神秘气息,令人不禁探头张望;被带去婚礼场地宰杀的"四肢倒挂"的"一头头猪""一群活蹦乱跳的羊""一筐筐的鸭鹅"将街景点缀得生机勃勃,还有"花花绿绿的衣服和布料"、"红布装饰"[3]的轿子、气喘吁吁的轿夫,都使人对独特的中式婚礼浮想联翩。通过对中医馆里的奇异场景与各式各样的婚嫁用品的描述,一幅神秘奇特、生机勃勃的中国生活画卷跃然纸上。

威特截取的中国生活画面尽管"色彩缤纷如画"[4]、引人入胜,但却始终描绘出一个东方主义式的中国,新奇、神秘和古老,充满异国情调,但却贫穷落后。引起作者注意的中国人因而也只能是街头穷苦潦倒的底层民众,即留着辫子的工人和黄包车夫、缠足的中老年女子,还有他们用草绳做的凉鞋和挂满碎布条的棉衣。"上海中国人的外部形象"同穿着整洁体面的"香港中国人完全不同"[5],而中国人卫生意识与习惯更是落后得可怕,"拉载我

1　Johannes Witte, *Sommer-Sonnentage in Japan und China. Reise-Erlebnisse in Ostasien im Jahre 1924*, S. 49.

2　Ebenda, S. 44.

3　Ebenda, S. 45.

4　Ebenda, S. 43.

5　Ebenda, S. 45.

们的其中一个车夫"竟然在"身体上抓住了什么活物就迅速扔进了嘴里"[1]。奇异迷人与贫穷落后是威特赋予中国的两个基本特征，因而虹口十分欧化的日本人聚居区与传教会的医院、教堂、教会学校、银行大楼等现代社会机制与建筑就"在这个中式的城区汇中显得十分引人注目"[2]。穿着"优雅精致的传统服装"的日本女性与"欧式着装"的日本男性以及英国教会所建设的各种设施增添了上海生活的多样性，也映照出中国生活的贫困与落后。而这种贫穷和落后在威特对旧中国城的观察中达到顶峰。他在热闹非凡的旧中国城中看到："这里有个断手的女人躺在满是灰尘的地上，头发乱糟糟的；那里有个麻风病人展示他那被麻风摧残得体无完肤的残余的手；还有……"[3]他断定，这才是"中国真正的景象，没有外国人的中国"，而这里的人们之所以"生命低贱"，是因为"没有关怀受难者的爱"[4]。而在有外国人的"中国区域"内、在英国传教士的教区内、在"整个教区都有机会聆听基督教的教义，并接收善"的地方，则有着"壮丽的传教会建筑、医院、教堂、行政大楼、银行大楼……"等一系列现代化的机构和设施，与旧中国城内乞丐成群的场景截然不同。威特给予英国传教士在中国的活动以高度的赞许，称"对于这些盎格鲁-撒克逊人的建设，人们怎么称赞都不为过"[5]。

1　Johannes Witte, *Sommer-Sonnentage in Japan und China. Reise-Erlebnisse in Ostasien im Jahre 1924*, S. 46.

2　Ebenda.

3　Ebenda, S. 49.

4　Ebenda, S. 50.

5　Ebenda, S. 46.

威特在《盛夏中日纪行》的前言中提到，随着西方物质文明的入侵，"旧事物或骤然崩塌，或改变形式"的同时，"新事物多以变质的形式恣肆蔓延"[1]。他所观察到的"中国商业区"[2]，即上海的"东方巴黎"之名的由来地，正显现出一种"变质"的繁荣。这里吹吹打打，彩旗飘扬，商品琳琅满目，"从早到晚，再到深夜都生机勃勃"；"这里没有八小时的工作制，到了晚上11点店铺仍在营业，手工业者们仍在劳作，顾客们也确实仍在选购"[3]。显然，威特对商家毫无节制的利益追逐、顾客毫无节制的娱乐消费颇有微词。那些拥有众多基督教徒员工的中国百货大楼则不同，这些商店在"晚间八点歇业"，"在周日早晨也大门紧闭"[4]。这样的大楼"很干净，配有电梯，商品品质优良"，在夜晚像宫殿般"沉浸在富丽堂皇的灯光中"，只需要不多的钱就能上到六楼"看一场免费的电影和中国戏剧"，或是在天气暖和时"在大花园里的林荫间稍事休息"[5]。总之，这些大商厦虽然是"纯然中国的"，却既能满足人们的物质生活，还能够提供精神愉悦，而这又与商厦的众多员工为基督教徒这一事实密切相关。比无节制的消费更为堕落的是"真正的中国茶馆"里的情形：那里聚集着出卖肉体的各国年轻女孩，"就是在大白天，这种肉体交易的活动也仍在

---

1 Johannes Witte, *Sommer-Sonnentage in Japan und China. Reise-Erlebnisse in Ostasien im Jahre 1924*, Vorwort.

2 Ebenda, S. 45.

3 Ebenda, S. 47.

4 Ebenda.

5 Ebenda.

进行"；就在光天化日之下，黄包车夫毫不避讳地提供给乘客那些"罪恶之窟"[1]的名字。而更让威特感到痛心疾首的是，当他们拒绝去这些场所时，拉载他们的黄包车夫竟然十分惊讶。这恰恰表明，"欧洲人拜访这些魅惑之所也是多么频繁啊"[2]。

中国人尽管赤贫如洗、境况凄惨，受到西方物质文明影响而有道德堕落的迹象，但这些人却创造出了精美绝伦的艺术。旧中国城中随处可见寺庙，那是"在低矮、窄小的房屋海洋中脱颖而出的壮美建筑，殷红色的高墙映衬着飞檐"[3]；寺庙附近的茶楼同样从周围的建筑中脱颖而出，最为著名的一座，其"外墙是镶嵌玻璃的艺术雕花木质格状结构，屋顶是纤巧的层叠状飞檐"[4]；旧式官员的宅邸内，厅堂高大威严，院内凉亭、石洞、台阶、桥梁、池塘与泉眼错落有致、动静相宜，更有"铜鹤挺立屋脊"，"浑身鳞片的巨龙"盘卧墙顶，令"作为西方人"的威特"叹为观止"[5]。但威特并没有陷入对中国艺术成就的歆羡与赞叹中，而是产生了"冷静的思考"："东方世界里有另一种完全不同的精神。我们则有着全然迥异的气性。是不是一种更好的、更深刻的气性呢？答案只有经历了十分漫长的东西方文化精神交往的过程后才能显现……"[6]

1　Johannes Witte, *Sommer-Sonnentage in Japan und China. Reise-Erlebnisse in Ostasien im Jahre 1924*, S. 47f.

2　Ebenda, S. 48.

3　Ebenda, S. 50.

4　Ebenda, S. 51.

5　Ebenda, S. 52.

6　Ebenda.

在威特眼中，上海是体现"远东的和欧美的如此近距离共存并为最后的胜利相争"之地，这一背景"也使得对于宗教生活的观察显得尤为迷人"[1]。他对所参观的道观与寺庙都进行了相当细致的观察，既记录下这些场所中虔诚向中国的神佛寻求慰藉、祈求帮助的人们，也描绘出这些原本的神圣场所在新时期所显示出的堕落败坏的迹象。在旧中国城内的一间寺庙中，"虔诚地祈祷着的人们……在人群喧嚣中祈祷"，"他们不断俯下身，用额头直触碰到地"，神情"虔诚、严肃"[2]。在城外的一个道观内，一位虔诚的教徒因感激自己在一次船难中受神仙庇护得以获救而赠送了一艘长约60厘米的模型船，众多男女老少等待着观看道教的神圣节目。然而，威特也看到，"许多中国寺庙……尽管僧侣众多、捐赠丰富，却总是布满灰尘和脏污"[3]，而许多中国人更是对神圣的事物失去了敬畏之心。他在旧中国城的一间寺庙中观察到，人们"像是在大街上一样吸着烟"，抬着佛像游行的人们"无所顾忌、毫无敬畏心地在神像前闲聊"[4]。与此相比，更让人心痛的是神职人员的堕落腐朽。信众们尽管虔诚礼佛，但是"神佛的恩泽"只有通过"焚烧供给神佛的纸钱"才能购得；那些本该传播佛法、普度终生的和尚却带着"愚蠢麻木的表情"，扮演着"商人的角色"，要"收了些钱"之后，才给"虔诚追问命运的人"

1　Johannes Witte, *Sommer-Sonnentage in Japan und China. Reise-Erlebnisse in Ostasien im Jahre 1924*, S. 52.

2　Ebenda, S. 50.

3　Ebenda, S. 53.

4　Ebenda, S. 50.

诵读"神谕"[1]。

　　威特不仅记录下上海这座城市里的中国人宗教生活的衰微，也表现了德国人对宗教生活的漠视。威特参加了一场由一名同善会教士举行的德语礼拜。令他大失所望的是，前来参加礼拜的德国人与瑞士人只有23人，而"上海如今生活着大约上千的德国人，还有为数众多说德语的瑞士人"[2]。令他感到尤其痛心的是："尤其是在这样一个对我们而言如此严峻的时刻……我们没有聚在一起，向上帝倾诉我们心中的忧虑和渴望，也不让上帝来丰富我们在可怜的俗世生活中受折磨的内心。"[3]威特并未对上海的德国人和瑞士人对于宗教活动的冷淡做出分析，也没有进一步说明"我们在可怜的俗世生活中"受到何种内心的折磨。但这番慨叹很容易使人联想到他对上海过度的消费和享乐习气的微词和不满，隐含着他对上海的德国人和瑞士人只关注外部的世俗生活，不注重内在的自省以及时刻保持与上帝的联结的批判。

　　与在中国寺庙道观和在德国教堂所见的令他感到失望的场景相比，上海的中国基督教青年会中完全是另一种氛围。虽然"按照盎格鲁-撒克逊人的习惯，几乎所有的场所在星期天都大门紧闭"[4]，但在那里却有一位远道而来的美国教士正在用英文给年轻的中国基督徒做礼拜。他倾听了这位美国传教士的布道词："只

1　Johannes Witte, *Sommer-Sonnentage in Japan und China. Reise-Erlebnisse in Ostasien im Jahre 1924*, S. 50f.

2　Ebenda, S. 54.

3　Ebenda.

4　Ebenda.

有基督能赋予我们的文明以价值，并给予我们幸福；他使我们同上帝相连，并让我们充满爱；而这正是我们所需要的，也是这个世界——包括中国人——所必不可少的。"[1] 威特虽然认为这位美国同僚将文明、民主与基督教相关联是十分美国化的表达，但也肯定布道词的明晰与诚恳。在这里，威特被"视为德国传教士的代表"而受到了在场的中国人和美国人的热烈欢迎。在场的大学秘书长金斯曼先生因此即兴做了一个演讲，发表了"当今世界的混乱局面并非德国造成的，其罪魁祸首是在基督教国家风行的物质主义与拜金主义"[2] 的观点。他并未将"一战"发起者德国视为政治上的敌对者，而是将其视为受"物质主义与拜金主义"之害的同路人。当威特言及"希望在德国、瑞士以及其他国家朋友的帮助下壮大我们的事业"的愿望时，"所有人都十分高兴"[3]。威特由此深感在中国基督教青年会这一传教团体中受到"热情的接待和信任"，各国传教会间的凝聚力与向心力使得威特对中国传教事业的未来充满希望，坚信"这个团体十分年轻，正处于蓬勃发展中，它将为旧中国带来新的救赎，而这正是上帝的旨意"[4]。

威特的游记中有两个章节记录了他在青岛的所见所闻，分别是《青岛与即墨》和《青岛——山东的首府》。前者记录了他在

1　Johannes Witte, *Sommer-Sonnentage in Japan und China. Reise-Erlebnisse in Ostasien im Jahre 1924*, S. 54.

2　Ebenda, S. 55.

3　Ebenda.

4　Ebenda.

青岛及其周边地区的见闻，后者则描述他从胶州回到青岛后的见闻和感想。时隔14年后，再次来到青岛的威特又一次感叹青岛这座"模范殖民地"在过去德国殖民统治时期及此后获得的成就与发展：

> 这座美丽优雅的港口城市就坐落在这里……就像我14年前看到的那样。它扩张得竟如此之快！这里出现了崭新的大片城区，尽管不那么漂亮，但有序，都是些优质的石砌房屋，楼层不高，维护得当，十分整洁……现在这座德国人曾经从无到有迅速创造的华丽港口及其设施都落入了中国人手中。但中国人或许并不因为拥有这座城市而感到高兴。德意志帝国曾经付出了巨大的牺牲，在这里创建了一个模范殖民地。日本人也花费了巨大的气力，不仅使青岛保持了它原本的高水平建设，更是使之得到了发展。他们建造了美观的大型学校，装配设施颇具典范性，还带有华丽的运动场；他们耗费巨资，一直将工厂建到了沧口，并在工厂附近建造了成排的工人住宅。[1]

不仅如此，他所领导的教会在青岛也有了新的进展：

1　Johannes Witte, *Sommer-Sonnentage in Japan und China. Reise-Erlebnisse in Ostasien im Jahre 1924*, S. 160.

我们手把手共同创建的独立教区，现在已经建立起一个教堂、一所小学、一个幼儿园和一些住宅。这里充满了勃勃的生机。学校现有130名学生，教区的教徒人数已经超过了400名……尽管去年受到教唆的学生们发起了一场恶劣的罢课活动，但是我们的学校还在发展，不仅学生人数增加，而且还发展出了自己的精神。在八个主教师中，有七个是我们学校原来的学生；而中方校长谭玉峰也是教区中年龄最长的基督徒；大部分师生都十分积极地参与礼拜……[1]

而当他为了了解所谓的"中国人的生活"而从青岛来到胶州和即墨等地时，他看到的就只有贫穷与落后：

男孩们赤裸着身体在厚厚的灰尘中跳来跳去；女孩子们穿得也不多，不是照看更小的孩子，就是帮忙做家务，又或者也跟着一起玩耍。男人们带着宽边的六角形草帽，身上只穿一条裤子，扛着重物，或是推着一辆前方套着一头驴的独轮车；女人们拖着残疾的双脚清理着放在开放的场地上晾晒的小麦，或者照看着蒙着眼睛围绕着碾磨谷物的圆形石盘的驴。

这可怜拥挤、不通电的泥屋，这肮脏的衣服，还有寒碜的饮食：红薯、粗粮馒头和少许萝卜或其他蔬菜！这是什么

1　Johannes Witte, *Sommer-Sonnentage in Japan und China. Reise-Erlebnisse in Ostasien im Jahre 1924*, S. 162.

样的生活啊！……一天吃两顿……一年只有到春节才吃一次
肉！[1]

　　对此，他不禁感慨道："这个离青岛不远的地方，就好像是
另一个世界！这里是旧中国，还如同几千年之前一样落后。"[2]民
众不仅过着衣衫褴褛、食不果腹的生活，还保留着缠足等陋习；
治理这些地方的官员只知道搜刮普通民众充实自己的钱包，甚至
还保留着使用酷刑作为惩罚的手段。而在这如此赤贫、落后的地
方，却仍然有着"新时代的使者"[3]，那就是这里唯一的一家德国
地毯厂。这家工厂虽然薪资微薄，但去这里工作的机会令当地的
女孩子趋之若鹜。也正因为这家工厂，"这里不再有杀婴行为"[4]。
　　作为开明主义的传教士，威特对于狭义上的中国文化的优劣
或许仍持一种相对客观审慎的态度，但他对青岛及其周边地区城
市或乡村景观的描述显示出他思想中浓重的欧洲中心主义、殖民
主义意识。在他看来，青岛的现代化与发展全然归功于曾经的德
国与日本殖民者，中国民众对于青岛的建设毫无贡献可言。不仅
如此，无论是在对青岛城市景观，还是对其周边地区的落后景象
的描述中，中国人除了作为被煽动的罢学者或对传教士充满敌意
的"野蛮、缠人"的暴民外，全然是被动与失语的形象。中国人

1　Johannes Witte, *Sommer-Sonnentage in Japan und China. Reise-Erlebnisse in Ostasien im Jahre 1924*, S. 163f.

2　Ebenda, S. 165.

3　Ebenda, S. 164.

4　Ebenda.

不仅不知道如何管理青岛这座大城市、不知晓自身悲惨的处境，也不采取任何行动来改善自身的境况。与此同时，西方的殖民者、传教士或商人就如同上帝的使者一般，为中国民众带来西方进步的文明。由此，面对中国民众恶劣的生活环境与状况时，威特由衷地认定："基督教对于中国人而言是如此必要。"[1]正因如此，当他再次回到青岛，看到从前乞丐成群的市中心如今只有角落里稀稀落落的几个乞丐时，他自然而然地认定这并非当时的中国统治者的功劳，而是时间正处在夏天的缘故，又或是因为富有的中国人对诸多穷困潦倒的人们提供了捐赠。而后者并不是中国富人自发的善心促使的，而是"基督教的成功"，是基督教"唤起了此前不为人所熟悉的社会善行"[2]。这样的观察和推断显然是主观而没有根据的。事实上，中国的慈善活动自古以来便有，且诸多传统的善堂自近代始便朝着现代公益事业的方向发展。[3]在同青岛的德国企业家接触交流中，他也自然而然地将西方资本主义的掠夺性商业行为视作对底层中国民众的"巨大帮助和善行，尽管主要的收益进的是外国人的口袋"[4]。他由此感叹道："外国人做的事情能够产生多大的帮助啊，尽管这些事情的目的并不总是帮助

1　Johannes Witte, *Sommer-Sonnentage in Japan und China. Reise-Erlebnisse in Ostasien im Jahre 1924*, S. 165.

2　Ebenda, S. 176.

3　参见王卫平：《论中国传统慈善事业的近代转型》，《江苏社会科学》2005 年第 1 期，第 212—217 页。

4　Johannes Witte, *Sommer-Sonnentage in Japan und China. Reise-Erlebnisse in Ostasien im Jahre 1924*, S. 178.

中国人!"[1]外国企业家在中国开办工厂是为了赢利,而"传教事业确定无疑只有这(帮助中国人)一个目的"[2],且在以基督教文明实现中国的文明化与现代化的道路上,进行了巨大、不求回报的投入:

> 最为伟大的是由12个不同的教会共同经营的山东教会大学。它的行政大楼好似一幢银行大楼。教学楼设施精良,对于中国人来说似乎是太过现代时尚了,因为他们最终还是不得不面对凄惨的生活环境。新的资金不断流入。已经十分壮丽的医学院大楼将要获得50万美元的资金用以扩建和加盖一栋新楼。而各不相同的教会共享一个用以培训各自传教士的神学院!装修得极为漂亮的还有从潍县迁移到这里的传教博物馆。里面陈列着已经灭绝的动物、欧洲城市的模型和西方科技的发明等……各种表格、图片、电影言说和讲解都试图让每年拜访这里的约50万中国人了解,现在涌入中国的西方世界的本质及其优势。[3]

一如威特在对上海的城市景观的描述中所透露的对于过度的消费主义和物质主义造就的道德滑坡的批判,自居为西方先进文明传播者的传教士威特更为看重的是对中国广大民众的精神改

---

1 Johannes Witte, *Sommer-Sonnentage in Japan und China. Reise-Erlebnisse in Ostasien im Jahre 1924*, S. 178.

2 Ebenda.

3 Ebenda, S. 178f.

造。在他看来，物质文明的进步并不意味着思想上的改变，"要使这一庞大的人群彻底为基督教所浸染与改造，并全面提高他们的生活状况，将是一项艰苦卓绝的事业"[1]。威特在第一篇对青岛游踪的记录中反复提及在不同地方所见的不同的求雨仪式、郊区寺庙中肮脏破败的状况和多神混杂的景象，以此表明底层民众受封建迷信毒害之深和宗教精神的没落。与此同时，随着西方文明的入侵，中国传统道德价值体系逐渐崩塌，中国人逐渐失去了坚实的精神支柱，正在遭受"精神无根化的威胁"，中国社会在"极速现代化的背景下开始宣扬保守传统的倾向"[2]，这使得原本就十分艰难的对于中国人的精神改造更加难上加难。因此，对于威特而言，任何在传教过程出现的精神转变迹象，都意味着传教活动的巨大成功，在对即墨的一处传教地的考察中，威特指出：

> 这些基督徒并非所有人都是虔诚的，也并非所有人都是理想的道德载体，有一些人还信奉着一些古老的迷信，他们对于基督教的主要真理和救赎财富的了解也是不完全的……但这项工作十分伟大，这次在偏远山村中不同小教区内的教民集会是一次上帝赐予的成功。在潘家廊那个小地方，人们建起了一座基督教教堂，任凭那里的道观衰败，不再对它进行修建。而在另一个村庄里……那里的道观已然是废墟，也

1　Johannes Witte, *Sommer-Sonnentage in Japan und China. Reise-Erlebnisse in Ostasien im Jahre 1924*, S. 167.

2　Ebenda, S. 182.

没有人要去重新修建。[1]

不仅如此，无论哪个国家的传教会获得的成就在威特眼中都值得肯定与赞赏。就如他对上海英国教区现代化的住宅和各项设施的赞赏和对美国传教士"民主"传教的包容，他对德国天主教派在曲阜取得的成就深加激赏："天主教传教会在中国这个广阔的国度所做的事情和所取得的成就对这个可怜的民族来说是多么有益的善行啊，他们所做之事在精神上如此之高尚，使得人们不得不钦佩这项工作的慷慨性和严肃性。"[2]正如他在拜访该教区的主教时认定在他身上看到的更多是"同一性而非差异性"[3]，他将中国的基督化与文明化既视作英国、法国、美国传教士的共同愿景，也视作新教和天主教各个教派的共同使命，认为彼此间的各种差异也都应当为此而搁置。而正是在中国，威特确信自己看到了——或以其游记书写建构了——这样一个为了共同的事业而不懈奋斗、互助互爱、团结齐心的传教士共同体。一如他在上海的中国基督教青年会中看到了一幅青年中国基督徒、美国传教士与德国传教士融洽交流、互相鼓励的景象，感受到了同志般的温暖，他在对青岛及其周边教区的考察中也多次提及不同国家的传教士对自己一行人的热情接待，在一位德国天主教传教士家中愉快而短暂的停留尤其令他触动："这样的会面要是在家乡能有该

1　Johannes Witte, *Sommer-Sonnentage in Japan und China. Reise-Erlebnisse in Ostasien im Jahre 1924*, S. 172.

2　Ebenda, S. 184.

3　Ebenda.

多好！这对于处于分裂中的我们而言，是多大的幸福啊！"[1]

青岛及其周边巨大的城乡差异使得威特迅速将所见所闻纳入"东方与西方"—"野蛮与文明"的东方主义图式中。他将西方现代文明与基督教文明视为中国救世主的观点诚然有为西方政治、经济与文化殖民主义辩护与开脱之嫌，但他在游记叙述中也曾多次肯定中西文化应当平等交流、相互理解的愿望。在同旅行中遇见的一位德国传教士的交流中，他肯定了对方"不将中国文化仅仅视为魔鬼的造物与纯然腐朽之物"，"新崛起的青年中国不再拥有传统中的精粹，而只是攫取了新事物中的坏的一部分，即肤浅的物质主义"等观点，认同当下的中国是"快速变革的牺牲品"[2]。他也赞赏那些"不仅仅从自身利益的角度考察人和事物，而是真正了解中国这个民族，看到和感受到他们的困苦和忧虑"的西方人，认为"在今天，没有人能够预言这个人口众多的民族未来将是什么模样"[3]。在对上海寺庙与建筑的描述中，威特已然表现出对中国建筑艺术的艳羡，从而引发他对欧洲文化优越性的怀疑，这在他对北京名胜古迹的描述中得到了进一步体现。以天坛为例：他称之为"世界上最美的朝拜圣地"；三叠的圆形平台、精美绝伦的台阶雕刻、大理石栏杆与"没有屋顶、没有庙宇、没有神像，也没有任何神圣器具"的空旷平台呈现出"完善的形式之美"；"在这个世界上最为神圣的地方，中国的皇帝为全

1　Johannes Witte, *Sommer-Sonnentage in Japan und China. Reise-Erlebnisse in Ostasien im Jahre 1924*, S. 185.

2　Ebenda.

3　Ebenda. S. 210.

世界祈祷",这里"没有象征着对上帝渴望的哥特式柱,也没有仅仅只表现'追问与寻求'的希腊神庙立柱",这里"象征着天地合一","一种内在平和充盈的归属",是"一个基督徒也能够祈祷"的神圣之地。[1]诸多精美的中国艺术展现出的精神性与文化性使得威特确认,尽管中国正处在新旧交替的艰难时刻,但中国文化并没有因此而衰亡没落,只是对"这种古老精神能否适配新的文明形式"[2]而感到怀疑。显而易见,这种无法断言中国精神世界未来走向的不确定性与对基督教是"最好的精神"的信仰之间,存在着一定的矛盾性。

由此可见,"现代"与"文明"作为西方文明入侵中国与传教士在中国传教的合法性话语始终贯穿于威特的中国城市书写中。无论是在对上海英国教区文明现代的生活方式与中国区域赤贫落后的生活状况的并置叙事中,还是在对青岛及其周边区域巨大城乡差异的勾勒中,威特都迅速确证了西方文明——尤其是西方物质文明——相对于古老中国文明的优越性。与此同时,对于自由主义传教士威特而言,这种物质上的优越性并不自然而然地印证一种精神文化上的优越性。正因如此,在对中国建筑艺术与文化以及儒家文化的考察和反思中,威特尽管屡次重申基督精神是最好的精神,但却无法认定"中国心灵"的未来必然属于上帝。尽管威特在旅行之中并未对本国或西方进行直接描述,但从他对消

1　Johannes Witte, *Sommer-Sonnentage in Japan und China. Reise-Erlebnisse in Ostasien im Jahre 1924*, S. 194.

2　Ebenda, S. 210.

费主义与享乐主义泛滥的不满与对上海德瑞住民疏于宗教与内在生活的惋惜，以及他对得以突破国籍、教派等诸多隔阂而齐心传教的中国传教共同体的建构或都表明：作为一种精神与宗教整合力量的基督教在其发源地或许正每况愈下，而作为世界历史中后发展阶段的中国和东方世界，则重新赋予了在现代性中衰退、瓦解的基督精神与文化以一种新的生机与整合力量。出于对基督精神的坚定信仰，威特认为上帝的福音与中国卓尔出群的文化传统和文化精神并不冲突与矛盾。在游览曲阜孔庙时，他由衷感到对孔子的"仰慕与虔敬"，盛赞其对于整个东亚文化的价值与意义的同时，又称"基督教也不能忽视孔子，而必须接纳他，使之在伦理宗教上成为耶稣的开路人"[1]。他希望上帝这一"最好的领袖和人类拯救者"能够带领中国走出混乱，使之"弊病得愈，并给全世界带来福祉"[2]。由此可见，威特并不否认中国文化的差异性与优异性，但却渴望将其纳入基督文化的引领之下。因而，可以说，中国城市繁华与落后的城市景观、城乡间的巨大差异以及历史悠久的文化与艺术为威特提供了一个以西方物质文明与基督教文化为引领的世界基督教文明共同体的想象空间。在这里，贫病落后的东方因西方物质文明而走向进步，而东方世界优秀的古老传统与文化则得以与基督精神相融合，成为上帝福音的传声筒。

1　Johannes Witte, *Sommer-Sonnentage in Japan und China. Reise-Erlebnisse in Ostasien im Jahre 1924*, S. 186.

2　Ebenda, S. 210f.

— 结 语 —

　　按照致力于研究心态史的法国年鉴派诗学的观点，每个民族或群体在长期的生产生活实践中都形成了自己独特的文化心理结构；这种文化心理结构以一种集体无意识的方式渗透到社会生活的方方面面，并具有历史的"惰性"，其变化发展的进程十分缓慢。[1]单世联教授将"文化"与"民族"[2]视为理解启蒙以降德国近现代文化的关键词，这一文化心理与认同结构在魏玛共和国时期的现代性危机时期呈现出极为复杂多面的新面貌。苛刻的凡尔赛条约激起了德意志民族仇恨的情绪，使之越来越带有民族沙文主义的倾向；德国的文化民族主义有向政治民族主义转变的趋势，"把文化与强权结合起来，神化普鲁士"[3]，甚至将普鲁士作为权威国家的典范；作为文化民族，德意志民族的敌人除了英国和法国等传统欧洲国家外，又出现了以雄厚的经济实力和丰富多彩的大众文化而著称的美国；对于"完整的人"的渴望和分裂的抗

1　参见徐浩：《探索"深层"结构的历史——年鉴派对心态史和历史人类学研究评述》，《学习与探索》1992 第 2 期，第 121—130 页。

2　单世联：《中国现代性与德意志文化 上》，上海人民出版社，2011 年，第 12 页。

3　同上，第 13 页。

拒，催生了构建共同体与权威政治体制的强烈渴望，表现在青年运动、新保守主义、乡土主义及各种各样的追求社会共同体的思潮中。

一个时代的社会文化心理或心态，是一种深入到社会生活底层的集体无意识。而集体无意识显然不应通过"该时代对自身的判断"——即某一时代有意识的自我表述——来揭示，而更多要从这一时代"琐碎的表面现象"[1]来确定。魏玛共和国时期德国旅行者留下的游记是储存这一时期历史文化心理的文本空间，在有意识的异文化叙述与书写中投射出普遍性的、无意识的本文化社会文化心理要素。而其中的中国城市书写则在中西交汇、古今交融的复杂历史文化场域中投射出魏玛共和国时代矛盾的现代性体验。

德国旅行者们在中国城市的多元文化与政治空间中，在中国的城市景观、德国学校、德国人的道德品性中找寻德意志民族在文化上的优越性，将其与第一次世界大战中的战胜方——英国形成对比。后者虽然曾在第一次世界大战期间打压德侨，破坏德意志在远东的文化建设，但魏玛共和国时期的旅行者始终认为，无论英国人在战后如何继续打压德意志民族，德意志文化对中国的影响在战后不但不会消失，反而将更加强劲有力地再度崛起，这是阴险狡诈和伪善的英国殖民者无法遏制的趋势。德国旅行者在叙述中流露出的对英、法两国的敌意不仅

1　Siegfried Kracauer, *Das Ornament der Masse. Essays mit einem Nachwort von Karsten Witte*, S. 50.

仅是苛刻的凡尔赛条约造就的民族仇恨，更是德国由来已久的"文化"与"文明"对立的意识形态政治化的产物。德意志民族以"文化"影响世界，而英国和法国则以"文明"侵略、征服与统治世界。"文化"表现了"一个（德意志）民族的自我意识"[1]，而"文明"则是"西方的"，是德意志民族在欧洲的政治文化中的他者。德国现代性的历史进程中一直存在着一种反"西方"的倾向。这里的"西方"指的是"自由主义与民主主义，资本主义与个人主义，自由贸易与任何形式的国际主义或对和平的热爱"[2]，也正是"现代性的经典范式"[3]。而在经济与政治领域，这种"西方的"现代性最为集中与突出的体现便是资本主义。魏玛共和国时期的德国旅行者对中国城市中的"西方"经济与文化也进行了猛烈的攻讦。就第一次世界大战后的世界经济局势而言，美国一跃成为发达资本主义国家之首，而迅速传播到欧洲大陆的美国大众文化在众多德国人，尤其是知识分子眼中，成为德意志文化在新时期的新敌人。

霍利切尔用极其夸张与极具表现力的语言描绘了外滩近乎野蛮的商品文化、南京路上与隐秘的处所中堕落的享乐主义和每周到达上海码头的肤浅浮夸、以其财富与"成功"为傲的美国环球旅行者。在他的想象中，一分为二的上海，其西方的那一面

1　诺贝特·埃利亚斯：《文明的进程：文明的社会起源和心理起源的研究》，王佩莉、袁志英译，上海译文出版社，2009年，第3页。

2　哈耶克：《通向奴役之路》，王明毅等译，中国社会科学出版社，1997年，第28页。

3　单世联：《中国现代性与德意志文化上》，第12页。

是"东方芝加哥",是浮于"人的外表和生活的表面现象"[1]的美国主义。统治着上海的"欧洲共和国"的英法人完全靠着器物层面的耀武扬威维持着繁华盛世的表象,难以理解觉醒的中国即将爆发的摧枯拉朽的革命力量。基希同卡池认识到,上海和北京的消费主义、娱乐主义的繁华幻象背后是帝国主义国家对中国残酷的政治压迫、经济剥削及中国人民的赤贫,而许尔里曼则通过两个偶然经历的场景批判了殖民主义思想意识与西方殖民主义对中国造成的负面影响:殖民主义不仅造成了中国城市畸形繁荣的景象,也以资本主义精神——即一种无限度、非理性地追求金钱的狂热——毒害了中国社会与中国民众,使中国社会投机、贿赂和赌博成风。

然而,无论中国城市中的"西方"及其"文明"激起德国旅行者们如何强烈的反感、憎恨、轻蔑与不屑,无论他们对受到压迫的中国给予多少同情与理解,对于大多数德国旅行者而言,当面对一个"东方的"中国时,他们的文化认同仍是"西方式的",只是不同于西欧世界"文明"式的西方和美国。正因如此,在他们笔下的香港或上海的中国城才呈现出一副危机与敌意四伏、落后赤贫、肮脏混乱,但同时又神秘迷人、生气勃勃,充满着异国风情的形象。正如周宁教授所言,"中国形象是西方现代性文化精神的隐喻"[2],也即西方现代性自我确证的媒介,德国旅行者或德国现代文化中的"反现代"并不一定意味着"倒退

---

1 诺贝特·埃利亚斯:《文明的进程:文明的社会起源和心理起源的研究》,第 2 页。
2 周宁:《跨文化形象学》,第 2 页。

或复古，而更多是追求另一种现代、一种德意志民族的现代化道路"[1]。他们在借助中国城市批判"西方"现代性的同时，也借助中国城市想象一种非西方的现代性，并在此基础上展望人类历史与文明的未来。

霍利切尔期待中国传统社会所蕴含的巨大凝聚力同现代无产阶级革命思想的结合能够带来席卷世界的"世界革命"，将堕落的"东方芝加哥"扫荡殆尽；瓦尔特寄希望于发达资本主义列强对上海经济的帮助，来实现中国文明的现代化；威特则将基督教与现代化进程相联系，企盼基督精神引领下的西方文明能够给东方世界带来进步的福音。这三位旅行者都表达出建立一个包括中国在内的世界共同体的美好愿景，但他们的设想没有一个是基于中国当时的现实所做出的，更多的是一种主观想象。如果说瓦尔特在肯定工业文明的基础上期待西方对中国现代进程的援助这一未来蓝图是一种剔除"西方"现代性侵略性一面的乌托邦构想的话，那么霍利切尔和威特的世界主义则更多地使人联想起青年运动或新保守主义运动中以"更高的意志"联结个体的有机共同体。这种"更高的意志"对霍利切尔而言是以"苏联思想"为圭臬的民族革命精神，而对威特而言是基督教的宗教精神。但无论是何种"更高的意志"，导向的都是一个团结友爱、互助和谐、消除分歧与分裂、个体得以保持其个性与差异性的美好世界。

1　单世联：《中国现代性与德意志文化上》，第2页。

简言之，魏玛共和国时期德语游记中的上海文本空间折射出这一时期矛盾的现代性体验，或一种反"西方"的现代性渴望。在对西方物质文明的否弃中，德国的来华旅行者们在对异文化的书写中流露出一种对超越物质表象的精神与文化的深刻勾连的渴望，并希冀以这样的联结来对抗资本主义世界野蛮的文明扩张、资本主义精神对个体性的戕害及世界的分裂与碎片化。

· 参考文献 ·

外文文献

著作：

1.Adolf Halfeld, *Amerika und der Amerikanismus. Kritische Betrachtungen eines Deutschenund Europäers*, Jena: Diederichs, 1927.

2.Andrea Polaschegg, *Der andere Orientalismus. Regeln deutsch-morgenländischer Imagination im 19. Jahrhundert*, Berlin / New York: Walter De Gruyter, 2005.

3.Andreas Steen, *Deutsch-chinesische Beziehungen 1911–1927. Vom Kolonialismus zur "Gleichberechtigung"*, hrsg. von Mechthild Leutner, Berlin: Akademie Verlag, 2006.

4.Anthony Giddens, *The Consequences of Modernity*, Cambridge: Polity Press, 1990.

5.Arthur Holitscher, *Drei Monate in Sowjet-Rußland*, Frankfurt a. M.: S. Fischer Verlag, 1921.

6.Arthur Holitscher, *Lebensgeschichte eines Rebellen. Meine Erinnerungen*, Berlin: S. Fischer Verlag, 1924.

7.Arthur Holitscher, *Das unruhige Asien. Reise durch Indien-China-Japan*, Berlin: S. Fischer Verlag, 1926.

8.Arthur Holitscher, *Mein Leben in dieser Zeit*, Potsdam: Kiepenheuer, 1928.

9.Arthur Holitscher, *Ansichten. Essays, Aufsätze, Kritiken, Reportagen 1904–1938 (Kenntnis fremder Völker, 1904)*, Berlin: Verlag Volk und Welt, 1979, S. 80ff. zit. nach: Jens Flemming, *Geschaute Zukunft. Italien und Palästina als Reiseziele deutscher Intellektueller nach dem Ersten Weltkrieg*, in Günter Helmes (Hrsg.): *Literatur und Leben: anthropologische Aspekte in der Kultur der Moderne. Festschrift für Helmut Scheuer zum 60. Geburtstag*, Thüringen: Narr, 2002.

10.Arnold Wright, *Twentieth century impressions of Hong-kong, Shanghai, and other*

Treaty Ports of China, London: Lloyd's Greater Britain Pub., 1908.

11.Barbara Schmitt-Englert, *Deutsche in China 1920–1950. Alltagsleben und Veränderungen*, Gossenberg: Ostasien Verlag, 2012.

12.Birgit Kuhbandner, *Unternehmer zwischen Markt und Moderne: Verleger und die zeitgenössische deutschsprachige Literatur an der Schwelle zum 20. Jahrhundert*, Wiesbaden: Otto Harrassowitz Verlag, 2008.

13.Carl Thompson, *Travel Writing*, London: Routledge, 2011.

14.Daniel Morat u. a., *Weltstadtvergnügen. Berlin 1880–1930*, Göttingen: Vandenhoeck & Ruprecht, 2016.

15.Detlev J. K.Peukert, *Die Weimarer Republik. Krisenjahre der klassischen Moderne*, Frankfurt a. M.: Suhrkamp, 1987.

16.Ditmar Brock, *Die klassische Moderne. Moderne Gesellschaften erster Band*, Wiesbaden: VS Verlag für Sozialwissenschaften, 2011.

17.Eduard Host von Tscharner, *China in der deutschen Dichtung bis zur Klassik*, München: E. Reinhardt, 1939.

18.Egon Erwin Kisch, *Gesammelte Werke in Einzelausgaben. Bd. 8,* hrsg. von Hodo Uhse, Berlin / Weimar: Aufbau Verlag, 1983.

19.Erich von Salzmann, *China siegt. Gedanken und Reiseeindrücke aus dem revolutionären Reich der Mitte*, Hamburg u. a.: Hanseatische Verlagsanstalt, 1929.

20.Ernst Rose, *Blick nach Osten.Studien zum Spätwerk Goethes und zum Chinabild in der deutschen Literatur des neuzehnten Jahrhunderts*, hrsg. von Ingrid Schuster, Bern: Peter Lang, 1981.

21.Fang Weigui, *Das Chinabild in der deutschen Literatur 1871–1933. Ein Beitrag zur komparatistischen Imagologie*, Frankfurt a. M.: Lang, 1992.

22.Friedrich Sengle, *Die literarische Formenlehre*, Stuttgart: J. B. Metzlersche Verlagsbuchhandlung, 1967.

23.Gao Yunfei, *China und Europa im deutschen Roman der 80er Jahre: das Fremde, das Eigene in der Interaktion*, Frankfurt a. M. u. a.: Peter Lang, 1996.

24.Gerhard Venzmer, *Aus Fernem Osten*, Hamburg: Weltbund Verlag, 1922.

25.Gregor Streim, *Einführung in die Literatur der Weimarer Republik*, Darmstadt: WBG, 2009.

26. Günter Dehn, *Proletarische Jugend. Lebenshaltung und Gedankenwelt der großstädtischen Proletarierjugend*, Berlin: Furche-Verlag, 1929.

27. Hannah Asch, *Fräulein Weltenbummler. Reiseerlebnisse in Afrika und Asien*, Berlin: August Scherl, 1927.

28. Hannelore Braun (Hrsg.), *Personenlexikon zum deutschen Protestantismus. 1919–1949*, Göttingen: Vandenhoeck & Ruprecht, 2006.

29. Hans C.Jacobs, *Reisen und Bürgertum: eine Analyse deutscher Reiseberichte aus China im 19. Jahrhundert: die Fremde als Spiegel der Heimat*, Berlin: Verlag Dr. Köster, 1995.

30. Helmut Lethen, *Studien zur Literatur der Neuen Sachlichkeit (1924–1932)*, Stuttgart / Weimar: Metzler, 2000.

31. Helmuth Kiesel, *Geschichteder deutschsprachigen Literatur 1918 bis 1933*, München: C. H. Beck Verlag, 2017.

32. Heinrich August Winkler, *Streitfragen der deutschen Geschichte: Essays zum 19. und 20. Jahrhundert*, München: C. H. Beck Verlag, 1997.

33. Heinrich Schmitthenner, *Chinesische Landschaften und Städte*, Stuttgart: Strecker und Schröder, 1925.

34. Hermann Giesecke, *Vom Wandelvogel bis zur Hitlerjugend. Jugendarbeit zwischen Politik und Pädagogik*, München: Juventa Verlag, 1981.

35. Ingrid Schuster, *Vorbilder und Zerrbilder: China und Japan im Spiegel der deutschen Literatur 1773–1890*, Bern: Peter Lang, 1988.

36. Johannes Witte, *Die ostasiatischen Kulturreligionen*, Leipzig: Quelle & Meyer, 1922.

37. Johannes Witte, *Sommer-Sonnentage in Japan und China. Reise-Erlebnisse in Ostasien im Jahre 1924*, Göttingen: Vandenhoeck & Ruprecht, 1925.

38. Jost Hermand, Frank Trommler, *Die Kultur der Weimarer Republik*, München: Nymphenburger Verlagshandlung, 1978.

39. Jurij M.Lotman, *Die Struktur literarischer Texte. 2. Aufl.*, übers. von Rolf-Dietrich Keil, München: Wilhelm Fink Verlag, 1981.

40. Käthe von Salzmann, *Ein Soldat und Journalist*, Shanghai: Millington Limited, 1943.

41. Li Changke, *Der China-Roman in der deutschen Literatur 1890–1930*, Regensburg: Roderer, 1992.

42. Liu Weijian, *Kulturelle Exklusion und Identitätsentgrenzung. Zur Darstellung Chinas in der deutschen Literatur 1870–1930*, Bern u. a.: Lang, 2007.

43. Martin Hürlimann, *Tut Kung Bluff*, Zürich / Lepzig: Grethlein & Co., 1924.

44. Mechthild Leutner, Dagmar Yü-Dembski (Hrsg.), *Exotik und Wirklichkeit: China in Reisebeschreibungen vom 17. Jahrhundert bis zur Gegenwart*, München: Minerva Publication, 1990.

45. Mechthild Leutner (Hrsg.), *"Musterkolonie Kiautschou": Die Expansion des Deutschen Reiches in China*, bearbeitet von Klaus Mühlhahn, Berlin: Akademie Verlag, 1997.

46. Peter Gay, *Die Republik der Außenseiter. Geist und Kultur in der Weimarer Republik 1918–1933*, übers. von Helmut Lindemann, Frankfurt a. M.: S. Fischer Verlag, 1970.

47. Peter J. Brenner, *Der Reisebericht in der deutschen Literatur: Ein Forschungsüberblick als Vorstudie zu einer Gattungsgeschichte*, Tübingen: Niemeyer, 1990.

48. Reiner Maria Rilke, *Reiner Maria Rilke. Briefe. Bd. 2*, hrsg. von Karl Altheim, Wiesbaden: Insel Verlag, 1950.

49. Richard Katz, *Funkelnder Ferner Osten. Erlebtes in China-Korea-Japan*, Berlin: Ullstein, 1931.

50. Rüdiger Graf, *Die Zukunft der Weimarer Republik: Krisen und Zukunftsaneignungen in Deutschland 1918–1933*, München: Oldenbourg Wissenschaftsverlag, 2008.

51. Senta Dinglreiter, *Deutsches Mädel auf Fahrt um die Welt*, Leipzig: Koehler & Amelang, 1932.

52. Siegfried Kracauer, *Schriften I*, Frankfurt a. M.: Suhrkamp, 1971.

53. Siegfried Kracauer, *Das Ornament der Masse. Essays mit einem Nachwort von Karsten Witte*, Frankfurt a. M.: Suhrkamp, 1977.

54. Sun Lixin, *Das Chinabild der deutschen protestantischen Missionare des 19. Jahrhunderts. Eine Fallstudie zum Problem interkultureller Begegnung und Wahrnehmung*, Marburg: Tectum Verlag, 2002.

55. Tan Yuan, *Der Chinese in der deutschen Literatur. unter besonderer Berücksichtigung chinesischer Figuren in den Werken von Schiller, Döblin und Brecht*, Göttingen:

Cuvillier, 2007.

56. Ursula Aurich, *China im Spiegel der deutschen Literatur des 18. Jahrhunderts*, Berlin: Kraus, 1935.

57. Walter Benjamin, *Gesammelte Schriften. Bd. 1*, hrsg. von Rolf Tiedemann, Frankfurt a. M.: Suhrkamp, 1974.

58. Walter Benjamin, *Das Passagen-Werk. Aufzeichnungen und Materialien. Gesammelte Schriften. Bd. 5*, hrsg. von Rolf Tiedemann, Frankfurt a. M.: Suhrkamp, 1982.

59. Wilhelm P. O. Walter, *Das China von heute*, Frankfurt a. M.: Societäts-Verlag, 1932.

60. Xu Fangfang, *"Auch Shanghai hatte sich sehr verändert". Der Wandel des Shanghai-Bildes in der deutschsprachigen Literatur 1898–1949*, Würzburg: Egon Verlag, 2015.

61. Zhang Zhenhuan, *China als Wunsch und Vorstellung. Eine Untersuchung der China- und Chinesenbilder in der deutschen Unterhaltungsliteratur 1890–1945*, Regensburg: Roderer, 1993.

62. Zhu Liangliang: *China im Bild der deutschsprachigen Literatur seit 1989*, Frankfurt a. M. u. a.: Peterlang, 2018.

论文集论文：

63. Achim Aurnhammer, "Vicki Baums Roman Hotel Shanghai (1939) im Kontext der deutschen Shanghai-Romane", in Wei Maoping, Wilhelm Kühlmann (Hrsg.), *Deutsch-chinesische Literaturbeziehungen. Vorträge eines im Oktober 2003 an der Shanghai International Studies University abgehaltenen Symposiums*, Shanghai: Shanghai Foreign Language Education Press, 2005, S. 213–235.

64. Alfred Polgar, "Girls", in Alfred Polgar, Bernt Richter (Hrsg.), *Auswahl. Prosa aus vier Jahrzehnten*, Hamburg: Rowohlt, 1968, S. 186f. zit. nach: Detlev J. K. Peukert, *Die Weimarer Republik. Krisenjahre der klassischen Moderne*, Frankfurt a. M.: Suhrkamp, 1987, S. 180f.

65. Almut Hille, "'Tausendjährige Augen'. Beobachtungen in China von Autorinnen der Weimarer Republik", in Hille, Almut u. a., *Deutsch-chinesische Annäherungen: Kultureller Austausch und gegenseitige Wahrnehmung in der Zwischenkriegszeit*, Köln: Böhlau Verlag, 2011, S. 173–186.

66. Anton Kaes, "Massenkultur und Modernität. Notizen zu einer Sozialgeschichte des

frühen amerikanischen und deutschen Films", in Frank Trommler (Hrsg.), *Amerika und die Deutschen. Die Beziehungen im 20. Jahrhundert*, Wiesbaden: VS Verlag für Sozialwissenschaften, 1986, S. 261–275.

67. Frank Trommler, "Aufstieg und Fall des Amerikanismus in Deutschland", in Frank Trommler (Hrsg.), *Amerika und die Deutschen. Die Beziehungen im 20. Jahrhundert*, Wiesbaden: VS Verlag für Sozialwissenschaften, 1986, S. 276–286.

68. Gert Mattenklott, "Der Reiseführer Arthur Holitscher", Nachwort zu: Arthur Holitscher, *Der Narrenführer durch Paris und London*, Frankfurt a. M.: S. Fischer Verlag, 1986, S. 156–174.

69. Gregor Streim, "China in den Reisereportagen der Weimarer Republik (Richard Huelsenbeck–Holitscher, Arthur–Kisch, Egon Erwin)", in Hille, Almut u. a., *Deutsch-chinesische Annäherungen: Kultureller Austausch und gegenseitige Wahrnehmung in der Zwischenkriegszeit*, Köln: Böhlau Verlag, 2011, S. 155–171.

70. Hans Breuer, "Vorwort zur 10. Auflage des Zupfgeigenhansl (1913)", in Hans Breuer (Hrsg.), *Der Zupfgeigenhansl. 20. Aufl*, Leipzig: Hofmeister, 1920.

71. Hans-Wolf Jäger, "Reiseliteratur", in Klaus Weimar (Hrsg.), *Reallexikon der Deutschen Literaturwissenschaft. Neubearbeitung des Reallexikons der deutschen Literaturgeschichte. Bd. 3*, Berlin: De Gruyter, 2007, S. 258–261.

72. Heribert Seifert, "… aber Shanghai ist ein böser Boden. Literarische Bilder aus der Geschichte einer großen Stadt", in Siegfried Englert, Folk Reichert (Hrsg.), *Shanghai. Stadt über dem Meer*, Heidelberg: Heidelberger Verlagsanstalt und Druckerei, 146–150.

73. Peter J. Brenner, "Die Erfahrung der Fremde. Zur Entwicklung einer Wahrnehmungsform in der Geschichte des Reiseberichts", in Peter J. Brenner (Hrsg.), *Der Reisebericht. Die Entwicklung einer Gattung in der deutschen Literatur*, Frankfurt a. M.: Suhrkamp, 1989, S. 14–49.

期刊论文：

74. Andreas Herzog, "Writing Culture—Poetik und Politik. Arthur Holitschers Das unruhige Asien", in *KulturPoetik. Zeitschrift für kulturgeschichtliche Literaturwissenschaft*. Bd. 6, Göttingen: Vandenhoeck & Ruprecht, 2006, S. 20–36.

75.Georg Simmel, "Die Kunst Rodins und das Bewegungsmotiv in der Plastik", in *Nord und Süd. Eine deutsche Monatsschrift Bd. 129,* Berlin: Verlag Nord und Süd, 1909, S. 189−196.

76.Liu Weijian, "Exklusion des Fremden und Identitätsentgrenzung—das kulturelle Selbstverständnis in der Shanghai-Darstellung der deutschen Literatur", in *Literaturstraße. Chinesisch-deutsche Zeitschrift für Sprach-und Literaturwissenschaft,* Vol. 5 (2004), S. 243−256.

77.Philipp Gassert, "Amerikanismus, Antiamerikanismus, Amerikanisierung. Neue Literatur zur Sozial-, Wirtschafts- und Kulturgeschichte des amerikanischen Einflusses in Deutschland und Europa", in *Archiv für Sozialgeschichte,*Vol. 39 (1999), S. 531−561.

78.Ruth Florack, "China-Bilder in der deutschen Literatur? Überlegungen zur komparatistischen Imagologie", in *Literaturstraße. Chinesisch-deutsche Zeitschrift für Sprach-und Literaturwissenschaft,* Vol. 3 (2002), S. 27−45.

报刊文章：

79.*Die Tat,* Vol. 20. (1928/29), Bd. 1, S. 60. zit. nach: Helmut Lethen, *Studien zur Literatur der Neuen Sachlichkeit (1924−1932),* Stuttgart / Weimar: Metzler, 2000, S. 25.

80.Rudolf Kayser, "Amerikanismus", in *Vossische Zeitung* vom 27. 9. 1925.

学位论文：

81.Kirsten Remde, *China als Quelle der Inspiration-Das China-Bild in zwei ausewählten deutschen Reiseberichten,* Masterarbeit der Universität Nanjing 2011.

82.Liu Jing,*Wahrnehmung des Fremden: China in deutschen und Deutschland in chinesischen Reiseberichten. Vom Opiumkrieg bis zum Ersten Weltkrieg,* Dissertation der Universität Freiburg, 2001.

83.Manfred Lind, *Der Reisebericht als literarische Kunstform von Goethe bis Heine,* Dissertation der Universität Köln, 1963.

84.Qixuan Heuser, *Das China-Bild in der deutschsprachigen Literatur der achtziger Jahre: die neuen Rezeptionsformen und Rezeptionshaltungen,* Dissertation an der Universität Freiburg, 1996.

电子文献：

85. Heyo E. Hamer, "Ostasien-Mission", in *Religion in Geschichte und Gegenwart*, abgerufen am 02.06.2019, http://dx.doi.org.proxy.ub.uni-frankfurt.de/10.1163/2405-8262_rgg4_SIM_124218.

中文文献

著作：

86. 阿雷恩·鲍尔德温等：《文化研究导论》，陶东风等译，高等教育出版社，2004年。

87. 爱德华·W.萨义德：《东方学》，王宇根译，生活·读书·新知三联书店，2007年。

88. 埃贡·艾尔温·基希：《秘密的中国》，周立波译，群众出版社，1981年。

89. 埃里克·霍布斯鲍姆：《民族与民族主义》，李金梅译，上海人民出版社，2006年。

90. 安东尼·吉登斯：《现代性的后果》，田禾译，译林出版社，2000年。

91. 安东尼·吉登斯：《资本主义与现代社会理论：对马克思、涂尔干和韦伯著作的分析》，郭忠华、潘华凌译，上海译文出版社，2013年。

92. 安东尼·吉登斯、克里斯多弗·皮尔森：《现代性——吉登斯访谈录》，尹宏毅译，新华出版社，2001年。

93. 安东尼·史密斯：《民族主义：理论、意识形态、历史》（第二版），叶江译，上海人民出版社，2011年。

94. 白吉尔：《上海史：走向现代之路》，王菊、赵念国译，上海社会科学院出版社，2014年。

95. 彼得·沃森：《德国天才3：现代性的痛苦与奇迹》，王琼颖、孟钟捷译，商务印书馆，2016年。

96. 波德莱尔：《波德莱尔美学论文选》，郭宏安译，人民文学出版社，1987年。

97. 曹卫东主编：《德国青年运动》，上海人民出版社，2013年。

98. 曹卫东主编：《危机时刻：德国保守主义革命》，上海人民出版社，2014年。

99. 戴维·弗里斯比：《现代性的碎片：齐美尔、克拉考尔和本雅明作品中的现代性理论》，卢晖临等译，商务印书馆，2016年。

100. 丁建弘:《德国通史》,上海社会科学院出版社,2002年。

101. 杜继东:《中德关系史话》,社会科学文献出版社,2011年。

102. 斐迪南·滕尼斯:《共同体与社会》,林荣远译,商务印书馆,1999年。

103. 弗里德利希·冯·哈耶克:《通往奴役之路》,王明毅等译,中国社会科学出版社,1997年。

104. 中共中央马克思恩格斯列宁斯大林著作编译局编:《马克思恩格斯选集》(第一卷),人民出版社,1972年。

105. 克里斯蒂安·格拉夫:《决定:论恩斯特·云格尔、卡尔·施米特、马丁·海德格尔》,卫茂平译,上海人民出版社,2016年。

106. 李工真:《德国现代史专题十三讲——从魏玛共和国到第三帝国》,湖南教育出版社,2010年。

107. 李工真:《德意志现代化进程与德意志知识界》,商务印书馆,2010年。

108. 列宁:《帝国主义是资本主义的最高阶段》,中共中央马克思恩格斯列宁斯大林著作编译局译,人民出版社,2015年。

109. 列维-斯特劳斯:《忧郁的热带》,王志明译,生活·读书·新知三联书店,2000年。

110. 刘北成:《本雅明思想肖像》,上海人民出版社,1998年。

111. 罗志田:《乱世潜流:民族主义与民国政治》,中国人民大学出版社,2013年。

112. 吕迪格尔·萨弗兰斯基:《荣耀与丑闻》,卫茂平译,上海人民出版社,2014年。

113. 诺贝特·埃利亚斯:《文明的进程:文明的社会起源和心理起源的研究》,王佩莉、袁志英译,上海译文出版社,2009年。

114. 齐格蒙特·鲍曼:《流动的现代性》,欧阳景根译,上海三联书店,2002年。

115. 齐美尔:《桥与门:齐美尔随笔集》,涯鸿等译,上海三联书店,1991年。

116. S. N. 艾森斯塔德:《现代化:抗拒与变迁》,张旅平等译,中国人民大学出版社,1988年。

117. 单世联:《中国现代性与德意志文化 上》,上海人民出版社,2011年。

118. 唐振常主编:《上海史》,上海人民出版社,1989年。

119. 汪民安:《现代性》,广西师范大学出版社,2005年。

120. 王奇生:《中国近代通史》(第七卷),江苏人民出版社,2006年。

121. 王守中、郭大松:《近代山东城市变迁史》,山东教育出版社,2001年。

122. 卫茂平:《中国对德国文学影响史述》,上海外语教育出版社,1996年。

123. 西美尔:《货币哲学》,陈戎女等译,华夏出版社,2002年。

124. 西美尔:《金钱、性别、现代生活风格》,刘小枫选编,顾仁明译,华东师范大学出版社,2010年。

125. 许涤新、吴承明主编:《中国资本主义发展史》(第二卷),社会科学文献出版社,2007年。

126. 许纪霖、陈达凯主编:《中国现代化史》(第一卷 1800—1949),学林出版社,2006年。

127. 徐中约:《中国近代史:1600—2000 中国的奋斗》,计秋枫等译,世界图书出版公司,2013年。

128. 薛理勇:《老上海地标建筑》,上海书店出版社,2014年。

129. 赵一凡等主编:《西方文论关键词》,外语教学与研究出版社,2006年。

130. 周宁:《跨文化形象学》,复旦大学出版社,2014年。

论文集论文:

131. 达尼埃尔-亨利·巴柔:《从文化形象到集体想象物》,孟华主编:《比较文学形象学》,北京大学出版社,2001年,第118—119页。

132. 达尼埃尔-亨利·巴柔:《形象》,孟华主编:《比较文学形象学》,北京大学出版社,2001年,第153—184页。

133. 刘永成、赫治清:《论我国行会制度的形成与发展》,南京大学历史系明清史研究室编:《中国资本主义萌芽论文集》,江苏人民出版社,1988年,第117—140页。

134. 杨武能:《卫礼贤与中国文化在西方的传播》,《文化:中国与世界》编委会编:《文化:中国与世界 第5辑》,生活·读书·新知三联书店,1988年,第207—226页。

期刊论文:

135. 董正华:《资本主义精神:新教伦理、个人主义还是民族主义》,《世界历史》2007年第1期,第17—27页。

136. 冯晓春：《创伤书写和上海叙事——德国作家波伊克曼的"上海小说"评介》，《外国文学动态研究》2016年第1期，第25—32页。

137. 姜智芹：《欲望化他者：西方文学中的中国形象》，《国外文学》2004年第1期，第45—50页。

138. 李荣山：《共同体的命运——从赫尔德到当代的变局》，《社会研究》2015年第1期，第215—241页。

139. 罗松涛：《〈论历史概念〉：历史的辩证意象——兼论本雅明对历史唯物主义的思考》，《北京师范大学学报（社会科学版）》2010年第2期，第56—62页。

140. 聂志红：《资本主义起源与资本主义精神解析》，《贵州社会科学》2017年第12期，第110—116页。

141. 彭南生：《近代中国行会到同业公会的制度变迁历程及其方式》，《华中师范大学学报（人文社会科学版）》2004年第3期，第14—22页。

142. 邵雍：《近代秘密社会与民主革命的关系》，《上海师范大学学报（哲学社会科学版）》2008年第5期，第105—111页。

143. 谭渊：《丝绸之国与希望之乡——中世纪德国文学中的中国形象探析》，《德国研究》2014年第2期，第113—123、128页。

144. 谭渊：《异域光环下的骑士与女英雄国度——德语巴洛克文学中的中国形象研究》，《同济大学学报（社会科学版）》2017年第4期，第23—29页。

145. 唐文明：《何谓现代性？》，《哲学研究》2000年第8期，第44—50、80页。

146. 王宁：《东方主义、后殖民主义和文化霸权主义批判——爱德华·赛义德的后殖民主义理论剖析》，《北京大学学报（哲学社会科学版）》1995年第2期，第54—62、128页。

147. 王卫平：《论中国传统慈善事业的近代转型》，《江苏社会科学》2005年第1期，第212—217页。

148. 王翔：《近代中国手工业行会的演变》，《历史研究》1998年第4期，第56—70页。

149. 王小章：《齐美尔的现代性：现代文化形态下的心性体验》，《浙江学刊》2005年第4期，第43—50页。

150. 谢立中：《"现代性"及其相关概念词义辨析》，《北京大学学报（哲学社会科学版）》2001年第5期，第25—32页。

151. 叶雨其、赵小琪：《1842—1919年德语文学中的三种中国空间形态论》，《贵州社会科学》2017年第4期，第82—90页。

152. 徐浩：《探索"深层"结构的历史——年鉴派对心态史和历史人类学研究评述》，《学习与探索》1992年第2期，第121—130页。

153. 张百庆：《中国城市早期现代化过程中的娼妓问题》，《史学月刊》1999年第1期，第99—103页。

154. 赵小琪、张慧佳：《德语表现主义文学中国形象的权力关系论》，《安徽大学学报（哲学社会科学版）》2013年第4期，第27—34页。

155. 周绍荣：《租界对中国城市近代化的影响》，《汉江论坛》1995年第11期，第28—32页。

学位论文：

156. 匡洁：《德国人旅华游记中的中国形象研究——以1949年以来的游记为例》，上海外国语大学，2016年博士论文。

157. 刘媛：《德语游记写作中的"模范殖民地"青岛形象学研究》，上海外国语大学，2019年博士论文。

158. 温馨：《19世纪来华德国人与中国"文明化"——以郭实猎、李希霍芬、弗兰阁为例》，北京外国语大学，2016年博士论文。